星海长眠

[美国] 克里斯托弗·保利尼 著

吴玲玉 许言 译

译林出版社

图书在版编目（CIP）数据

星海长眠 /（美）克里斯托弗 · 保利尼（Christopher Paolini）著；吴玲玉，许言译. —南京：译林出版社，2024.7

书名原文：To Sleep in a Sea of Stars

ISBN 978-7-5753-0006-3

I. ①星… II. ①克… ②吴… ③许… III. ①幻想小说—美国—现代 IV. ①I712.45

中国国家版本馆 CIP 数据核字（2024）第 005599号

著作权合同登记号　图字：10-2022-409号

星海长眠　[美国] 克里斯托弗 · 保利尼 / 著　吴玲玉　许言 / 译

责任编辑　竺文治
特约编辑　潘丽萍
装帧设计　DarkSlayer
内文设计　叶金龙
校　　对　孙玉兰
责任印制　闻媛媛

出版发行　译林出版社
地　　址　南京市湖南路 1 号 A 楼
邮　　箱　yilin@yilin.com
网　　址　www.yilin.com
市场热线　025-86633278
排　　版　南京展望文化发展有限公司
印　　刷　安徽新华印刷股份有限公司
开　　本　889 毫米 × 1270 毫米 1/32
印　　张　26
版　　次　2024 年 7 月第 1 版
印　　次　2024 年 7 月第 1 次印刷
书　　号　ISBN 978-7-5753-0006-3
定　　价　98.00 元

时间线

* * * * * * *

约1700—1800

大分裂。

2025—2054

地球首个太空升降舱研发成功。人类对太阳系频繁开展科研考察和经济活动。人类首次成功登陆火星。月球基地建成，多处空间站在太阳系内建成。小行星采矿行业兴起。

2054—2104

太空升降舱技术发展，太阳系的殖民化进程加速。哈特派扩张运动开始，人类在金星上建立了首个空中城市，在火星上建立永久性（尽管是非自给性的）前哨站，在太阳系各处建立了数量众多的驻地和空间站。地球轨道环空间站的建造开启。

核裂变动力火箭成为太阳系内主要运输方式。

数学家贾拉尔·苏尼亚耶夫-泽尔多维奇发表了熵主义的基本概念。

整个太阳系的执法工作变得越来越困难。太空定居点和行星之间开始发生冲突。联合国和各国政府制定并完善国际太空法。在火星和小行星矿区中迅速涌现了民兵组织。主营太空业务的公司雇用私有安保公司来保护其投资的产业。从这一点来看，太空是完全军事化的。

金星和火星在政治和资源方面仍然与地球联系紧密，但开始出现独立运动。

巨型太阳能装置阵列在太空中建成，为整个太阳系提供成本低廉的电力。眼屏、人造器官植入和基因改造等技术在富裕阶层中广泛流行。

效能更为强大的核聚变引擎取代了老式的核裂变动力火箭，大大缩短了太阳系内的星际旅行时间。

2104—2154

芬克-诺特的虔诚蝾螈商场开张。

STEM针剂问世，该针剂能有效地让人类在生理层面上实现永生不死。随此应运而生新的殖民计划：几艘自给性亚光速殖民飞船出发，前往半人马座α。

不久，伊利亚·马尔可夫构建了统一场理论（UFT）。2114年，人类依据该理论建造出超光速引擎原型机。实验船“代达罗斯号”首次进行超光速航行试验。

超光速民用船出发前往半人马座α，先于亚光速殖民地飞船抵达。首个太阳系外殖民地在半人马座α的斯图尔特世界建立。

奥勒特于2122年证实，大部分超光速物质存在于银河系周围的巨大光环中。

多个太阳系外殖民地陆续建立。首先是在辛扎尔，然后是埃多伦，其中有些城市/前哨站由公司资助，有些则由地球上的国家资助。无论是哪种资助方式，殖民地从建立伊始就高度依赖太阳系的物资供应，大多数移民在采购所需的各项设备后负债累累。

2154—2230

维兰德殖民地建立。

约2165—2179年，萨尔·霍克二世在火星创立拜数教，殖民地不断壮大，开始主张独立于地球和太阳系。当地不同的政治派系之间冲突频频（例如辛扎尔发生的动乱）。地球与地外殖民地的关系越发不稳定。金星试图在扎恩攻势中获得独立，但最终失败。

罗斯兰殖民地建立。

2230

基拉·纳瓦雷兹出生。

2234—2237

伊德里斯船长和“阿多村号”小型运载火箭的船员在塔罗斯七号行星上发现了大灯塔。

星际联盟在反对和怀疑中成立。部分殖民地/无政府地区投了弃权票。《星际安全法案》立法通过，联军司令部因此建立，人类大部分军事力量得到整合。几个团体坚持保持独立，时常与联军司令部发生冲突，其中最著名的是辛扎尔政府。

维兰德冬季风暴肆虐，导致纳瓦雷兹家族的温室遭到严重破坏。

2237—2257

2249年底，萨沙·彼得罗维奇爆出腐败丑闻，罗斯兰的领导人马克西姆·诺维科夫引咎辞职。

2257—2258

对卫星阿德剌斯忒亚的考察行动开始，后续发生一连串事件。

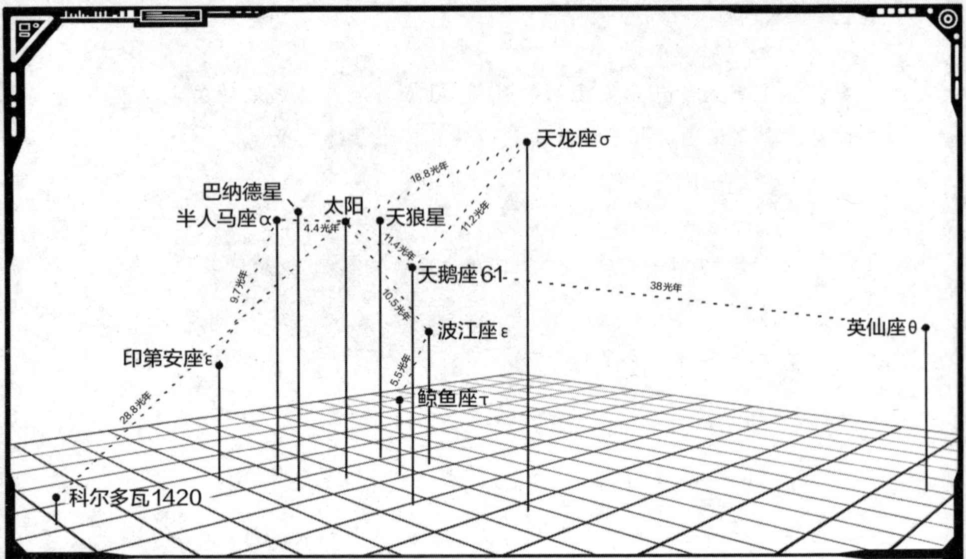

星际联盟星球

- 太阳
- 半人马座α
  - 斯图尔特世界
- 波江座ε
  - 埃多伦
- 印第安座ε
  - 维兰德
- 天龙座σ
  - 阿德剌斯忒亚
- 英仙座θ
  - 塔罗斯七号
- 天鹅座61
  - 罗斯兰

非联盟星球

- 科尔多瓦1420
- 鲸鱼座τ
  - 辛扎尔

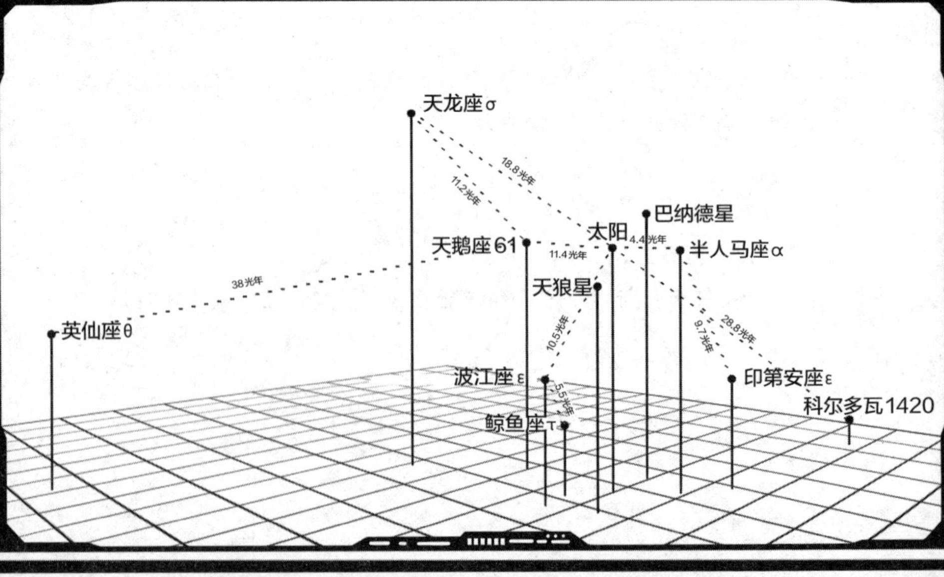

消融时代

The End of Ice

冰川、气候与人类危机

Bearing Witness and Finding Meaning in the Path of Climate Disruption

DAHR JAMAIL

译林出版社

图书在版编目（CIP）数据
消融时代 ： 冰川、气候与人类危机 / （美） 达尔·贾默著 ； 杨清波译. -- 南京 ： 译林出版社， 2025. 5.
（译见丛书）. -- ISBN 978-7-5753-0624-9
Ⅰ. X-49
中国国家版本馆CIP数据核字第2025JZ9937号

The End of Ice: Bearing Witness and Finding Meaning in the Path of Climate Disruption by Dahr Jamail

著作权合同登记号　图字: 10-2022-415 号

消融时代：冰川、气候与人类危机　[美国] 达尔·贾默 / 著　杨清波 / 译

责任编辑　陶泽慧
装帧设计　周伟伟
校　　对　戴小娥
责任印制　董　虎

原文出版　The New Press, 2020
出版发行　译林出版社
地　　址　南京市湖南路 1 号 A 楼
邮　　箱　yilin@yilin.com
网　　址　www.yilin.com
市场热线　025-86633278
排　　版　南京展望文化发展有限公司
印　　刷　苏州市越洋印刷有限公司
开　　本　880 毫米 ×1240 毫米　1/32
印　　张　9
插　　页　2
版　　次　2025 年 5 月第 1 版
印　　次　2025 年 5 月第 1 次印刷
书　　号　ISBN 978-7-5753-0624-9
定　　价　58.00 元

谨以此书献给

万物生灵的子孙后代

莫要忘记曾有许多人已经倾尽所能

世间本无非圣之地，唯有圣地与遭亵渎之所。

——温德尔·贝里

目　录

引　言

我在坠落。坠落的时间很长，我甚至能看到蓝色的冰层快速地向上运动，历经亿万年挤压而成的冰川在眼前倏忽而过。我感觉自己已经跌得很深，似乎把我的登山搭档肖恩也拽进了冰川裂缝里。此时，脑海中有个声音告诉我：死于登山就是这种感觉。

刚想到这里，登山绳索把我的攀爬挽具猛地一下子拉了起来，我的身体不由自主地随着绳索本身的力道上下晃动，然后慢慢趋于平稳。肯定是肖恩在冰川表面不知用什么方法阻止了我的坠落。

拂去头发、胳膊和胸前的雪和冰块，拉下衬衫袖子，我发现自己的冰川眼镜挂在登山裤的口袋里，于是将它收了起来。我检查了一下自己的身体，令人难以置信的是，没有发现任何伤情。环顾四周，我发现附近没有冰架可以缓解绳索的张力，因此肖恩无法安装滑轮系统把我拉上去。

我往身下看去。

下方是无边的黑暗。

我盯着正前方的蓝色冰墙，深深地吸了一口气，然后抬头看
向上方那个小洞——刚才我就是从那里掉下来的，当时我正艰难
1 地通过冰川裂缝间的雪桥。我们此行沿着阿拉斯加的马塔努斯卡
冰川向楚加奇山脉的马库斯贝克山方向进发，前面的肖恩已经安
全地通过了那座雪桥。

“你必须再往下看一眼，然后再做打算！”我大声自言自语道。

于是，我再次往下方看去。身下尽是无边的黑暗，空洞的裂缝如同黑洞大口，吞噬着一切，甚至包括声音。我心中一紧，几近窒息。

“肖恩，你没事吧？”我一边大喊，一边把机械上升器夹在绳子上，准备爬上去。

“是的，我没事，不过我现在就在裂缝边缘，”肖恩大声回道，“无法设置锚点，无法使用装备，所以不要往上爬。我们只能等待救援，等其他人赶上来。”

时间一分一秒地过去。

我的体温开始降低，低到我无法控制自己，身体不停地颤抖。为了摆脱对死亡的恐惧，我屏气凝神，盯着面前几英尺远的冰层陷入了沉思，身体偶尔会摇摆一下。靠近冰川顶部白色冰层内的微型气穴是经过长期挤压形成的，经年累月，散射出蓝绿色的光芒，美轮美奂，让人为之痴迷。沿着冰川裂缝略微向下，那里的冰层早在晚期智人和尼安德特人之前就已经存在了。

我静静地悬在半空中，小心翼翼不敢活动，生怕把肖恩拽下来。我全神贯注地注视着眼前近在咫尺的冰层，专心思考从上面折射下来的柔和光线如何穿透并反射出如此光滑的冰墙。我凝视着冰墙，感觉其中的蓝色似乎无边无垠。尽管处境危险，但冰川之美使我平静下来。

漫天飞雪中，轻盈的雪花似千变万化的精灵，降落在崇山峻
岭中。雪在自身重量的作用下被挤压成冰川，冲刷并塑造了地球 2
的面貌。千百万吨的重量，在地心引力的作用下，推拉着这些冰冻的河流顺坡而下，在隆起的地质板块上雕刻出冰斗和沟渠，雕刻出雄伟的山峰——我从小就被这些山峰所吸引。

最后，另外两名队友赶来，设法将肖恩从距离冰川裂缝边缘仅6英寸的栖身处救了出去，然后他们三人联手，搭建起三向滑轮系统，开始费力地把我从这个差点葬身的地方往上拉，一次只能拉几英寸。在接近冰川表面的过程中，我一直在关注冰层内部微妙变化的蓝色光影，被这种原始之美深深吸引。

终于，队友们把我拉上冰川裂缝的边缘。我不断地把冰镐的尖头插进雪里，用力缓慢地挪动身体，内心充满感激——之前我从未像现在这样因为身处冰川之顶而心存感激。我站起身，凝视着西边的一座山峰。此时，太阳刚刚落山，沿着山脊随风徜徉而下的雪绶带，在落日余晖的映衬下，幻化成一条条鲜红的丝带。漫天飞舞的雪花似落英缤纷，流光溢彩。

获救之后我如释重负，激动得浑身颤抖，不停地咆哮嘶吼，

宣泄着内心的感激与轻松。活着的感觉真好，周围的山色雪景真美。我在感恩与震撼中逐个拥抱三个登山伙伴。现在安全了，直到此刻我才意识到自己曾经距离死亡有多近。

那一天是2003年4月22日，世界地球日。事后看来，我认为自己当时的那种情绪部分源于其他事情——那是一种更深刻的意识，即我所看到的存在了亿万年的冰川正在消失。我在阿拉斯加有7年的登山经验，这让我有机会身临其境，目睹人类活动对气候的破坏所带来的巨大影响：每年，我们都会发现冰川底部在进一
3 步萎缩；每年，在这个冰川上举行的一年一度的攀冰节初期，我们都会发现冰川在快速消退，我们需要在冰川消逝后留下的结冰泥地上步行的距离越来越远；每年，停车场都被移到离冰川更近的地方，但随着冰层的融化，最终停车场却距离冰川更远了。即使是高达2万多英尺、距北极圈约250英里的德纳里峰，也发生了惊人的变化：其冰川正在迅速消失。

我们的星球正在迅速变化，我们现在所目睹的一切与人类历史上甚至地质历史上发生过的任何事情都不一样。几十年来，二氧化碳和甲烷这两种温室气体的吸热性质一直是不争的科学事实。据美国国家航空和航天局（NASA）称："毫无疑问，温室气体水平的增加必然导致地球变暖。"[1]有证据表明，温室气体排放导致地球变暖的速度比其正常变暖速度快十倍，而且毫不夸张地说，整个生物圈都感受到了这一后果。[2]海洋正以前所未有的速度变暖，日益严重和频繁的干旱与野火正在改变全球各地的森林，地

球上的冰冻带——水遇冷即结冰或凝雪的严寒地区——正在加速融化。北冰洋底的永久冻土正在融化，之前被封于地下的甲烷随时都有可能会随地球“打嗝”喷出，其数量相当于人类排放到大气中的二氧化碳总量的几倍之多，其结果将是灾难性的。

气候异常也带来了极端天气，如飓风和洪水。举例来说，大气变暖意味着其中含有的水分更多，从而导致严重暴雨灾害数量增加，比如2017年夏天横扫休斯敦的哈维飓风，其降雨量如此之大，以至于雨水的重量居然导致地壳下沉了2厘米。[3] 4

自大约300万年前的上新世以来，地球大气中的二氧化碳从未达到目前的水平。距今500年后，3/4的二氧化碳仍将存在于地球大气中。鉴于需要十年时间才能体验到二氧化碳排放所带来的强烈变暖效应，因此我们还远远没有认识到目前排放的所有二氧化碳的影响。[4]即使我们现在停止所有的温室气体排放，大气中的大部分气体还要再经过25 000年才能被吸收到海洋中。气候破坏的进展速度比以往任何时候都快，也比人类自己预测的要快。人类有记录以来的18个最热年份中，17个发生在2001年之后。[5]来自我们这个气温过高的星球的求救信号无处不在，各种报告、研究和警告的数量每天都在增加。联合国政府间气候变化专门委员会（IPCC）关于气温上升、极端天气、海平面上升和大气中二氧化碳含量增加的每一个最坏情况预测都落后于现实的进展。无数的冰川、河流、湖泊、森林和物种已经在以前所未有的速度消失，而这一切都是因为全球平均气温“仅”比工业革命前的试验基准温度上升了1℃。据一些科学家称，到2100年，全球平均气温可能会升高10℃。[6]

NASA戈达德空间研究所前所长詹姆斯·汉森主持的一项研究警告说，即使气温上升被限制在2℃以内，也会导致覆盖南极和格陵兰的冰原融化，其势头根本无法阻挡。倘若如此，到2050年，全球海平面将上升10英尺，海水将淹没许多沿海大城市。[7]纽约、波士顿、迈阿密、坦帕、新奥尔良、雅加达、新加坡、大阪、东京、孟买、加尔各答、达卡和胡志明市只是诸多沿海城市的代表，这些城市迟早会被迫搬迁，或者被遗弃在海中。

如今，全球气候遭到严重破坏，与过去相比，登山活动也变得截然不同。冰川正在我们眼前消失，已经缩小到有记录以来的最低水平，而且它们现在融化的速度比以往任何时候都要快。在北美，预计到2100年，加拿大西部70%的冰川将会消失。[8]到2030年，蒙大拿州冰川国家公园将很可能没有任何活跃的冰川。眼下，马塔努斯卡冰川的古老冰层正在迅速消失。即使是地球上最高和最冷的地方，也正发生巨大的变化。甚至珠穆朗玛峰也在发生变化——到2100年，喜马拉雅山脉中数千条冰川可能会减少99%。[9]今天出生的孩子在有生之年将会看到一座几乎没有冰川的珠穆朗玛峰。

在开始写这本书之前，我就知道人类活动对气候造成的破坏已经发展到了何种程度。从1996年开始，我在阿拉斯加生活了十年，并在那里的冰川上度过了一段时间。早在20世纪90年代末，阿拉斯加最大城市安克雷奇市的大部分假期都没有下雪，我和朋友们曾经用来攀冰的瀑布在有些冬天几乎没有结过冰，我们可以看到我们过去攀登山峰时要穿越的冰川逐年缩小。但当时我并不知道海洋和热带雨林里发生了什么，也没有意识到海平面上升和气候变化会对生物的多样性造成影响。

我从2010年开始报道环境与气候，自此以后发表了100多篇关于气候危机的文章，并就这一主题做了多次讲座和电台采访。这些工作为我的研究奠定了基础，所以当我开始为本书进行实地 6
调查研究时，我就已经知道了结果：人类已经改变了全球的气候系统。这就是为什么我没有使用人们更常用的“气候变化”这个词，而是倾向使用“人为（人类引起的）气候危机”这个词。毫无疑问，人类应该对此负责。

我写这本书的初衷是让世人了解世界各地正在发生的事情：从德纳里峰之巅到大堡礁；从地处偏远、狂风肆虐的白令海诸岛到佛罗里达海岸。我想探索干旱和野火对美国西部森林的影响，调查地球上面积最大的亚马孙热带雨林发生了什么。我知道大多数人可能永远也不会去这些地方，所以我希望通过目前有关冰川、森林、野生动物、珊瑚礁和海洋的第一手资料，以及顶尖科学家提供的研究数据，让读者深切感受到我们星球所面临危机的紧迫性。

事实证明，与我奔走在饱受战争摧残的伊拉克的前线报道的那些年相比，本书中的报道要困难得多。但我已经意识到，只有与这些地方建立起亲密关系，我们才能开始了解它们，或是爱上它们，并最终关心它们。只有与自然界亲密接触，我们才能完全理解我们的行为对它的影响有多么巨大。

尼泊尔的圣山鱼尾峰在安纳普尔纳保护区的东部边界陡然升高。小时候，我在地理课本上偶然看到这座山峰的照片，立刻被
7 它的雄伟所吸引。山峰的形状类似鱼尾，山脊如同刀削斧劈，直至峰顶，两侧岩壁状如薄纸，壁立千仞，下临无地。鱼尾峰比德纳里峰高近半英里，是世界上最引人注目的山峰之一，称得上是鬼斧神工，造化杰作。

尼泊尔人认为，鱼尾峰是印度教主神湿婆的圣物——湿婆被称为“毁灭之神”和“改造之神”，并被认为神迹无形——能力无限，超凡脱俗，永恒不变。这座山被禁止攀登，至今还没有人站到山顶之上。我认为这个决定非常英明，而我也一直希望地球上能有更多的地方不被人类涉足。

在我小时候，当我凝视着鱼尾峰的照片，时间仿佛不复存在——我爱上了鱼尾峰，并从此逐渐爱上了所有的山峰。十岁那年，我第一次看到科罗拉多州的落基山脉。当时，夕阳映衬下的山脉峰峦叠嶂，暗影憧憧，让我惊叹不已。1995年秋天，我前往阿拉斯加，开车走了一小段路就到了德纳里国家公园和自然保护区。午后，空中云朵散开，德纳里峰的壮美奇观一览无余，惊叹

之余我心中只有深深的拜服。一年后，我搬到阿拉斯加，训练自己的登山技能，准备进入这些自然保护区，远离暴力、速度和贪婪，远离日益反乌托邦的工业社会。美籍苏格兰博物学家、作家、哲学家和早期荒野保护倡导者约翰·缪尔的以下这段话准确地捕捉到了我的感受：“我正在失去宝贵的日子，正在退化为一台赚钱的机器。人类世界琐碎无趣，我什么也学不到。我必须摆脱这种生活，深入名山大川，学习新知。” 8

从本质上说，冰川是悬停的能量，是悬停之力。从这个意义上说，冰川是时间，是凝固在时间里的生命。但如今，这些冻结的时间之河本身也在耗尽时间。如今，地球的生态系统已经被逼迫到无法适应人类造成的创伤和压力的地步，正处于自由落体状态。就像当时我跌入冰川裂缝所看到的那样，历经数百年挤压而成的冰川，在我眼前一闪而过；与此类似的是，地球上的物种、冰川、河流、湖泊和森林，在地质史的转瞬之间，也都被湮没于无形之中。

现代生活压缩了时间与空间。借助航空旅行和即时通信，你可以在几小时内环游全球，或在提出问题后几纳秒内得到答案。而我们对此——以及对我们随时想要得到的一切——要付出的代价，竟然是与我们赖以生存的地球完全断绝联系。

我冒险进入荒野和大山，在很大程度上是为了让空间和时间回到原来的样子。当代生活的疯狂节奏正在对这个星球产生毁灭性的影响。人类已经改变了地球上一半以上的无冰陆地，已经改变了大气的组成和人类从中起源的海洋的化学性质。我们现在使用了地球上一半以上的淡水径流，世界上大多数主要河流不是被筑坝就是被改道。

作为一个物种，人类目前正面临着我们为自己挖下的地质深渊。由于人类的顽固，我们贪婪的胃口正在吞噬大自然本身。我
9 们拒绝听从地球发出的警告，也没有派出救援队伍。

从位于海拔20 310英尺的南峰下方2.5英里处的大本营眺望德纳里峰。摄影：达尔·贾默

1

德纳里峰

2016年6月18日，我身处海拔17 200英尺的高山上，狂风以每小时50英里的速度呼啸着横扫过荒凉的高山营地。在过去的24小时里，风力急剧增加，而且还会变得更猛烈。

算起来，我在德纳里峰度过了很多岁月，有时是出于个人登山旅行，有时是担任登山向导，有时也会像现在这样，在国家公园服务中心（NPS）做志愿者，从事救援工作。为了增加登山管理员的数量，NPS在每个登山季节都会雇用数十名救援志愿者。作为志愿者，我们与管理员组成巡逻队，目标之一便是随时让山上的每个营地都有巡逻队，以帮助遇到麻烦的登山者。

我非常尊重山上的天气，尽管我三次登上过山顶，而且每次走的都是不同的路线，却从来没有在如此恶劣的风暴天气中攀爬到目前的高度。带领我们这支巡逻队的德纳里峰登山管理员米克·沙恩知道风暴会越来越猛烈，他给我们三个志愿者机会，让我们可以选择下山。我既爱德纳里峰，又怕德纳里峰，但我毫不犹豫地做出了一个让我自己惊讶的决定，因为我非常清楚，在北
11 美最高峰的猛烈风暴中，登山队是如何被吹下山的。

“我要留下来，米克。我想留下来。”我提高嗓门对他说，周遭是狂风的呼啸声和拍打帐篷的轰隆声。我知道，我们巡逻队的医生利亚姆——他跟我同住一个帐篷——和另一位志愿者布莱恩都很想下山，赶回我们身下海拔14 200英尺的营地，挺过风暴，等风暴减弱后再返回。德纳里峰是地球上最大的单一山体之一，由于它的高度和周长，整座山范围内极少有天气一致的情况。在海拔高的高山营地，可能狂风肆虐难耐，但只要下降3 000英尺，在比较隐蔽的营地，风就容易忍受得多。

前一天晚上，我们帐篷的整个后半截都被纷飞的大雪掩埋了。万幸的是，我们把帐篷搭在深坑里，而这个深坑是我们在雪地表面挖出来的，并且还加固了雪地表面几英尺高的防雪墙。只有墙和坑才能防止帐篷和帐篷里面的东西被风撕碎，或者防止更糟糕的情况——防止狂风把帐篷从山上连根拔起，吹到下面的彼得斯冰川上。

这种防风措施是有代价的：我们必须不断清除深坑里的积雪。就在利亚姆收拾好装备和布莱恩一起下山的时候，我开始清除帐篷周围的积雪。

因为德纳里峰距离北极只有1 800英里，所以它比低纬度地区

哪怕海拔更高的山峰更接近对流层的顶部，而对流层是生命赖以生存的大气层。越靠近地球两极地区，大气层会逐渐变得稀薄：赤道地区大气层的厚度是12英里，而北极地区只有4英里。因此， 12
德纳里峰靠近对流层顶部意味着山顶上的氧气比海平面上的少42%，因为那里的气压比赤道附近同样高的山顶上的气压低得多。此外，由于德纳里峰的峰顶接近对流层的顶部，因而也就更接近高速气流，所以山上时速超过100英里的大风并不罕见。

在这个海拔，人的体力消耗会加倍。仅仅铲了30分钟雪，我就已经筋疲力尽，只能爬回帐篷。趁着大雪重新填满坑底之前，我休息了一会儿，然后再次开始铲雪——这波操作还仅仅是开始，接下来的几天将会成为对我选择留守在高山营地的惩罚。

米克的帐篷就在我的帐篷上方的平台上，他和未婚妻苏·沃尔夫一起坚守在那里。风力一整天都在加强，以至于尽管我们之间的距离只有10英尺，我们还是不得不使用无线电通信。"达尔，我们必须一起加固帐篷，因为最糟糕的还在后面呢！"米克通过无线电对我喊道。

我告诉他，我会与他们会合，然后从睡袋里爬出来，开始艰难地穿上羽绒裤、派克大衣、套头的巴拉克拉瓦盔式帽、滑雪防护镜、连指手套、冰山靴和保暖套靴。做完这一切，我迈步走进了铺天盖地的暴风雪中。我拿着雪铲，顶着狂风缓慢地走到他们的帐篷旁边，三人一起有条不紊、一点一滴地加固防雪墙，增加额外的帐篷支柱，收紧固定绳索，然后又对我的帐篷做了同样的加固工作。

这项工作需要花费几个小时，因为我们需要定期停下来喘息。我大口吸着空气，满脸敬畏地看着天空：此时，较低的北峰峰顶上面的云帽乌云翻滚、气势滔滔，就像我们之前在海拔20 310英
13 尺高的较高的南峰峰顶看到的云帽一样。当来自较低海拔的暖湿空气突然被迫上升到较高海拔地区更冷的空气中时，就会出现云帽，这种现象被称为地形抬升。

奇幻诡谲的云层看起来像涟漪的水波，由下而上汹涌澎湃，一路横扫过高山营地的悬崖边缘。海拔14 200英尺的营地位于我们下方3 000英尺处的冰架上，从冰架再向下垂直一英里，就到达了下面的卡里特纳冰川。云层从我们头顶掠过，距离我们非常近，我和米克、苏三人轮流伸手想要触摸到它，却怎么也够不着，倏忽间流云便突然升高，飘向北峰峰顶，离我们越来越远。在那里，云层形成了典型的圆盘状两面凸起的云帽——这向来都是狂风即将来临的讯号。我们几人纵声大笑，感叹云层奇幻诡谲的形态，惊叹狂风摧枯拉朽的力量。我们气喘吁吁，不断跳向空中，试图触摸飞逝而过的云层，彼此对望之际，哈哈大笑。

零星的阵雪遮住了午后偶尔出现的阳光，然后又被长时间持续的狂风吹走，我也险些被吹倒。随着风力的增强，狂风从营地的斜坡上掀起门板大小的成片厚厚积雪，裹挟着将其抛下山坡。

现在的风速接近每小时70英里，我有时会感到窒息。迎着风时我感觉就像在吸消防水管；背着风时我感觉就像肺里的空气被

抽走了。我很快发现，侧身对着风呼吸会相对容易一些。

我设法清理掉我帐篷周围的大部分积雪，然后一步一滑地回到帐篷里，慢慢地卸下身上所有装备，爬回我的羽绒睡袋。

狂风在我周围和头顶呼啸肆虐，我不得不戴上耳塞。阵阵狂风感觉就像巨人的大手拍打着帐篷，震动着墙壁，仿佛强烈的地震。夜幕降临时，风速上升到每小时90英里。晚上的温度是零下 14
26℃，这意味着外面有风寒的温度是零下51℃。

狂风持续肆虐，帐篷不停地晃动，挂在帐篷内长方形晾衣绳上的颈套、手套、羊毛帽和滑雪镜也跟着上下弹跳，前后摇晃。帐篷里偶尔难得地安静下来的时候，我的头顶上方却依然狂风呼啸，暴烈异常，没有丝毫停歇，就像一列轰鸣滚动的货运火车。

到目前为止，我已经在山上待了快三个星期，身上都臭了。由于长时间缺氧，我的身体移动速度减半，整个人无精打采，甚至连做决定都很困难。我独自一人困守在被暴风雪肆虐过的帐篷里，里面一片狼藉，四周散落着脏衣服、炉子、冻干的饭菜、塑料登山靴、日记本、照相机和一本书。

然而，我从来没有像现在这样满足过。

我从保温瓶里给自己倒了一杯热茶。

随着风速加快，我的内心世界反而慢了下来，除了自己的思绪，我心无旁骛，内心变得平和空明。我想起与我亲近的人，祝他们在这个世界上一切安好；我想起那些我不太喜欢的人，也祝他们在这个世界上一切顺利。我的世界清澈、简单，就像眼前这个无比庄严宏伟的地方，不允许任何错误的空间。我有几个朋友住在附近的帐篷里，我可以和他们分享这种感受。此时此刻，这里就是我最想待的地方。

我热爱我的生活。

正是在这里，我学会了百分之百地活在当下，这里为我奠定了基础，让我学会尊重生命的力与美，提升了我对死亡的意识。

几周前，我来到阿拉斯加的一个小镇塔尔基特纳，那里热闹非凡。前往德纳里峰的登山者熙熙攘攘，他们先抵达沃尔特·哈珀·塔尔基特纳公园管理站，办理入园手续，听取有关登山注意事项的介绍。之后，如果运气不错、老天开眼，他们就可以前往镇上那条不宽的主街的另一端，那里有简易飞机跑道。如果山上的天气允许飞机在7 200英尺高的大本营冰川上降落，滑雪飞机会从早到晚不停地起降，飞机发动机的轰鸣声将响彻小镇上空。

迪埃纳原住民是第一批居住在该地区的人，他们将此地命名为“Talkeetna”，字面意思是“靠近河流的食物储藏地”。今天，来自世界各地的登山者带着装满装备、食物和燃料的背包与行李袋聚集在一起，满怀希望地准备攀登德纳里峰。尽管这座山对登山者来说很重要，但对科育空阿萨巴斯卡人来说更为重要，他们将其命名为“迪纳阿里山”。这座山在他们的创世神话中扮演着核心角色。此山在当地还有其他几个名字，每个名字翻译过来的意思都是在向山的高度和力量致敬，它们在本质上都体现了同样的含义：奇峰异岭。

在晴朗的日子里，阿拉斯加周围数千平方英里的地方都能看到德纳里峰高耸的白色山体。这是因为从边缘测量，德纳里峰可以说是地球上最大的山。它由144平方英里的岩石、冰川和积雪组成，高耸于海拔2 000英尺的高原之上，山体高达18 310英尺，是地球上垂直起伏最大的山峰。相比之下，珠穆朗玛峰虽然比德纳里峰高近9 000英尺，但它仅仅比自己所处的青藏高原高出12 000英尺。

在此次出行之前，我上一次攀登德纳里峰是在2003年，当时我们一群救援志愿者沿着西肋路线攀登，这条路线在技术上比标准的西扶壁路线更具挑战性。巡逻队的一名志愿者塔克·切诺韦 16
斯后来成为德纳里登山管理员，最近又成为德纳里国家公园南区管理员。

在我们飞过去开始巡逻的前一天晚上，米克的巡逻队和其他几个登山管理员被邀请前往塔克家吃鲑鱼。当孩子们在温暖的傍晚阳光下玩耍时，塔克和我谈论了NPS近年来在德纳里目睹的一些显著变化。

“我们看到了季节的变化，这一点非同寻常，”他解释说，“登山者一直认为登山季节是5月和6月，但现在4月成了新的5月。现在山上的总体气候似乎暖和多了。”每逢讨论德纳里峰的时候，NPS经常用“山上”一词指代海拔11 000英尺以上的一切。塔克介绍说，之前“山上”一直属于停滞地带，没有任何变化，但是如今不再如此了。

气温升高已经影响到海拔14 200英尺的营地，这里基本上是山上的大本营。如今这里的气温比以往任何时候都要高，处在这一海拔的其他地貌也是如此。德纳里峰北侧著名的维克沙姆岩壁，一直以来都是一个庞大、险峻、冰层厚重的陡面，现在那里的冰川正在崩解，露出裸露的岩石。由于冰崩和雪崩的增加，通往维克沙姆的路线以及其他几条路线变得越来越困难和危险。如今，德纳里峰出现的这些现象在世界各地知名的登山地区都有报道，包括珠穆朗玛峰。

我们谈话快要结束时，塔克谈到了气温升高对海拔较低的山
17 脉的影响。“我指的较低的冰川是海拔11 200英尺以下的冰川，它们正在迅速融化，”他说，“冰川表面每年都在下降，以至于我们没法再用海拔指代营地（11 200英尺、9 700英尺、7 800英尺，还有大本营的7 200英尺等），而不得不寻找其他名字来称呼它们，因为它们的高度在不断下降，这也反映了冰川融化的速度相当快。”

那天傍晚晚些时候，我走到我们小屋附近的塔尔基特纳河边。远处若隐若现、兀自耸立的德纳里峰显得倨傲不群，一面点缀着橘黄色的夕阳余晖，一面呈现出灰暗的轮廓。塔克的话使我心情沉重，似乎也有其他人曾警告过我。之前重新回到雪山的兴奋此时蒙上了一丝忧虑，这种感觉很微妙，我需要自己振作起来。

由于塔尔基特纳地区持续出现异常的高温天气，我们巡逻队

准备飞上德纳里峰，第二天就开始巡逻。我们的滑雪飞机引擎发出巨大的轰鸣声，载着登山者和数百磅重的装备，从跑道上起飞，缓慢吃力地攀升，然后机翼向右侧下降，飞行目标直指那座占据北方天际线的白色巨无霸。当飞机颠簸着、吃力地朝那个庞然大物飞行时，我坐在座位上的身体在轻微的颠簸中左摇右晃，但我的灵魂找到了归宿。就在我们飞往远处阿拉斯加山脉的中心时，世上的一切又变得十分美好，一切对我来说又变得更有意义了。

山是我倾听地球声音的地方。1996年，我在阿拉斯加第一次开始登山时就是如此。我对德纳里峰可以说是一见钟情，为此我搬到了阿拉斯加，在那里度过了几个月的时间：爬山，当向导，
后来还为NPS做志愿者。我对登山的热爱把我从德纳里峰带到西 18
半球的最高峰——阿根廷的阿空加瓜峰，带到墨西哥的最高火山，以及巴基斯坦的布罗德峰。登山成了我的信仰，但自始至终，我的心始终留在阿拉斯加山脉，尤其是其中的德纳里峰。2003年，伊拉克战争爆发，我离开大山，开始做自由记者，记录伊拉克人民在美国野蛮占领下的困苦生活。没想到这一去便是十年，单单在伊拉克这个国家就待了一年多。其间，我爱上了伊拉克人民和他们的文化，就像当初我爱上大山一样。我发表了数百篇文章和演讲，出版了三本书，接受了上千次电台和电视采访，成了战争和美国中东外交政策方面的专家，同当地几名翻译人员建立了深厚的个人友谊。之后，我曾报道过2010年英国石油公司在墨西哥湾的漏油事故，从而开始从事环境报道，为卡塔尔多哈的半岛电

视台英语频道撰写专题报道。2013年，我搬到华盛顿州，重新建立起我与大山的联系。我始终清楚一点：我想更多地了解地球正在发生的变化，想了解气候危机的严重程度。

现在，在我离开阿拉斯加13年之后，在经历了诸多世事变迁之后，我的目光再次被守卫着阿拉斯加山脉南部边界的山峰所吸引。这里四处冰川覆盖，鬼斧神工。

终于，40分钟的飞行结束了，飞机缓缓地降落在德纳里峰大本营积雪覆盖的冰川跑道上。这种感觉就像回到了家中，见到了久违的好友。然而，虽然我回到了自己一直心心念念的地方，但
19 这里自2003年以来所发生的变化还是一目了然。大本营西侧的克罗森山（Mount Crosson）从德纳里峰的卡里特纳冰川的主体上升起，海拔12 352英尺，山上被冰川覆盖。我发现，在我2003年攀登的那条路线上，冰川和积雪的覆盖面积小了很多。当时，只有山脊路线较低的四分之一处没有被冰雪覆盖。但现在，那段路线最近暴露出的泥土和岩石上已经没有积雪，在山脊北面白雪皑皑的山体上留下一条黑色的带状区域——四分之三的路线上基本上没有冰雪覆盖。

在塔尔基特纳小镇，我遇到的每一个登山管理员都会谈及最近几年天气转暖这件事。在山上，我从管理员和登山者那里也不断听到类似的说法。

亨特峰（Mount Hunter）位于德纳里峰大本营的正上方，海拔14 573英尺，比德纳里峰要低，但严格说来，它比德纳里峰更具

挑战性。有支登山队本来打算登上亨特峰，但当他们发现有水从攀爬路线的顶部流下来时，便放弃了攀登。通常情况下，这段路线应该是封冻结实的才对。亨特峰大本营对面是海拔10 450英尺的弗朗西斯峰（Mount Francis），山峰南面的冰雪明显比我上次来这里时少了很多。米克看我盯着弗朗西斯峰，便说道："那里的冰雪覆盖面积也比以往要少，而且最近几年，我们的大本营里竟然出现了蚊子。"

我一言不发站在原地，静静地看着眼前的一切，默默地听着米克的讲述，身边繁忙的大本营传来登山者的谈笑声。抬头望去，亨特峰西北面还覆盖着蓝绿色的冰川，不过从目前地球变暖速度不断加快的趋势来看，这些冰川迟早会融化，露出里面庞大而陡峭的岩体。 20

我把目光转向德纳里峰大本营周围其他被冰川覆盖的山峰。福拉克峰（Mount Foraker）是阿拉斯加山脉的第二高峰，海拔17 402英尺，兀自耸立在卡里特纳冰川之上。我发现，就连高耸入云的福拉克峰下侧也出现了冰雪消融的迹象。我很难理解，竟然连阿拉斯加山脉也在融化，而且速度很快。

几十年来，有证据表明，我们所有人都面临着巨大的气候变化。在所谓发达国家，大多数人与地球上的其他地方没有足够的联系，因而也就不知道气候变化对地球和我们人类意味着什么可怕的后果。我们这些常年活动在大自然中的人——无论是登山者、园丁、背包客、草药医师、渔民，还是猎人——对于"生态伦理之父”奥尔多·利奥波德所说的“生态教育”都有自己的认识，也都敏锐地意识到已经发生在我们身上的变化。

利奥波德写道：“生态教育的惩罚之一便是，让一个人孤独地生活在一个充满创伤的世界里。生态学家只好变得冥顽不化，幻想科学的结果与自己无关；或者像医生一样，虽然能够看到死亡的迹象，但周围的人都在粉饰太平，自欺欺人，不愿意听到逆耳忠言。”[1]

这些年来，当我意识到气候破坏对山脉和冰川造成的伤害时，我就像看着一位好友与绝症作斗争。我在德纳里峰目睹的一切，从登山团体所了解到的一切，以及关于全球冰川快速融化研究的
21 源源不断的成果，都令人十分震惊，无法接受。在写这本书的过程中，我越来越习惯于听到气候迅速变化产生的影响。你与某个地方的关系越亲密，就越难以接受它可能遭受的影响。

随着全球气温快速上升，温度预测也在迅速上升。据保守的国际能源机构预测，到2035年，最糟糕的情况可能是全球平均气温将上升3.5℃。[2]这意味着在不到20年的时间里，气温上升幅度将达到正常水平的412%。世界银行委托的一份报告警告说，我们正“朝着‘升温4℃的世界’前进，必将引发极端热浪和海平面上升，进而危及生命”。[3]世界一流的气候研究人员认为，到2100年，全球气温甚至有可能升高6℃以上，这将给人类文明带来“灾难性的变化”和“难以想象的后果”。[4]

目前地球的温度“只”比工业化前的基线温度高了1℃，但我

们看到的冰雪融化程度已然触目惊心。因此，温度上升4℃至6℃对冰川和冰原的影响将会极其严重。

距离我上次登上德纳里峰已经过去13年了，但我感觉自己从未离开过。这就是山的恒久本质，在我重新踏上山坡的那一刻，我立刻就意识到山的崇高与永恒。尽管我自己的生活发生了很多变化，但这一次，德纳里峰高地上发生的变化过于明显，不可能被忽略。

当我们到达海拔7 800英尺的营地时，第一场暴风雪袭来。我们五个人挤在厨房帐篷里喝茶、聊天。米克告诉我们，在2013年的登山季节，因为海拔13 200英尺的风角地带（Windy Corner）经常发生岩崩，所以NPS选择用飞机将登山管理员从海拔11 200英尺的营地空运到14 200英尺的营地。同年，德纳里峰上一段被称 22
为“高速公路”（从海拔17 200英尺到18 200英尺之间的一段标准路线）的路线上出现了有记录以来的第一次岩崩，山顶山脊附近也第一次出现了闪电。

第二天，我们继续向海拔11 200英尺的营地挺进，四周尽是白茫茫的一片，那感觉简直就是在云里滑雪。我对身下世界的所有想法，全都消失在竭尽全力的行进和呼吸的节奏中。最重要的是保持合理的节奏，然后在短暂的休息期间注意吃饱、补充水分和保暖。抵达营地后，又一场暴风雪袭来，把我们困在原地。但这次雪是湿的。

我们站在帐篷外面，看着狂风把雪从营地上方高耸的西扶壁上刮下来，吹得四处飞扬。这时米克说道："在这么高的山上出现湿雪，算是一件新鲜事，我以前从来没见过。我以前来这里从来不带防雨外套，但现在你需要带上一件。"

那天晚上，我把关于德纳里峰的每一条坏消息全都写进了日记里，其中掺杂了我的悲伤，但同时也表明了我的决心——我决定不断返回德纳里峰，直到我的身体不再允许为止。我想每年在这个地方、在这座山上待上一段时间，因为德纳里峰永远是我的哨兵和圣殿，永远是我的向导和灯塔。

在这方面，我远非个例。米克住在怀俄明州提顿县附近，并在那里工作，可他每年都要回到这里，担任季节性管理员。他和其他像他一样的人肯定不是为了发财才这么做的。我们这些选择投身于登山运动的人，选择接受身体和精神严峻考验的人，都是出于对这些荒野的热爱。而现如今，待在德纳里峰身边还有另外一层吸引力：这就好比是想要陪伴在生病的朋友的床边，想要在
23 我们都还在的时候与他们共度时光。

法国超现实主义诗人和作家勒内·多马尔在《类推之山》中写道："山是通天接地之纽带，其最高峰触及永恒的天国，而底部延伸出的诸多山麓则进入凡人的世界。山是人类进阶成神之道，亦是神祇显圣示人之门。"[5]

假如我不能来到这个人人喜欢的地方，我又能身处何方？这是我一生中最接近教堂的地方：每个营地都是一座圣坛，每个峰

顶都是我向地球致敬的圣地。

在海拔11 200英尺的营地待了三天之后，我们离开营地，朝着海拔14 200英尺的营地前行。攀爬过一段陡峭的山体之后，在一个被称为“马球场”的区域，向上的路线逐渐趋于平缓。这个区域的正上方就是海拔13 200英尺的风角地带，于是我们戴上头盔，以防可能发生的岩崩，迅速滑过这段路线上山体裸露的部分，然后继续前往下一个营地。

营地位于冰川架的中央，峰顶就在其正上方一英里多的地方，若隐若现。我们上山后的第一个星期里，大部分时间一直在刮大风。此刻，狂风漫卷层层的白色雪雾，从山脊上呼啸而过。

巡逻队每隔一周轮换一次，目的是在我们慢慢上山的过程中轮流巡逻。我们在营地受到了巡逻队的热烈欢迎，他们很快就会向海拔更高的营地进发，而我们则要在这里安营扎寨。我们将在这里停留至少一周，让我们的身体有时间适应更高的海拔，然后再继续上山。其他登山队也在这里花时间适应环境，观察天气，寻找登顶的机会。 24

风依然很大，想要登顶希望渺茫。就在我们入住营地的几天后，我们的巡逻队开始投入战斗，参与直升机高山救援。一支日本登山队在大风中到达了峰顶，但其中一名登山者在返回高山营地的途中晕倒了。当直升机在海拔18 400英尺的高度将救援篮下放并悬挂在救援队附近时，飞行员和随行的管理员很快就明白，此次救援已经变成了医疗急救。

众人手忙脚乱展开急救，一名巡逻队志愿者试图救活那名登山者，然而没有成功。目睹了这一过程之后，在那天剩余的时间里，我独自一人，在营地周围散步，久久凝视着亨特峰和福拉克峰。虽然很明显，那名登山者忽视了高原反应的警告信号，还犯了其他一些错误，但如果有人死在山上，总归是一场悲剧。失去任何生命都会让我感到悲痛。

不过，后来，我想知道为什么我会对一个素不相识之人的死如此感伤——毕竟我不是那个做心肺复苏的志愿者，也没有直接参与救援。但当时我就是感到哀伤，想一个人待着。

那天晚上，我坐在帐篷里写日记时，意识到那名日本登山者的死亡让我产生了另外一种感觉，我开始感受到气候破坏给德纳里峰带来的巨大损失。我的滑雪板、冰爪和冰斧下面的冰川正在融化。我能感受到人类工业规模的消费主义对地球的灾难性影响。人类已经玷污了生物圈，已然没有了退路。

阿拉斯加山脉的古尔卡纳冰川。就像当今世界上大多数冰川一样，古尔卡纳冰川的冰也在迅速消失。世界冰川监测服务机构（World Glacier Monitoring Service）追踪了近几十年来全球冰川急剧消融的情况，一些专家预测，到2100年，全球所有的高山冰川都将消失。摄影：达尔·贾默

2

消融时代

与冰川为伴，会让人渐渐地觉得自己确乎微不足道。久居阿尔卑斯山，感受高山与冰川的壮美恢宏，假以时日，潜移默化之下，能够让人抛弃所有的自负和狂傲。

——马克·吐温，《海外浪游记》

2016年4月11日晚上，夜间温度降至零下18℃以下，微弱的绿色北极光在晴朗的夜空中悄无声息地闪烁跳动。虽然阿拉斯加近年来打破了各种暖温纪录，但春季在阿拉斯加山脉东部的古尔卡纳冰川（Gulkana Glacier）露营仍然让人感到彻骨的冰寒。我们几个人在冰雪上安营扎寨，接下来的几天我们将在这里开展工作。

我在美国地质勘探局所属的一个团队担任志愿者，该团队正在进行该组织的年度冰川调查。这项工作需要用雪地车在冰川高 27
处搭建营地，然后以营地为中心，利用白天时间挖掘雪坑，放置测量桩，对冰川的不同区域进行GPS和雷达测量。美国地质勘探局的基准冰川项目（Benchmark Glacier Program）自1957年以来一直在跟踪各地的冰川，1967年，它首次对古尔卡纳冰川进行了测量。与华盛顿州北喀斯喀特山脉的南喀斯喀特冰川一起，古尔卡纳冰川提供了北半球持续时间最长的冰川表面质量平衡记录——冬季积雪量与夏季融雪量之差。质量平衡的变化是冰川最敏感的气候指标，世界冰川监测服务机构从1980年至2012年收集的数据显示，全球冰川连续25年出现负质量平衡。换句话说，世界上大多数冰川正在融化，这一趋势近年来还进一步加速。[1]

该团队的负责人是美国地质勘探局冰川学家路易斯·萨斯，此人38岁，身材高大结实，沉默寡言。萨斯在德纳里峰当了几年向导，足迹遍布大山上下，可以说已经成了地道的山里人。对他来说，置身于严寒的高山冰川，就像在自家厨房做饭一样悠然自在。他做的每一件事都是经过慎重考虑的，而且效率很高，就像他说话的方式一样。

我是和萨斯以及另外一位冰川学家艾琳·沃顿一起从安克雷奇驱车赶过来的。当我们开车经过积雪覆盖的山脉，谈论着今年降雪再次低于平均水平时，他们二人都表现出了对冰川和地球的迷恋。我询问他们为什么喜欢在美国地质勘探局工作，他们都谈到了自己强烈的好奇心，想弄清楚事情的本源。美国地质勘探局是美国最重要的科学研究机构之一，萨斯和沃顿二人都曾在南极洲工作过，在各自的领域拥有丰富的经验。

车子驶入登山口之后，我们从车上卸下雪地摩托，准备开到冰上去。萨斯解释说，冰川和冰原已经在适应气候变暖的方式。他说："阿拉斯加没有一个地方不受人为气候变暖的影响。"

古尔卡纳冰川就是最好的例子。自1974年以来，冰川边缘的厚度已经减少了500英尺，尽管侧面有两条冰河流入冰川主干，但正如萨斯所说："最终只会是两个较高的边沿冰川。"

每年4月，萨斯和他的团队便开始挖掘雪坑，把长长的金属勘测桩插入冰层之中，此时冰川上的冰雪量是一年中最大的。然后，他们又会在夏末冰雪量最低的时候返回，记录他们发现的变化。

眼下，萨斯、沃顿和另外两名美国地质勘探局的科学家正忙着勘测冰川。我也参与了挖掘雪坑的工作，但更多的是帮助将测量桩插入冰层深处，记录萨斯从另一个雪坑底部大声报出的数据——他在那里测量积雪的重量和密度。冰川上的清晨非常寒冷，但一旦开始工作，我们就会感到非常轻松，即使有时候眼前的景象会让我心迷意醉：凌空悬垂的冰层，山脊上飞檐翘角的巨大冰凌，以及数千年形成的冰河峡谷中的奇幻美景。

在调查的最后一天，我们骑着雪地摩托进入了西福克河的上游。这是一段危险的旅程，因为要途经冰面裂缝严重的地区，但幸好没有发生重大事故，只有一辆雪地摩托被卡住了，我们把它挖出来后就又上路了。在上游地带，风速平稳，阳光明媚，天高云淡，实属山中难得的好天气。向东南方向望去，远处高达16 000多英尺的桑福德峰（Mount Sanford）白雪皑皑，巍峨耸立，

29 清晰可见。崎岖不平的楚加奇山脉向西部和南部蜿蜒而去，形成了一条长长的白色山脊。就在沃顿和萨斯提取雪芯样本的同时，美国地质勘探局的另外两名科学家则驾驶雪地摩托四处巡游，用雷达绘制冰川上部的地图。机电冰芯钻（一种用于在冰川顶部挖出积雪的钻头，以便对每年降雪和融化循环中形成的积雪层进行取样）轻轻地旋转，向下钻探，萨斯从16英尺深的地方将雪和冰芯拔出，放在泡沫垫上让沃顿检查。他们通过冰晶体的大小，在其中寻找降雨层、冰层和其他天气变化的迹象。

任何冰川都是气候历史的精准指示器，都在讲述发人深省的故事。阿拉斯加100 000座冰川覆盖了将近79 000平方公里的面积，是格陵兰岛和南极洲以外最大的冰川区之一。[2]萨斯说：“现在我们平均每年可能失去大约50座冰川。如果我们继续像往常一样排放，这个数字还会增加。”

勘察结束后，我们折返回到下游。从河道分叉的底部，我抬头凝视着眼前的冰川，看着两条冰河汇入冰川主体之中，不禁陷入沉思。这处冰川宽1.5公里，最深处有330米厚。想到在不远的将来所有的冰川都将消失，我心中不免惶惶然不知所措。

我对我所熟知的山区冰川的衰退程度感到好奇，所以在古尔卡纳冰川之旅一个月后，我爬上了雷尼尔山（Mount Rainier），那是我家乡华盛顿州的标志。和两个朋友沿着标准路线上山时，我惊讶地发现，与22年前我第一次登上这座山时的情况相比，这里

发生了巨大的变化。海拔12 500英尺处出现了冰川裂缝（在这个 30
季节本应当被冰雪早早覆盖住才对），冰川在大约10 000英尺的高度上失去了100多英尺的厚度——所有这些变化令人触目惊心。阅读关于冰川冰大面积消失的科学研究是一回事，而在我以前去过的地方目睹它消失又是另一回事。

虽然马库斯贝克山附近的马塔努斯卡冰川（Matanuska Glacier）的融化速度让我惊讶，但我没想到冰川较低部位的融化速度会如此惊人。

那年夏天的晚些时候，我再次来到马塔努斯卡冰川脚下——位于安克雷奇以东（东北方向）几小时的路程。此时恰逢阿拉斯加登山俱乐部一年一度的攀冰节，过去我每年都在冬季攀登季节开始的时候去那里攀冰。这里的冰川一直在明显地萎缩和变薄。从1996年到2003年，我每年都要攀登的较低的冰川已经发生了翻天覆地的变化。冰川左侧部分——现在被称为冰川“肺叶”——已经停滞在不断活跃移动的冰川旁边，可能处于冰川衰退期。由于尘土和岩石碎片不断堆积，冰川肺叶颜色变暗，不再接受冰川主体的冰雪，正在慢慢融化。

我之前拍摄的照片中也有冰川肺叶的身影，但当时它只是一层薄薄的黑色暗影。现在它的面积已经超过了冰川的一半，其中一侧甚至达到了冰川整体的四分之三，贯穿整个峡谷。它甚至挤压到冰川的另一侧，威胁要把另一侧也从冰川的趾部切断。冰川肺叶看起来就像是一种黑色的病毒，肆无忌惮地横行传播，玷污

31 着白中透蓝的活跃冰川。

萨斯曾向我提到，马塔努斯卡冰川已经急剧变薄，该州大部分陆地冰川也是如此。在过去的一个世纪里，除了趾部萎缩，马塔努斯卡冰川的面积并没有缩小，但是正如萨斯所说，它“正在通过失去质量而缩小”。冰川上的岩石碎片是它继续变薄的迹象。现在甚至有可能在其末端形成一座大湖。

萨斯说，一旦冰川开始萎缩，速度会很快。某个冰川的全部或大部分的消失将对它所支持的生态系统和当地天气产生巨大影响，其中还不包括它将产生的文化、精神和经济方面的影响。例如，今年8月，阿拉斯加州州长发布了关于马塔努斯卡河（Matanuska River）的灾难公告，这条河的险情在很大程度上是由于创纪录的夏季高温冰川融水带来的。[3]暴涨的河水威胁着下游的房屋和社区，河水一度在短短12个小时内侵蚀了大量土地。[4]

即便如此，一家名为“马塔努斯卡冰川探险”的公司现在取得了正在融化的冰川脚下的土地所有权，并利用它获利。只要是想靠近冰川，该公司就要收取每人30美元的费用（并号称为此提供价值100美元的“旅游”服务），而在我和其他登山者周末曾经一起露营的冰隙地带露营则收取40美元的费用。

此地现在已经完全私有化，冰川脚下正在萎缩的西部区域挤满了喧闹的全地形车，出现了很多新的建筑，到处是建筑工地发出的嘈杂声，大卡车的轰鸣声，电锯伐树的嗡嗡声，以及推土机的隆隆声。与此同时，从冰川中流淌出来的马塔努斯卡河正变得越来越宽，远超最初我见到它时的模样。所有的操作都近似疯狂，似乎是要趁冰川融化之际快速捞钱，而冰川本身则更像是一个可有可无的东西，逐渐淡化、模糊，成为陪衬的背景。这有点儿类 32
似于在佛罗里达海岸线投资基础设施的愚蠢做法，但规模要小得多，大量资金被用于扩大旅游基础设施，而这些基础设施正在我们眼前融化。

萨斯建议我和迈克·洛索博士谈谈，他是一名物理学家，在朗格尔-圣爱丽斯国家公园保护区工作，所以我来到洛索博士位于阿拉斯加偏远山区小镇麦卡锡的家中与他交谈。

洛索将自己视为“冰川地质学家”，主要研究冰川对地貌的影响，并在德纳里峰国家公园、阿拉斯加的楚加奇山脉以及朗格尔-圣爱丽斯国家公园做过大量研究。我问他看到了什么变化。他告诉我说，如果你不清楚该寻找的迹象，就很容易错过这些变化，而了解和体验冰川迅速变薄的最好方法是长期观察，而不仅仅是通过科学研究。[5]冰川边缘的消退是体验其萎缩的最明显的方式。在阿拉斯加的冰川周围也经常能看到“浴缸圈”，这些浴缸圈标出了陡峭的砾石冰碛的顶部，而这些冰碛通常会围绕在冰川周围，而且在许多情况下，能一直延伸到冰川顶部。

洛索跟我说起了安克雷奇之外的埃克鲁特纳冰川（Eklutna Glacier）。那里有一条经典的穿越路线，在该地区的登山者中很受欢迎，以至于阿拉斯加登山俱乐部沿着冰川边缘为其会员建造了

三间小屋，用以标记冰川曾经的位置。洛索说："现在如果你来到
33 冰川边缘，会发现小屋位于离你几百英尺高的山坡上。"

萨斯还谈到了阿拉斯加山脉最大的冰川之一卡里特纳冰川变薄的情况。我曾在那座冰川上面待过好几个月的时间。萨斯告诉我说："卡里特纳冰川的质量一直在下降，未来几年可能会急剧下降。在当下这种气候条件下，卡里特纳冰川应该会减少30英里，算得上是规模巨大的消融。"洛索在朗格尔-圣爱丽斯国家公园的冰川中也看到了同样的重大变化。在他所处的公园里，冰川的覆盖面积在过去的50年里减少了5%。总的来说，阿拉斯加国家公园的冰川在同一时间段内萎缩了8%，暴露出的陆地面积比罗得岛州还要大。[6]大部分裸露出的砾石土地没有任何植被覆盖。这是两百年前并不存在的新景观。我们这些在冰川周围待惯了的人总是习惯性地认为冰川的边缘肯定是贫瘠的。洛索说："冰川萎缩现象十分普遍，无处不在，以至于我们想当然地认为眼前的景观一直是如此光秃，如此砾石遍地，但事实上它只是在过去的150年才变成现在这样的。"

洛索谈到了苏厄德附近的出口冰川（Exit Glacier），它从哈丁冰原沿着一个狭窄的山谷急剧地倾泻到下面的谷底。有一条路通往那里，终点附近有一处简易的观测网，让观众可以目睹冰川的萎缩。2015年，时任美国总统巴拉克·奥巴马在阿拉斯加之行中参观了这座冰川，但即使从那时起，它也发生了巨大的变化。[7]1996年我第一次搬到阿拉斯加时，曾在这座冰川的边缘处露营过，

并且这么多年以来我曾多次回到那里，因此，我很清楚洛索指的是什么。

洛索说："阿拉斯加周围的冰川一直都在发生这种事情。细想之下，几乎没人看到那里发生的令人震惊的巨大变化。单单是在朗格尔–圣爱丽斯国家公园，就有三千座冰川，却没有人对其进行监测，也就没有人知道什么时候湖水会干涸，也不知道什么时候会发生山体大滑坡。" 34

2016年，冰川湾国家公园保护区的一座4 000英尺高的冰冻山坡坍塌，在近9平方英里的冰川上释放出大量的岩石和泥浆。[8]那次释放的强度非常大，相当于5.2级地震。在那之前的一年，另一座山坡坍塌，将2亿吨的岩石释放到下面的冰川上，然后进入峡湾，引发了500英尺高的灾难性海啸。[9]之所以发生这些灾难，是因为原本将山体固定在一起的永久冻土和冰川正在解冻、融化。2017年6月，格陵兰岛发生大规模岩崩，引发了300英尺高的海啸，造成4人死亡，一个渔村被淹没。[10]

谈到冰川湾最近发生的滑坡，洛索认为这只是冰川被大范围地迅速侵蚀的一个例子。他说："我们所有的国家公园中，随时随地、每时每刻都在发生各种各样疯狂的事情，但其中我们目睹，甚至就连听说过的，都是凤毛麟角、少之又少。如今，这些事情十分普遍，但大多数都没有被记录下来，或者没有被观察到。所有这些都反映了气候破坏和随之而来的冰川变化对我们的地貌造成的影响。"

洛索说，阿拉斯加发生的巨大变化很容易被忽视，因为阿拉斯加面积很大，而且大部分属于欠发达地区。他说：“如果这一切发生在加利福尼亚州，那么这些变化中的每一点都会成为头版新闻。”[11]这就是为什么你并不知道阿拉斯加的冰川每年会损失大约
35 750亿吨的冰。

“作为一名公园管理员，我经常问自己，如何为子孙后代管理公园的资源。我们无法让气候恢复到原来的样子，所以我们只能袖手旁观，眼睁睁地看着我们的冰川在减少，对此却无能为力。如果国家公园管理局不能阻止这种变化，我们至少得见证这种变化。眼下，我就试图把这件事告诉对其严重性一无所知的人。”

2017年6月的一个清晨，在蒙大拿州著名的冰川国家公园，我早早起床去看日出。抬眼望去，晨曦照亮了利文斯顿山脉，露出山体上残留的斑斑点点的夏末积雪。渐渐地，阳光照耀到山下的河谷，这里草长莺飞，青翠欲滴，鲜花盛开，生机盎然。在弗拉特黑德河（Flathead River）北面支流的山谷里，除了大自然的声音，其他什么声音也没有。在这里，你可以找到在这个脆弱、拥挤、过热的星球上极为罕见的孤独与宁静。

那天早上稍晚些时候，我驱车沿着一条长长的与公园西侧平行的尘土飞扬的土路去见丹·法格雷博士。他的办公室在位于公园西入口的美国地质勘探局北落基山科学中心。法格雷是美国地质勘探局的研究生态学家和山地生态系统气候变化项目的主任，

也是美国地质勘探局基准冰川项目的首席研究员。他自1991年以来一直在冰川国家公园工作，是西部山区倡议组织的成员，该组织自称是一个“由美国地质勘探局、美国林业局和大学科学家组成的团队，致力于了解和预测西部山区生态系统对气候变化的反应，重点研究其敏感性、阈值和复原力”。[12]这个组织中有很多科学家在一个地方一直工作了25年到30年。 36

法格雷是一位涉猎颇为广泛的科学家，其研究领域涵盖了冰川、雪崩、两栖动物、古气候、生态系统衍变等方方面面。他为人和善热情，邀请我坐他的车，沿着著名的追日大路一直开到洛根山口，路上指指点点，告诉我公园里发生的一些变化。

冰川国家公园是一个令人心驰神往的地方，原因有很多。大陆分水岭从公园中间穿过，在西侧你可以看到北美乔柏和山铁杉——它们是太平洋西北部最东端的标志性植被。在东侧，降水量较少，温度更低，更像是明尼苏达州，但这两个生态系统之间仅相隔10英里。

离开圣玛丽湖悠长碧蓝的水域之后，海拔迅速上升，开始沿着陡峭的山坡向洛根山口蜿蜒前进，那里是大陆分水岭的标志。我很荣幸能和法格雷谈论这里的冰川，因为他对这里的山川地貌了如指掌。然而，尽管他已经在冰川国家公园工作了27年，但他告诉我他“仍在学习”。

我们向东行驶时，阳光越过起伏交错的山脊，照亮了河对岸的山坡。高处冰川和雪地的融水沿着公路附近的陡坡翻涌而下，不时有溅起的水花溅到车上，于是我摇上车窗。法格雷见状轻笑出声。他解释说:“我们有一个‘菠萝快车’供暖系统[①]，它能比正常情况下更早地消融积雪。时机非常重要——不仅仅是气温变暖的程度，还有气温变暖的时间。”蒙大拿州和美国西部其他地区在那个夏天经历的情形完全一样：整个冬季的积雪量超过了正常值，但随后又出现了创纪录的夏季高温，使得积雪在短时间内全部
37 融化。

法格雷解释说，在过去的半个世纪里，公园里的积雪总量一直在缩小。现在，这里地面上的积雪比过去平均少了三十天，意味着树木在这个季节生长得更早，也更繁茂，所以也会消耗更多的水分。这就是为什么一到8月份蒙大拿州森林火灾的频率和规模都会增加的原因。2017年的6月到8月是该州有记录以来最热、最干燥的月份，100多万英亩的土地被烧毁，从而成为迄今为止最昂贵的消防季节之一。[13]

由于地球正在变暖，现在冰川中更多的降水是雨水，而不是雪水。此处公园中只有六座山的海拔超过1万英尺，因此，与其他地方相比，比如海拔高得多的科罗拉多国家公园，冰川国家公园能更快地感受到气候破坏的影响。洛根山口海拔6 600英尺，只比博尔德市高1 200英尺。

---

① “菠萝快车”，美国新闻播报中的一个流行词，特指一种天气现象：从东太平洋亚热带区域向美国西海岸延伸的一条细长而强劲的水汽输送带，经常给美国西部带来暴雨、洪涝、山体滑坡和泥石流等灾害。——译注

眼下这条双车道公路朝着大陆分水岭一路攀升数千英尺，山谷中的景色变得越来越令人心醉神迷。群山雄伟壮观，白雪皑皑。融化的积雪形成飞流而下的瀑布，山谷中回荡着柔和的潺潺水声。冰川国家公园不愧是我见过的最壮丽的景观之一。对于我表现出的没见过世面的样子，法格雷则见怪不怪，非常迁就，时不时地把车子停到路边，让我拍照。

回想起法格雷跟我讲的事情，我不由得感到唏嘘。1850年——当时这里还没有被确定为国家公园——此处有150座冰川，覆盖面积约100平方公里。而今天，冰川覆盖面积只有14到15平 38
方公里，比原来减少了约85%。冰川数量也缩减到26座。即使是如此大的数量流失也是比较保守的估计，因为测量面积时没有考虑冰层变薄的情况。

和阿拉斯加的古尔卡纳冰川一样，法格雷后院的斯佩里冰川（Sperry Glacier）也在美国地质勘探局的基准冰川项目中。法格雷和他的团队从2005年开始监控斯佩里冰川的质量平衡。他说：“我们的项目印证了其他人在阿拉斯加和喀斯喀特山脉看到的情况。”这意味着除了有少数几年冰川冰增加之外，在其他所有年份中冰川质量一直在减少。法格雷告诉我说：“这一点，对于世界上几乎所有人类掌握质量平衡信息的高山冰川来说，都是如此。”

“冰层不仅在融化，而且在崩塌。”法格雷说。例如，布莱克福特冰川（Blackfoot Glacier）原本是在一处暗礁上方绕流的，但由于冰川萎缩，现在冰层被暗礁分裂、破碎，“我们一下子就失去了25英亩的冰层，结果造成巨大的冰崩，产生大量碎冰残骸”。法格雷说，他的团队制作了一份大型摄影档案，其中的照片显示冰川上“遍布岩石和碎片，上面又平又脏”。他的描述让我想起了马塔努斯卡河下游的场景。

我告诉法格雷，我读过一篇科学预测，2030年之前，冰川国家公园中所有的冰川都会消失。[14]对此，法格雷解释说，这一预测结果是根据1990年之前收集的数据得出的，并且是基于美国环保署对气候破坏的设想。这是当时能够得到的最可靠的数据。“如今，我们的发展轨迹已经远远超出了当初的预测。”法格雷语气平淡，随后又补充说，公园里的布莱克福特冰川和杰克逊冰川的融化速度比预测加速了整整十年。当我们靠近洛根山口时，法格雷
39 说：“从那以后我们发现，冰川持续消失，速度快到难以维系。”

那天天气很好，但是很热——真的很热。法格雷解释说，许多冰川将萎缩成冰斗，四周被陡峭的悬崖包围、遮蔽，雪崩碎屑会在里面沉淀淤积，从而使得这些冰川能够以小冰带的形式存在，不受阳光侵袭，但它们将不再移动，也无法覆盖足够大的面积，因而也就不再是真正意义上的冰川。法格雷说，冰川国家公园里的冰川将在“短短几十年内消失。即使我们今天停止气候破坏，也无法阻止冰川消失，因为天气已经太热了。它们只是需要更长的时间融化，因为融化滞后于气候变化”。

登上洛根山口之后，我们俩戴上帽子和太阳镜，漫步在一条行人常走的小路上，经过繁忙的游客中心上方迅速融化的积雪。

一路上，我能感觉到冰雪的流失。我头顶烈日，站在这么热的地方，站在泥泞的雪地上，看着曾经庞大、厚重的冰川残骸，心中十分伤感。

“这是一场爆炸，一场地质变化的核爆炸，”我们一起眺望着山谷，法格雷向我描述了气候破坏的影响，“这非同寻常，速度非常快，超过了地球正常的适应能力。我们把它推到超速挡，而且双手离开方向盘，局面已经无法掌控。”

说话间他带我站到另一片泥地上，继续说道：“当年建设洛根山口公路的人不得不处理这里的一处冰川，就是这里。”说着法格雷指向我们脚下。现在这里已然没有冰川了。为了强调他的观点，法格雷告诉我，今年的积雪量本来是往年的137%，而两天前，由于天气炎热，积雪量已经低于往年这个时候的正常水平。“我们这里最近下了一场雪，本来需要清理公路上积雪的，”他笑着说，“结果还没来得及清理，雪就融化了。”我问法格雷是不是因为这种事才睡不着觉的。他告诉我说，这些属于非线性变化，不是基 40
于简单的因果比例关系，通常都比较突然，令人意想不到，难以预测。“多重非线性变化的总和在数量级上是巨大的，这就是让丹·法格雷辗转反侧、夜不能寐的原因。”他揶揄道。

法格雷停顿了一下，待我理解了这一切之后，继续解释说，地球有一个弹性系统，它经历过比我们现在造成的局面更糟糕的事情：冰河期、火山作用等。“其中很多东西都会恢复，”他提到了正在我们眼前消失的冰川和森林，“但这些时期都没人类什么事情。”

我们回到车里，继续前进，朝着山口另一侧向山下驶去。我们摇下车窗，有那么一会儿谁也不说话。我知道这对科学家来说是一个敏感的话题，因而他们大多数人都尽量避免谈及这个话题，但我还是决定问问法格雷：看着冰川在自己眼前消失是什么感觉。“那感觉就像是身经百战的士兵，早已习以为常，”他说，“但细细想来，看着自己研究的东西消失还是很痛苦的。”

我静静地看向正在开车的法格雷，良久无语，然后望向山谷的另一边，听着瀑布朝着我们下方的河流倾泻而下。

在正常情况下，季节性的积雪会在夏末融化，露出下面的冰川冰，融化的冰能在秋季降雨开始前为生态系统提供水分。因此，积雪融化结束和冰川融化开始之间的这段时间是当地的干涸期。冰川就像一个安全阀，或者是一个自由的水库调节系统，需要水的时候可以精确地打开水龙头。同时，冰川还能为远离冰川的地方及时提供非常冷的水，从而孕育各种各样的生物，包括濒危昆
41 虫和物种，比如被称为鱼中北极熊的牛鳟鱼。

“因此，如果冰川消失，冷水的安全网也将消失，”法格雷解释道，“由此造成溪流变暖或干涸——无论哪种情况对高山水生生物群都是致命的。”

冰川还会冷却山区盆地的空气，而下游的冷水会对灌木和其他物种产生影响。如果没有这种冷水，那些不适应温暖温度的物种将受到负面影响。通过这种方式，冰川——至少在其附近——

可以缓解气候破坏所导致的气温升高，但当冰川消失时，这种缓解作用也会消失。

厚厚的积雪也阻挡了树木的生长。积雪减少之后，树木可以进入高山地区，正如法格雷解释的那样，一旦树木进入以前无法生存的地区，它们就会进入“生态释放”的状态，通常会快速生长。如果这些树木在高海拔地区气温升高的情况下茁壮成长，那便会导致亚高山草甸的植被以及它们所供养的动物、鸟类、蜜蜂和蝴蝶消失。

因此，冰川消失所造成的一个主要后果是高山物种多样性的丧失。在气温较高的高海拔地区生长的树木越多，越容易发生火灾。对于低处的山坡来说，中海拔地区森林中生长的树木会更大，一年中的生长期也会更长，会消耗土壤中更多的水分，导致河流枯竭，从而增加发生大型火灾的风险，因为土壤中的可燃物增多，水分减少。

“这是一种正反馈循环，”法格雷说，“事情发生得越多，就越
容易发生。这增加了北落基山脉野火发生的频率和强度。”他停顿 42
了一下，然后说了一句真正让我明白的话，因为落基山脉也是我第一次看到的大山。“落基山脉是我看到的第一座山，当时我对它一见钟情。但如今，它却正在融化、燃烧。”

冰山国家公园里的树木年轮研究记录了过去一千年树木的生长模式。据法格雷说，在这1 000年的时间里，树木生长有起有伏，但直到五六十年前，积雪减少，树木生长增加，气候才开始

发生全面的变化。他补充说，这证实了一个观点，“在北落基山脉已经进入新的积雪状态”。

水–热应激树木无法应对由温度升高引发的甲虫入侵。法格雷还告诉我，现在气候已经非常温暖，以至于某种甲虫每年经历的生命周期由原来的一个变成了两个。此外，冬天变暖意味着死亡的甲虫越来越少。

所有这些现象综合起来，影响了大山提供的一种主要生态服务——水分的储存和输送。山脉本质上起到了水塔的作用，但当更多的降水以雨的形式（而不是雪）出现时——由于气候破坏的原因，这种情况发生得越来越频繁——降水通常只是顺着河流流向大海，而不是成为山上的积雪，无法成为山上树木、植物和野生动物的水源。鉴于喜马拉雅山脉中七条最长的河流系统都源于冰川，因而法格雷在冰川国家公园所看到的情况具有全球意义，发人深省。

法格雷说：“到2100年，世界上所有的高山冰川都可能消失，导致海平面上升的大部分山地冰川融化也已经出现。我们对此感
43 应不是很强烈，因为剩下的冰川体量太小，作用不大。”

降雪减少还会产生其他更多的影响。自然的雪崩会影响山坡，而雪崩经过的路径具有生态价值，通常被称为“熊的粮仓”，因为熊需要在山坡上吃草。较大的雪崩会将树木和土壤带到谷底，将其沉积在溪流中，如此一来可以用木屑碎片改造出鳟鱼的栖息地。雪崩还会给河水带来微生物，这些微生物沿着食物链向

上传播给鱼类。雪崩减少意味着鱼类食物减少，那么鱼的数量肯定也会减少。

没有了雪，动物之间的竞争关系也会发生改变。已经适应了环境的狼獾、猞猁和松貂现在都靠雪生存。例如，狼獾只生活在降雪量大的北方生物带，它们在雪里做窝，也在雪里储存食物。狼獾面临的风险尤其大，因为它们的适应能力相对较差。

积雪模式的变化也具有非线性效应。如果平均气温是零下2°C，然后上升到0°C，那么突然间就只有水而没有雪了。仅这一点就会彻底改变整个生态系统。水会流动，而雪不会，而且正如法格雷经常指出的那样，人类的大脑并不适应这些变化，“当非线性关系复杂化时，你就必须使用计算机建模，因为人脑不可能了解所有这些关系”。

返回此次旅行的起点后，法格雷把我带到他的办公室，给我看他们所建的摄影档案。这些图片确实令人震惊。许多曾经的大
型冰川早已不复存在，其余那些也只剩下昔日的残影。曾经覆盖 44
在山谷顶部的冰雪日渐消融，只在岩石冰碛和碎石顶上留下薄薄的冰层。曾经紧挨着宏伟的大教堂峰的谢泼德冰川现在已经完全消失。从格林奈尔冰川放眼望去，看不到冰的影子。

毋庸赘言，有大量的研究支持法格雷的说法。[15]“我们所看到的现代冰川融化主要是由人为造成的气候破坏引起的。你只能用人为因素解释我们所看到的一切。如果没有人类的驱动因素，我们根本就无法解释全球范围内的冰川融化。”2017年夏天，法格

雷断言，与加拿大毗邻的美国境内所有的冰川将在短短几十年内“不可避免”地消失，这一言论成为当时的国际头条新闻。[16]

当谈到他所钟爱的国家公园里的冰川正在消融的时候，法格雷的语气变得开门见山。“这就是我们面临的事实，我们一直在空谈，已经空谈了20年，”他告诉我，“现在我们每年都在创造新的高温纪录，包括眼前这个地区，这对我来说一点也不奇怪。有关冰川的新闻，只会越来越糟糕。”

法格雷抬头看着我，而我则盯着他，不知道该说什么，只能咬着下嘴唇。他也显得很焦躁，继续说道：“冰川将会消失，而且很快就会消失，届时肯定影响深远，因为它们已经在这里存在了7 000年。”

很明显，山地生态系统对气候破坏十分敏感，而这些生态系统光是为人类就提供了他们所需的85%的水分，更不用说其他物种了。在全球范围内，冰川含有地球上69%的淡水。[17]

正如地球政策研究所的莱斯特·布朗所观察到的那样，包括美国、印度和中国在内的拥有地球一半人口的18个国家，已经在
45 过度开采地下含水层。[18]冰川消失是最不应该发生的事情，但这恰恰是我们正在目睹发生的。安第斯山脉的冰川正在迅速融化，包括玻利维亚和秘鲁在内的几个国家的人口正面临迫在眉睫的水资源危机。[19]在秘鲁，冰川已经损失了其总质量的近40%。[20]在土耳其，自20世纪70年代以来，该国山区一半的冰盖已经消失。[21]在

瑞士，人们甚至在夏天用白色毯子覆盖冰川，试图阻止它融化，却以失败告终。[22]

在美国，即使在安克雷奇，也会出现严重的水资源短缺问题。路易斯·萨斯是某项研究的主要作者，该研究表明，埃克鲁特纳冰川（阿拉斯加最大城市的主要饮用水来源）正在以越来越快的速度融化，如果继续每况愈下，不能突破目前最糟糕的变暖模式，那它可能在50年内彻底消失。[23]与此同时，在美国地质勘探局基准冰川项目的另一个冰川所在地北喀斯喀特山脉，自1900年以来，50%的冰川区域已经消失；在过去的30年里，西北部的冰川融化速度比以往任何时候都要快。[24]加拿大不列颠哥伦比亚省和阿尔伯塔省的冰川预计到2100年将至少萎缩70%。[25]冰川质量的损失已经到了无法挽回的地步，即使我们现在停止所有的排放，也无法阻止21世纪全球冰川的持续融化趋势。[26]这项研究的主要作者本·马泽恩（Ben Marzeion）表示："即使没有温室气体的进一步排放，今天储存在冰川中的冰仍约有36%会融化。这意味着，即使采取最得力的措施，仍有超过三分之一存在于山区冰川中的冰
川冰无法得到拯救。"[27]在美国，大多数生活水源不依赖冰川的人 46
可能认为，冰川融化不会影响他们，但他们错了。美国西部冰川的减少将影响农业，从而抬高各地的食品价格。在全球范围内，当数以百万计依赖冰川提供水源、维系农业的人失去这些冰川时，其中许多人将不得不离开家园，沦为难民。

在1966年至2015年间，冰川国家公园的冰川面积减少了30%

以上。自1900年以来，阿尔卑斯山上的冰川总量减少了一半，而且自1980年以来，冰川融化速度加快，到21世纪末，剩下的大部分冰川（如果不是全部的话）将消失不见。[28]喜马拉雅山脉也是如此。[29]南极洲西部大片地区的冰层正在流逝，因为那里的冰川退缩速度比地球上任何其他地方都快。科学家认为，目前流入阿蒙森海的几个大冰川的崩塌是不可阻挡的。得克萨斯大学的一位科学家唐纳德·布兰肯希普表示："导火索已经被点燃，目前我们只是在地图上四处寻找所有炸弹的位置。"[30]在谈到南极洲西部大片冰原的融化情况时，美国国家航空航天局的科学家托马斯·瓦格纳告诉《纽约时报》："这一切真的正在发生，现在没有什么能够阻止冰原融化。"[31]据路透社报道，即使是南极洲东部，也比预期的更容易解冻："这可能会引发冰层不可阻挡地滑入海洋，并使海平面上升10至13英尺。"[32]事实上，仅在21世纪的头10年里，南
47 极洲地区冰层流失速度就增加了50%，着实令人震惊。[33]似乎这还不够，自20世纪90年代中期以来，格陵兰岛损失的冰激增了5倍。[34]令人不安的是，研究还表明，在上一次冰河时期，即使是冰原体积的微小变化也足以引发气候突变。[35]

在全球范围内，冰川已经萎缩到有记录以来的最低水平，融化速度是20世纪平均融化速度的2—3倍。[36]即使今天停止排放所有的二氧化碳和甲烷，地球的温度也已经很高，足以融化格陵兰岛和南极洲以外三分之一以上的冰川。[37]很明显，我们正眼睁睁地看着地球上绝大多数非极地冰消失殆尽，从现在算起用时绝对不

超过一百年。

2016年夏末，我同萨斯以及另外两名美国地质勘探局工作人员阿德里安·本德（Adrian Bender）和克里斯托弗·麦克尼尔（Christopher McNeil）回到古尔卡纳冰川，进行我们4月份旅行的后续行动。4月份时冰川的体积最大，而现在我们将测量一年中体积最小时的冰川大小。

沿着冰川融水形成的河流，我和萨斯徒步穿过灰色的泥土和岩石，之前经过这个地方时，我们驾乘的是雪地摩托。树叶缤纷泛黄，标志着秋天的到来。过河之后，我们沿着冰川趾部裸露的冰往上走，走到海拔大约5 500英尺的地方，在那里我们遇到了本德和麦克尼尔，他们正在着手收集数据。美国地质勘探局在冰川的一侧留有一个小型的可移动式建筑，实际上是一个塑料救生掩体，带有一个活动窗罩，可以拉下来抵御飓风和积雪。这里是我们大本营的中心。 48

第一天早晨醒来后，我们发现外面狂风大作，小雨淅沥，这种天气持续了一整天。我和本德、麦克尼尔系上绳子，向西福克河进发，一路上跨过几十个敞开的冰川裂缝，前往上游的调查地点。我们行进的节奏不疾不徐，让我颇为心安。当走在最前面的人探查某个区域是否有裂缝时，我们会暂停前进；当我们齐步行走以保持绳索紧绷时，我们的步伐会保持一致，这是团队利用绳索协同前进时确保安全所必需的。我们相互之间非常信任，如果其中一人掉进冰川裂缝，其他人必须将其救出来，或者至少我们自己要稳住身体，固定住绳索，使他能够爬上来。

我们一路徒步向上，进入云层时，风雨仍在继续。从这个高度放眼望去，偶尔可以看到覆盖着风化冰的陡峭山峰。这些风化冰会在夏季结束时从陡坡上滑落。现在我们所处的区域，除了开展年度调查工作的美国地质勘探局人员之外，很少有人能抵达。我们向上攀登时，风变得忽大忽小，时而下雨，时而下雪，显然冬天慢慢地开始向阿拉斯加山脉的高海拔地区推进，即使现在才8月下旬。我超爱这种感受，喜欢这所有的一切：冻得冰冷的双手，湿漉漉的靴子，湿透的贝壳裤和夹克。在这些冰河上穿行有一种原始的野性，一种原始的要素，其中掺杂着一种更深层次的认识，似乎是行走在一个千百年来不断变化的鲜活的地质系统上。

我们抵达海拔6 500英尺的测量站，开始进行测量和读数，做完后沿着河岔往回走，到达古尔卡纳冰川的主体之上。随着海拔的下降，尽管天还在下雨，我们可以清楚地看到太阳。完成那里两个测量站的工作之后，我们返回营地，因为工作进展顺利，所以大家感到相当满意。在美国地质勘探局的小木屋里，我们共进
49 晚餐，谈笑风生。此时外面乌云开始消散，风越来越大。晚饭后，我爬进狂风中飘摇的帐篷，为能在这些大山中生存下来而心怀感激。二十多年来，这些大山养活了我，也影响了我的生活。能置身于这样一个力量雄浑、壮观伟岸的地方不啻是一种享受。

第二天早上，我们喝完咖啡，吃罢早餐，开始整饬营地，为

即将到来的冬天做好准备，然后沿着冰川往下走。此时上午已过半，阳光下冰层渐融，我们脚下冰爪上的金属尖踩在融化的冰块上嘎吱作响。一路上，我和萨斯聊着登山的事。在终点处我们快速穿过河流，甚至不需要脱掉靴子，因为冰川刚刚开始从夜间结冰中解冻。过河之后，接下来只要沿着小径穿过稀疏的灌木和秋天的树林就可以了。

在驱车返回安克雷奇的路上，我们欣赏到了北楚加奇山脉绚丽缤纷的秋日色彩。在驶过融化的马塔努斯卡河时，我注意到河的下游水流不畅，大部分被岩石碎片覆盖，在冰川脚下西南方向形成一个灰色的融水湖。湖边出现一小群人，远远望去像一个个小黑点，正向东朝着冰川终点走去。从这些人的身形大小来判断，这处湖泊的面积已经相当大了。再往西看，在更远的地方，我看到了我们过去用于攀冰节的废弃已久的停车场。

高处的山坡被秋天的橘色与红色映衬得熠熠生辉，北楚加奇山脉光秃嶙峋的山峰一直延伸到我们南边的天际线，垂直陡峭，高达数千英尺，直冲云霄，令人心醉神迷。

我们回到位于安克雷奇的美林油田旁的美国地质勘探局装备仓库，从中取出我们的装备。尽管当时已是夏末傍晚6点半，但天气还是很热。周末那几天我们一直待在古尔卡纳冰川，其间安克雷奇经历了创纪录的高温，前一天甚至达到了零下14℃。这也是 50
一年中最热的一天。那年夏天，安克雷奇的气温创下了77天的最高纪录，最低气温至少为10℃，打破了三年前2013年53天的最高纪录。

萨斯的上司沙德·奥尼尔博士是美国地质勘探局的一名地球物理学家，其研究专长包括冰川–气候相互作用、海平面上升和小型冰川等。从古尔卡纳冰川返回的第二天，我们在美国地质勘探局阿拉斯加科学中心的办公室里见面。那天的安克雷奇阳光明媚，非常炎热。

奥尼尔说：“古尔卡纳冰川所发生的一切现在正在阿拉斯加各地发生。与过去相比，现在那里没有多少积雪。走近古尔卡纳冰川，你会发现冰层正在消失。自1990年以来，那里的冰层就开始以相当稳定的速度消失。”

奥尼尔告诉我，正在经历最大变化的是阿拉斯加的陆地冰川。他警告说，这些变化将“带来深刻而持久的影响。目前还没有某个单一的模型表明冰川表面融化会减缓，冰的流失量只会越来越大”。

那一年是古尔卡纳冰川50年历史记录中质量损失第四高的一年。2016年成为阿拉斯加最热的一年，该州的平均气温比长期平均气温高出近3.3℃。[38]接下来的一年，即2017年，将成为阿拉斯加有史以来最暖和的年份之一。

51

阿拉斯加州白令海海域的普里比洛夫群岛中圣保罗岛上的海雀。海洋变暖正在破坏食物链，导致地球上许多地区的海鸟、鱼类和海洋哺乳动物死亡。摄影：达尔·贾默

3

煤矿里的金丝雀

2016年7月6日。从外表上看，60岁的小西蒙·斯维茨沃夫是个典型的阿留申猎人：他皮肤黝黑，胡须花白，深棕色的眼睛目光坚定，炯炯有神。当我们在普里比洛夫群岛（位于俄罗斯和美国之间的白令海上的一组岛屿）中的圣保罗小岛上交谈时，他的眼睛吸引了我的目光。我们坐在他的餐桌旁，他告诉我说："海豹肉、海狮肉、小海雀肉、三趾鸥肉、鸬鹚肉，我们什么肉都吃；王绒鸭、岩鸭，以及几乎所有会飞的鸟，我们都吃——就这样也才只能勉强维持生计。"

西蒙现在大部分时间都在捕捞大比目鱼，这和他年轻的时候同家人捕猎海豹的情况相比，可以说是发生了很大的变化。那时候海豹的数量非常多，他们在50加仑的木桶里装满了腌制的海豹肉。"那时候毛皮海豹的数量很多，"西蒙一边说，一边看向窗外，望着他家对面的海湾，"我们从1894年开始有文字记录，当时这里每年有100多万只海豹，而现在快连一只也没有了。”

听闻此言，我开始告诉他，我在参观过的三处海豹群栖地看到了数百只毛皮海豹，当时感到十分惊讶。但西蒙打断了我，双眼如电地盯着我说道：“这算什么！这根本算不了什么！想当年在萨帕德内的群栖地，经常会有成千上万只毛皮海豹在礁石间繁衍生息。与我们过去拥有的相比，现在这点数量根本不算什么。现在你到海豹群栖地看看，它们都快死绝了。这就是我们看到的，
53 这根本算不了什么！”

西蒙是圣保罗岛的镇长。1956年，他出生在附近的圣乔治岛，10岁时全家搬到了圣保罗岛。从小到大，西蒙一家人只能算是勉强糊口而已，几乎没有任何钱财，不过钱财对他们也没有多大用处。圣保罗岛常年狂风肆虐，同岛上其他年长居民一样，西蒙在过去的几十年里目睹了很多变化，其中大部分变化都是越变越糟。

西蒙停下来思考了一会儿，深吸一口气，看了一眼自己的咖啡杯，然后看向窗外，接着说道：“过去这附近有很多海鸟和毛皮海豹，但现在几乎什么也没有了，问题很严重。”同我在圣保罗岛上交谈过的所有人一样，西蒙的语气中充满了沮丧和恐惧：“似乎每个人都知道问题很严重，但没人对此采取行动。”

西蒙说：“国家海洋渔业部每年都在研究毛皮海豹，但他们无法解释海豹数量下降的原因。”按照西蒙的说法，毛皮海豹“显然没有得到足够的食物”，为了找到食物，它们不得不游向远海，“等海豹妈妈找到食物回来的时候，它们的孩子已经饿死了”。之

前，西蒙经常将此种情况归咎于过度捕捞，而不是气候破坏，但现在他认为气候破坏是海豹数量骤降的“主要因素”。

“我们这里一位专门捕捉大比目鱼的渔民最近对我说，他发现如今海水的温度比他以前经历过的都要高，”西蒙说，“我们现在所有的努力都是为了维护我们的渔业。之前我们这里大比目鱼的数量很多，现在却少得可怜。毋庸置疑，我们这里的人全靠渔业维系生活，多年来一直如此，所以我们**必须**继续维护渔业资源。”圣保罗岛非常偏远，人口稀少，你在飞往那里之前不需要在 54
安克雷奇的机场进行安检。我坐在一架小型螺旋桨飞机的出口处，双脚搁在一艘可充气的救生筏上，飞机上的乘客屈指可数。飞机在迪林厄姆短暂停留加油，然后向西飞行，脚下是一望无垠的深蓝色海洋。飞机在靠近普里比洛夫群岛的四个小岛时，海面薄雾笼罩，视线受阻。我盯着窗外试图搜寻到山川陆地，却什么也看不到。

经过漫长而缓慢的下降，眼前突然出现郁郁葱葱的绿地、连绵起伏的山丘和飞机跑道。阿留申人称这些岛屿为“阿米克”（Amiq）——在他们的语言中，“阿米克”的意思是“母亲兄弟的土地”或“家族土地”。阿留申人一直把这些薄雾笼罩的岛屿据为己有，但当加夫里尔·普里比洛夫率领的探险队在1786年抵达此地时，俄国人最终还是发现了这些岛屿。

18世纪晚期，俄国人把阿留申群岛的居民带到圣保罗岛和圣乔治岛，强迫他们捕猎海豹，出售海豹皮。当然，俄国人不允许阿留申人返回他们的家乡岛屿，而且给他们安排的生活条件颇为残酷，食不果腹，缺医少药，经常挨打，他们的吃穿用度，甚至婚丧嫁娶都受到俄国人的严格控制。[1]在俄国占领的头80年里，阿留申人的人口减少了80%。

1867年，美国从俄国手中买下了阿拉斯加。1870年，美国政府授予阿拉斯加商业公司20年的普里比洛夫群岛猎捕海豹租约，
55 实际上是将俄国人对这些岛屿的控制权转让给了该公司。自此以后，阿留申人的境遇略有改善，但仍然缺乏自主权，而且由于当时实行的是社会与种族隔离政策，他们的工作条件仍然极其恶劣。

另一个沉重打击发生在第二次世界大战期间，当时日本人轰炸了位于乌纳拉斯卡市阿留申岛的荷兰港后，圣保罗岛和圣乔治岛的所有居民在紧急疏散期间被转移到阿拉斯加州东南部富特湾的一处营地。在那里，他们被关在废弃的鱼罐头厂和采矿营地里，被迫生活在恶劣的环境中。等他们回到家中时，发现家里被美国大兵洗劫一空，所有值钱的东西都被拿走，包括教堂里的宗教物品。阿留申群岛上的居民最终从联邦政府那里得到了实际意义极低、侮辱性极强的850万美元的赔偿，作为对他们在1870年至1946年期间受到的不公正、不公平待遇的部分补偿。[2]

1983年，美国政府在圣保罗岛的存在及其对捕猎海豹等商业活动的控制宣告结束。从那之后，该岛就实现了自治，海豹毛皮的所有权只被允许用于维持生存。然而，毛皮海豹业商业化的终结对阿留申人及其文化来说是一个重大挫折。与此同时，疾病、

捕猎以及海洋变暖导致毛皮海豹数量下降。

“我们的故事是关于生存、适应和不断遭受灭绝威胁的故事，”圣保罗岛部落政府阿留申社区生态系统保护办公室的联合负责人阿奎里娜·莱斯滕科夫说：“发生在这些偏远岛屿上的事情目前正在世界各地重演。本土文化和本土物种正在努力挣扎，避免消失。”[3]圣保罗岛上的阿留申人正是通过这种方式，和世界各地的土著人民一样，站在气候破坏的最前线。 56

和普里比洛夫群岛上的所有人一样，西蒙知道他们生活在国家野生动物保护区内。他说：“我们非常清楚这个地方有多敏感，也知道它目前只能承载这么多。我们过去能捕获100万磅大比目鱼，但今年只能捕获30万磅——就这还被认为是这里的丰收之年。过去我们的雪蟹限额是3亿只，但今年只有4 000万只。”

西蒙提到，去年冬天岛上几乎没有下过雪。“在过去，这里的冬天非常寒冷，经常暴雪肆虐，大雪封门。以前附近海域会有来自北方的浮冰，但现在海中浮冰已经漂不了这么远了。”

以前，一到夏天，几乎天天起雾、下雨，而现在的天气要暖和得多，岛上的港口也不再像过去那样结冰。如今西蒙很担心岛上的地下水位，因为岛上的地下水完全依赖雨雪来补充。他强调说：“气候变化千真万确，正在发生，而且到处都在发生。”

西蒙向我讲述了狂风暴雨日益严重的情况。去年的海浪距离村里的变压器只有几英尺远，差一点导致整个岛屿在隆冬时节断电。也是在那年秋天，通往船坞的防波堤——西蒙告诉我那里是“岛上人民的生命线”——遭到了狂风暴雨和滔天巨浪的猛烈冲击。

没等我追问，西蒙就继续向我解释道：“岛上的生物群落与白令海息息相关。我很担心，因为我知道气候变化正在影响这里的
57 一切。”说话间西蒙的语气听起来更像是一位镇长了，他提到圣保罗岛85%的收入来自捕捞雪蟹。2000年，岛上雪蟹产业出现“暴跌”，“当时镇上的情况非常糟糕，很多人都搬走了……当你看到气候变化对人、对生物群落的影响时，就很难谈论这种变化。平日里我吃饭、睡觉、呼吸等日常活动都已经习惯了岛上这种生活方式，因此我非常关心这个社区。我当了15年的镇长，当了20年的市议会议员，参加了所有的渔业会议，认识方方面面的人物。如果说整个渔业的煤矿里有一只预警的金丝雀，那我们人类就是那只金丝雀。”

与这位镇长会面后不久，我登上圣保罗岛的最高点，站在拉什山山顶上。拉什山虽然只有665英尺高，却能让人360度全景俯瞰眼下整个被苔原覆盖、长13英里、宽7英里的岛屿。脚下低矮的黄色野花在风中摇曳，头顶厚厚的灰云向我袭来。幽灵般的薄雾从柔软的绿色夏季植被层上方掠过。用不了几个月，冬天就会到来。对于地球的这一隅来说，时光既是短暂的，也是永恒的。

此地属于北极海洋性气候，多风，多云，多雾，多雨，岛上

除了少量的驯鹿、大量的北极狐以及236个人类之外，一年四季再没有多少其他栖息动物。一到冬天，这里经常会受到来自北方白令海域极寒飓风的蹂躏摧残，从而使得从阿拉斯加向外延伸出的大片岛屿有了“风暴摇篮”的绰号。

普里比洛夫群岛位于阿拉斯加大陆以西300英里，阿留申群岛以北250英里，离俄罗斯比离阿拉斯加州首府朱诺市更近。最初这里是火山岛，历经数千年的风霜雨雪之后，古老的火山渣锥和火山口变得平坦光滑，一到夏天，漫山遍野鲜花覆盖。圣保罗岛很 58
可能位于白令海峡大陆桥的南部海岸线上，这里是北美最后几个能找到长毛蛾标本的地方之一。据推测，在公元前3750年左右，长毛蛾因气候变化导致的淡水缺乏而灭绝。[4]

世人都说，居住在这里的乌南甘人（Unangan，现在常被称为阿留申人）身处地角天涯，但他们对自己的看法却截然不同，认为自己生活在宇宙的中心，因为他们与海洋、陆地、飞鸟、游鱼，尤其是与北方的毛皮海豹有着密切的联系。

就在从安克雷奇飞往圣保罗岛之前，我同布鲁斯·赖特见了一面。赖特是阿留申普里比洛夫群岛协会（APIA）的资深科学家，曾在美国国家海洋渔业局工作，并在美国国家海洋和大气管理局（NOAA）担任了11年的部门主管。

根据我的研究，我知道阿拉斯加的海洋和海洋生物正受到气候破坏的深刻影响。不仅毛皮海豹的数量急剧下降，而且上个冬天发生过成千上万只海鸟大量死亡的情况。[5]我想更具体地了解所发生的一切，就打算找布鲁斯谈谈。

赖特身穿牛仔裤和夏威夷衬衫，休闲随意的着装与我们见面的APIA大楼里的正式会议室形成了鲜明的对比，那里有巨大的抛光木制会议桌和豪华皮椅。

赖特上来就开门见山地说道："到1975年，阿拉斯加湾的水温已经升高了2℃，我们不知道发生了什么。"同时，他提到自己曾
59 在阿拉斯加渔猎部门工作。"到1978年，整个阿拉斯加湾的生物系统从以贝类为主的系统转变为以鳕鱼、大比目鱼、青鳕和偏口鱼为主的系统，这种转变发生得非常快。"赖特和阿拉斯加渔猎部门的所有人都不明白发生了什么事。"所以我们关闭了渔场，以保护剩下的生物群落。"他说道。

赖特知道关闭渔场意味着什么。他说："我接到当地渔猎管理生物学家的电话，他警告我说，关闭渔场后果严重，渔民正在失去他们的渔船、房子和妻子。这位生物学家告诉我，其中一个渔民用一把上了膛的猎枪抵住他的胸膛，他对此十分生气。"

赖特和他的大多数同事都明白，海洋发生的变化直接影响着人们的生活。作为一个阿拉斯加人，他非常清楚那里的人们需要这种自给自足的生活，不仅仅是为了食物，而且还将其作为一种生活方式。20世纪70年代阿拉斯加湾生物系统的巨大变化是赖特目睹的深刻变化的第一个证据，他将其直接归因于气候破坏导致海水变暖。

时间快进到2016年。

赖特告诉我："去年夏天，海湾某些地区的气温比平时高出了15℃。是的，你没听错，15℃。现在，阿拉斯加湾和白令海的气温总体上都比过去高5℃，整个冬天都是如此。"

听闻此言我不由得头脑一阵眩晕：在20世纪70年代，水温变化2℃引发的生物变化就已然导致渔场关闭。 60

"你可以想象一下现在阿拉斯加湾正在发生什么，"赖特举了几个例子，包括长须鲸的死亡，"我们现在没有太多的监控和跟踪调查，所以目前只知道这些情况。"

我们谈到了大比目鱼数量的减少。圣保罗岛上的当地人过去总是能够捕捉到他们所需的大比目鱼，但现在，由于当地渔业和拖网渔业的增加以及鱼类数量的减少，捕捉大比目鱼需要付出更多的努力。赖特说："我们缺乏资金，无法监督管理制度所产生的后果，因而只能出去捕鱼、狩猎，直到鱼类资源消失，然后关闭渔场，直到鱼群回归，所以大比目鱼的大小和数量都锐减了。"

有关阿拉斯加全境海鸠大规模死亡的报道一直占据着当地新闻的头版地位。当年4月，阿拉斯加渔猎部门的一篇文章报道说："阿拉斯加正经历着该州有记录以来最大规模的海鸠死亡，成千上万只普通海鸠正在被活活饿死。海鸠种群有时候会遭遇大规模的死亡，这种情况也算正常，属于种群灾难，但2015/2016年发生的一系列死亡事件在历史记录中是前所未有的，无论是从地理范畴还是从时间范畴来讲都是如此。"[6]2015年4月至2016年4月期间，美国鱼类和野生动物服务局在阿拉斯加的下属部门报告称，从朱诺市到科迪亚克市，以及最北的费尔班克斯市，发现了“数量惊人的”（成千上万只）已死或濒死的海鸠。根据赖特的说法，这是水温过高的结果，“不仅出现了大量麻痹性贝类中毒（PSP）现象，而且还出现了大量的亚历山大藻”。

赖特的大部分职业生涯都在研究PSP。他向我解释说，沙枪鱼是一种生活在阿拉斯加海岸线上的铅笔形状的小鱼，是海鸠等鸟
61 类的食物。他认为，沙枪鱼是因为吃了一种能产生PSP毒素的亚历山大海洋甲藻而中毒的，随后这些毒素进入食物链。几乎每一种动物，从鲑鱼到鲸鱼，从鳕鱼到海鹦、海雀、鸬鹚和燕鸥等潜水鸟，都会吃沙枪鱼和/或它们的幼体。饲料鱼是在食物链中传递热量的最重要步骤之一，所以所有其他动物都依赖它们。如果亚历山大藻大量繁殖，饲料鱼就会变得有毒，可以杀死大量顶级捕食者。海獭、虎头海狮和北部毛皮海豹在阿拉斯加西部的种群数量都出现了惊人的下降，阿拉斯加引以为傲的帝王鲑也是如此。

你提到阿拉斯加的PSP时，许多人都知道你在说什么，因为自1973年以来——也就是赖特不得不关闭渔场的前几年——这个问题变得日益严重。从那时起，该州的PSP疫情增加了7倍。[7]

赖特告诉我：“没有人看到这种情况发生，但帝王鲑和其他物种正在消失。我们所有的海洋现在都受到这些有毒、有害的藻华的影响。”那年夏天晚些时候，《国家地理》杂志报道了有毒藻华如何在全球蔓延的情况，指出随着藻华出现频率和范围的增加，

人类和海洋生物都受到了毒害。[8]

赖特告诉我，毛皮海豹的数量只有三十年前的一半，而且还在继续下降。尽管其他科学家将这些变化归咎于捕食猎杀，但赖特确信其驱动因素是气候破坏，结果导致北太平洋和白令海变暖，导致PSP急剧增加。他说："任何愚蠢到来阿留申群岛吃饲料鱼的人都是在拿自己的性命玩俄罗斯轮盘赌博。"阿拉斯加州公共卫生 62
部门明确指出："其中一些毒素的效力是氰化物的1 000倍，单个贝类所含的毒素水平对人类来说也可能是致命的。"[9]

海洋不断吸收着温室气体造成的90%以上的热量，只留下一小部分热能使大气变暖。[10]海洋，以及海洋内部和周围的所有生命，正在为我们的化石燃料排放付出高昂的代价。2014年，NOAA下属的国家海洋渔业部报告称："从有记录以来，北太平洋地区还没有这么长时间如此温暖。"[11]华盛顿州的气候学家尼克·邦德给北太平洋破纪录的超大团温水起了个外号叫"幽浮怪物"。[12]从墨西哥湾到白令海，所有的海洋生物都受到了水温升高的影响：海鸟"从天上掉下来"，它们的尸体被从加拿大冲到加利福尼亚的海岸上；在加拿大的温哥华岛发现了饿死的加利福尼亚海狮尸体；鲸鱼的死亡数量大幅增加。[13]大量的食物网正在崩溃。有史以来最大规模的毒藻暴发"使加州的蟹业停工数月"，阿拉斯加的海獭和许多种类的鲸鱼死亡数量激增。NOAA位于加州圣克鲁斯的西南渔业科学中心的内特·曼图亚说："等将来回顾历史时，我认为人们会把这视为我们历史记录中对经济和生态影响最大的事件。”[14]

70岁的格雷格·弗拉提斯从小就捕猎海豹。在他只有11岁的时候，就开始为日本市场采集“海豹棒”（海豹阴茎）。这是最卑微的工作，此后多年，格雷格又陆续干了好几份其他工作，包括
63 鱼群瞭望员、剥皮工、宰杀工，最后当上了管理捕猎队的工头。

我在村里三叉戟海鲜加工厂的自助餐厅见到了格雷格。这是岛上唯一一个被用作餐厅的地方，除了加工厂的工人，当地人也经常来这里吃饭，部分原因是出于方便，但现在也是出于需要，因为小岛周围的海洋正在发生变化，可吃的东西越来越少了。

和西蒙一样，格雷格关于气候破坏如何影响毛皮海豹的讲述令人恐惧。“我刚开始采集海豹（棒）的时候，我们就有100多万只海豹，”格雷格告诉我，“但现在雌海豹的数量迅速减少。”和圣保罗岛上的大多数人一样，格雷格经常去海滩和海豹群栖地散步，不过现在他再也看不到海豹幼崽了。

格雷格目睹了海平面的上升，摧毁了圣保罗岛的部分海岸线，目睹了道路被越来越大的风暴冲毁，注意到社区不得不开始将水抽离村庄，这对他们来说也是一种新现象。对于这一切，格雷格的愤怒显而易见。“他们为什么让这种情况发生？为的是巨大的财富。我们过去有很多雪堆，必须清除道路上的积雪……但现在？没有雪堆，不需要除雪机。过去，一到冬天就会大雪封岛，到处都是大雪堆，除雪着实令人头疼。那时你根本不可能出门前往机

场，只能套上雪橇拖到那里，但现在不必了。”

格雷格说，现在岛上的植物、花朵和浆果发芽、开花、结果都比正常情况要早，当然凋谢的时间也更早。“为什么会出现这种情况？原因很简单：过去天气变暖是在7、8月份，但现在提前到了5、6月份。季节在变化，从而改变了岛上的一切。”

若是以前，格雷格驾船出海一个小时，能捉到10只大比目鱼。他说：“现在我出海8个小时，可能只能逮到3只，鲑鱼也是如此。 64
海洋、鸟类和土地，都是我们生存的依靠，因为海洋和陆地是我们的餐桌。我们是最好的自然资源保护者，因为你关心自己吃的东西，你在乎自己的饮食……但现在一切都在消失。”

岛上一家本土公司TDX的总裁老杰森·布尔杜科夫斯基在岛上的小型飞机跑道附近与我会面（阿拉斯加本土公司是在国会通过《阿拉斯加原住民索赔解决法案》时成立的，该法案解决了阿拉斯加原住民提出的土地和财务索赔问题）。现年74岁的杰森回忆起小时候岛上海鸟和海豹是多么喧嚣热闹。“现在镇子的悬崖上已经没有鸟了。以前，岛上海鹦、海雀成群结队，叽叽喳喳，喧闹不停。海鸠也是如此，整天闹腾，无休无止，但如今，只有到更偏远的悬崖处才能偶尔听到几声鸟叫。海鸟正在消失，形势变得越来越可怕。”

杰森有很多关于气候变化的生动证据。“当我还是个孩子的时候，海湾会结冰，你可以直接从冰面上穿过，但现在不行了，”他说，“那时候雪比现在大多了。有一次，我不得不从我们家的窗户爬出去，铲开门前的积雪，这样我爸爸才可以出门；那时候我们可以直接走到覆盖着厚厚积雪的屋顶上；那时候的天气要冷得多，我们家窗户玻璃内侧会结霜，我们会在霜面上写下我们的名字……但现在不行了。”

以前雪很大，杰森甚至在20世纪70年代买了一辆摩托雪橇，一到冬天就骑着它四处转悠、打猎。但现在，“我不需要它了，因为再也没有那么大的雪了”。

杰森讲述的有关毛皮海豹的故事同格雷格和西蒙讲述的如出
65 一辙。他记得，小时候海豹群栖地里到处都是海豹，不仅海滩上全是，而且“整个山谷都是海豹，所以抬头朝山上望去，山坡被海豹覆盖得严严实实，但现如今，山坡上满眼皆是绿色，与那时相比，已经没有海豹了，简直令人唏嘘”。

杰森认为气候变化对他的文化产生了“很大的影响”。他说：“我们现在几乎不再吃海豹或海鸟了，人们现在领取食品券、社会救济和福利，开始在商店购物。但在我小时候，我们不需要这些，因为那时候我们总是有海豹、海鸟和海鱼吃。如果这里没有了毛皮海豹，我们也不会生活在这里。”

菲利斯·斯韦茨夫是圣保罗岛的市政职员，也是西蒙的妻子。1964年，菲利斯第一次来到岛上，自1975年起，她就一直住在圣保罗岛，成为这个社区不可或缺的一分子。

“在岛上生活，你必须不介意每个人都知道每个人的一切，”菲利斯跟我开玩笑说，“但我喜欢那种舒适、惬意。如果你不需要这样那样的便利设施，那你在这里肯定会很快乐。对我来说，我不需要购物中心。”

看得出来，菲利斯是发自内心地喜欢圣保罗岛上的方方面面。“我喜欢这里的风景、海洋和绵延起伏的苔原，如果要我用一个词来形容，那便是‘安宁’。”她也敏锐地意识到海豹数量的减少对她所在社区的影响。“普里比洛夫-阿留申文化主要与毛皮海豹有关，这就是在俄罗斯人把他们带到这里后，每个人都留下来的原因。阿留申人的文化是建立在捕猎毛皮海豹的基础上的。”

不过，菲利斯谈到了这样一个事实：虽然捕猎海豹的活动还在继续，但参与其中的人却越来越少，“因为人们现在从事的都是西式工作，而且海豹数量越来越少，因而捕猎到的数量也越来越少，在社区内吃掉、经手的海豹也越来越少”。同时，菲利斯也意识到，为了保存剩下的海豹，想吃海豹的人也越来越少。“这会对文化造成影响。”菲利斯说。 66

菲利斯告诉我：“我们这里出现过藻华，海藻把整个岛屿围得严严实实，所有的水域都是绿色的。这让所有人都注意到，事情正在发生变化，鸟类和海豹的数量正在发生变化。三趾鸥对这种文化也很重要，因为它们是我们比较喜欢食用的一种海鸟，但现在它们在生育幼崽方面遇到了问题。现在人们都不愿意去捕猎这种海鸟了，因为我们知道它们正面临断子绝孙的境地。”

菲利斯知道，人们将失去对动物的尊重，因为这种尊重在很大程度上是通过狩猎学到的。她说："老一辈人和四五十岁的这一代人现在都不怎么打猎了。当然，如果他们不打猎，孩子们就无从学习打猎，所以也就无法传承，到最后什么都没有了。包括毛皮缝纫、柳编在内的各种手艺都在消失，所以与动物有关的文化自然也就越来越少。以经典的毛皮大衣为例，以前那些东西要花很多时间来制作，人们当时也是那样做的，但现在这种情况已经不复存在，会编篮子的人也所剩无几。阿留申文化净是与土地和自然的联系，因此你必须知道这些才能打猎和捕鱼，只有通过打猎和捕鱼你才能分享这些知识，这就是文化传承和延续的方式。"

阿留申文化的每一个方面都直接或间接地与捕猎海豹、鸟类和鱼类有关。如果这些技能不传给年轻一代，那么这种文化就会消失。目前，圣保罗岛上的许多孩子已经离开该岛去"外面"上大学或工作，西方文化的蚕食和动物数量的减少正在迅速侵蚀传
67 统的乌南甘文化和生活方式。

对留在岛上的人来说，维持温饱的生活方式比以往任何时候都更加困难。格雷格早些时候曾说过："现在，我们赖以活命的东西正在消失。以前我们主要靠陆地和海洋维生，而且也都很健康。但现在，我们却患上了糖尿病、高血压、心脏病以及所有其他疾病，这些疾病都与吃西餐有关。在20世纪40年代和50年代，我们是一个集体，因此所有人都互相帮助，每个人都懂得分享，大家互相串门，每个人都积极参加所有活动，但现在这一切都在消

失。以前岛上人家无须锁门，但现在户户上锁。以前尽管日子艰难，但我们彼此非常团结，互相关心，然而现在看不到这种现象了。公司和政府分裂着我们，使我们心生嫌隙、反目成仇。”

圣保罗岛上的乌南甘人是世界上数百万名土著人的一种代表，尽管他们在产生化石燃料排放方面的作用微乎其微，却无端地忍受着气候破坏造成的影响。多年来，人们一直都很清楚，气候破坏加剧了已经存在的社会和经济不平等，这当然只会导致更严重的不平等。气候破坏越严重，对暴露在其中的弱势群体的影响就越严重。这些群体更容易受到进一步破坏的影响，他们应对和恢复的能力也比较弱。[15]最缺乏应对气候破坏能力的地区往往是世界上最贫穷的地区。从圣保罗岛上的乌南甘人到孟加拉国人，再到生活在密西西比南部侵蚀海岸附近的贫困非洲裔美国人，同样的悲剧正在世界各地上演。2014年的《国家气候评估报告》这样 68
写道："气候变化对美国联邦政府承认的566个部落以及其他部落和土著群体中许多人的影响预计将特别严重，这些影响因为一些持续存在的社会和经济问题而加剧。其中最主要的问题包括：面对快速变化的生态环境，传统知识丧失殆尽；传统食物供应减少，导致粮食不安全问题加剧；水资源供应发生变化；北极海冰消失；永久冻土融化；以及从历史故土迁移；等等。”[16]

尽管如此，西蒙、菲利斯、格雷格和杰森，以及村里的许多其他人，都在共同努力保护他们的文化。菲利斯说："语言是基于传统、文化和自然的，所以我们正努力复兴我们的语言。这里的每个人都从这个地方、这里的海洋以及海洋哺乳动物那里获得身份认同，这就是为什么当语言充满活力的时候，我们的文化会坚如磐石。但美国越是干涉和强加其文化，我们就越难保持与自然的联系。”说到这里她停顿了一下，然后补充道：“我们正在和孩子们一起努力。”

虽然格雷格认为他的族人无法将他们的文化恢复到原来的水平，但他和其他老者以及老师一道，正在向岛上的年轻一代教授这种语言。“语言对我来说非常重要，”格雷格告诉我，“因为语言可以确定我的身份。每个村庄都说自己的语言。失去语言，就失去了文化，也就失去了自己的民族认同。语言可以表明我的身份与职业。如果没有语言，你如何确定他人的身份？”

在圣保罗岛的最后一个早晨，我决定徒步前往海岛东北角的小路，那里的悬崖为成千上万只海鸟提供了筑巢的地方，这也是普里比洛夫群岛成为阿拉斯加国家海洋野生动物保护区的另一个
69 原因。土路消失，取而代之的是一条羊肠小路。沿着小路，我开始徒步上山。尽管现在是7月，但头顶云卷云舒，身边风吹草动，恍如深秋。

鸟儿在茂密的绿色枝叶中发出阵阵叫声，突然一声刺耳的声音划过小路西侧的垂直悬崖，那里是海鸠、三趾鸥、海鹦、鸬鹚、海雀和无数其他鸟儿下蛋的地方。从南方吹来的风带来了毛皮海豹群栖地的咆哮声、打嗝声和叫声。

我遇到了美国鱼类和野生动物管理局的两位研究人员，当时

我正从一个调查点到另一个调查点去查看鸟蛋和鸟儿，路上便询问起那两个年轻人有关海鸟的情况。其中一人表示："它们的情况比预期的要糟糕得多。"很多海鸠"现在干脆不下蛋了，而且一个个瘦得皮包骨头"。在那些下蛋的海鸠中，"我们发现了为数不多的鸟蛋，却没有看到鸟爸鸟妈轮流看家的情况，所以那些鸟巢实际上是被遗弃了"。这意味着鸟爸鸟妈都出去寻找食物了，却没有找到足够的食物。

我沿着拉什山山顶的火山口向北走去。这时，风越来越大，一缕缕的云朵悄无声息地掠过这座古老火山的边缘。尽管天气越来越糟，我还是时不时地停下来，拍摄脚下蔓延起伏的绿色岛屿，以及岛屿周围冷冽、灰暗、波涛汹涌的大海。

我蹲下身，看着脚下的苔原。苔原类似一片微型森林，上面盛开着蓝色、紫色、蓝紫色、白色、粉色和黄色的小花。细小的叶簇孕育着水滴，苔藓和矮小的蕨类植物在矮小的多肉植物的花丛中遍布。我越是靠近观察，生命迹象就越清晰。

向东望去，较小的陨石坑似乎正从绿色的地毯下向上推进。我凝视着这些岛屿，试图想象棕色的长毛猛犸象在火山口之间行走的情景。70

我沿着古老的火山口边缘继续前行，到达北部海岸，然后向西穿越。圣保罗岛的西北海岸是一处陡峭的悬崖，部分悬崖高达300英尺，地势险峻，悬崖下方传来海浪拍打礁石的轰隆声，悬崖上方鸟鸣啾啾，四处飘散。

天空开始下雨。随着时间的推移，雨点越来越大。回到酒店房间，我冲了个澡，休息了一下。当天晚上晚些时候，大约9点半，乌云散尽，天空放晴，夏日的阳光温暖了海岛，灰蒙蒙的光线变成了炫目明亮的橙色。我把相机和日记本扔进背包，重新回到了西海岸。

我在海岸上方找到一块露出水面的岩石，坐在上面，边看边听，偶尔草草记几笔笔记。我又一次听到了风中传来的鸟鸣声，听到风中传来海豹的叫声和呼噜声。此时此刻，仿佛我是岛上唯一的人——每当我离开村庄，来到海边，来到动物群栖地，或者登上拉什山山顶，大部分时间里都会产生这种感觉，始终如此。我凝视着绿色的苔原，盯着覆盖在我周围巨石上的橙黄相间的地衣，遥望着西边蔚蓝色的海洋，心中在想：从目前食物网正在发生的变化来看，这个地方还能适合人类居住多久？

第二天，天气恢复了正常：厚厚的灰色云层让岛上的一切变得黯淡无光，大雨最终变成了薄雾。这是我飞回安克雷奇之前在岛上的最后一天。

就在前一天，一对年轻夫妇自杀了，这一悲剧给全岛蒙上了一层阴影。他们死后留下了三个年幼的孩子。部落政府办公室已经关闭，人们请假一天举行悼念活动。我决定除了表达哀悼之外，
71 当天不跟任何人说话。

那年秋天晚些时候，200多只瘦骨嶙峋的簇羽海雀被冲上了圣

保罗岛的海岸，另外还有几只海鹦和海鸠。截止到11月初，海鸟死亡的数量达到217只，使之前所有的死亡都相形见绌。在此之前的10年里，在同一时间发现的最多的死亡数量是3只簇羽海雀。[17]

科学家们特别担心。他们估计海鸟死亡总数可能是这个数字的十倍，因为通常被发现的只是总数的十分之一。[18]至于死亡原因，就像之前一样，科学家将其归咎于海水变暖导致的严重食物短缺。[19]

赖特曾告诉我，没有任何迹象表明圣保罗岛上的阿留申人的情况会好转。他解释说："温度升高改变了海洋栖息地。"赖特详细阐述了自己的观点：我们向大气和海洋中排放了大量的二氧化碳，改变了海洋的化学成分，增加了酸性水平，提高了海水温度，从而创造了有利于亚历山大藻类毒素大量繁殖的环境。

"这就像砍掉陆地上所有的树木，"赖特说，"你正在改变栖息地。"就在几个月前，NOAA下属的阿拉斯加渔猎局和其他组织的科学家发表了一项研究——该研究是基于10年来对13种阿拉斯加海洋哺乳动物的采样——结果显示，由藻华产生的毒素已经存在于北至北冰洋的动物体内。[20]

2015年的6月和7月间，气温非常高，以至于阿拉斯加西北部的科泽布湾（每年的海豹狩猎活动都在这里进行）没有一点冰。要知道，以前这里可是一片冰天雪地。当时气温接近21℃，海豹 72
早已向北迁徙。结果，那年的海豹狩猎活动成为当地人记忆中最短的一次，只持续了几天，而不是通常的三周，而且他们捕捉到的海豹体内很可能有来自藻华的毒素。[21]

赖特对正在发生的事情态度很坚定："海鸠所面临的形势就是如此，尽管很多科学家都不愿谈论。当浮游动物从食物网中消失时，能量就滞留在沉积物中，所以这实际上是食物的损失，因为亚历山大藻的毒素带走了浮游动物。去年［2015年］，我们几乎没有浮游动物，因此，食物网实际上已经破裂。"

"我们无法阻止这场灾难，甚至没有试图减缓二氧化碳的产生，大气中的二氧化碳含量已经太高了。我们将看到其后果，后果将会非常严重。"

赖特介绍说，在过去，海洋曾像现在一样酸性提高，当时地球经历了物种大规模灭绝事件。我边听边继续做笔记。他告诉我说："这一切都是海洋酸化造成的。二叠纪大灭绝时期［大约2.52亿年前］，90%的物种都灭绝了，跟我们现在看到的情况一样。"

采访结束了，但我的心情无比沉重。我把笔记本电脑放进背包，站起来，穿上夹克，感谢他抽出时间接受采访，同他握手告别。赖特知道我即将飞往圣保罗岛，于是在送我走出大楼时，告诉了我最后一件事："普里比洛夫群岛是猛犸象生存的最后一个地方，因为那里没有人猎杀它们。我们从未经历过这种情况，不过我们正朝着这个方向前进。也许这些岛屿也会成为人类的避
73 难所。"

海洋科学家、大堡礁遗产科学与媒体总监迪恩·米勒博士。科学研究表明，到2050年，世界上绝大多数的珊瑚可能会消失。摄影：达尔·贾默

4

永别了，珊瑚

2017年2月10日。西太平洋岛国帕劳的岩石群岛轻盈点缀在碧绿的热带水域之上。这里曾经是体积庞大的裸露的石灰岩岩礁，但经过侵蚀之后，现在已是支离破碎，十不存一。这些岩岛状如蘑菇，这是长年累月暴雨冲刷、海浪冲击、潮汐拍打以及软体动物侵入石灰岩底部的结果。

提供潜水服务的小艇载着我和2名海洋生物学家和6名船员快速经过上面覆盖着灌木的古老珊瑚礁。掌舵的帕劳向导载着我们在光滑的水面上滑行，穿梭于各个岛屿之间，就像职业赛车手在熟悉的赛道上高速行驶一样。

这里的海水温暖清澈，其中有超过1 400种珊瑚鱼，包括13种鲨鱼，以及700多种硬珊瑚和软珊瑚。潜水时，你的感官应接不暇，几乎跟不上在你眼前游动、漂浮和成长的生命万花筒。这里有世界闻名的潜水胜地——西部堡礁外围的蓝角——对于感官来

75 说，堪称一场饕餮盛宴。

我们沿着垂直岩壁缓缓下潜，眼前的岩壁上覆盖着蓝色、棕色和绿色的硬珊瑚，亮黄色的扇形珊瑚以及粉红色的海葵。这里是亮橙色小丑鱼的欢乐家园。一大群银色梭鱼在前面游走，仿佛被尾随其后的灰色礁鲨所驱赶。大量的金枪鱼游离此地，游向深海。我回头望向珊瑚礁，看到其间满是隆头鱼、蝴蝶鱼和尖嘴鱼，海龟则沿着珊瑚壁觅食。

我屏气凝神，调节呼吸节奏。潜水是你在地球上最能体验失重感觉的方式。此时你能看到和听到自己的呼吸，感觉就像是液态形式下的静思冥想。当我通过背后长长的管子将空气吸入口腔，然后顺着喉咙向下注入肺部时，空气通过调节器发出的欢快声响令人着迷。稍微停顿之后，我有意识地缓慢挤压隔膜，将刚刚注入肺部的空气缓慢地从肺里排出，回升到喉咙，然后经过口腔进入调节器，从调节器中发出汩汩的气泡，最终回到表面。

我漂浮在70英尺深的海面下，右边是巨大的珊瑚岩壁，左边是一望无垠的菲律宾海，身下是深不可测的海水——从那里我们的祖先想象出来各种海怪——此时此刻对我来说是一种精神上的体验。然而，尽管蓝角依然蔚为壮观，但是这里的鲨鱼等鱼类明显比我22年前最后一次在这里潜水时要少得多。

中谷诚二博士留着一头灰白的短发，身材矮小敦实，皮肤黝黑，脸上胡须刮得干干净净，佩戴眼镜的双眼带笑，向我致意。

他握着我的手，轻轻鞠躬。

在潜水的前一天，我在帕劳国际珊瑚礁中心见到了中谷诚二，该中心附属于帕劳水族馆，位于科罗尔岛南端的水面上。中谷是 76
一位珊瑚生物学家，也是该中心的珊瑚礁管理项目的协调员。他专业知识丰富，因而是谈论气候破坏对整个帕劳海洋世界影响的最佳人选。中谷与帕劳有着密切的联系，因为该中心的建立是为了研究和保护帕劳的珊瑚礁。

中谷邀请我在几棵棕榈树下的长椅上坐下。他拿着一个小文件夹，里面装着他最近的一些报告。目前，中谷正在进行一个为期五年的项目，研究海洋表面温度及其对珊瑚、海平面上升和海水酸化的影响，以及土壤径流和旅游业对帕劳珊瑚礁的影响。

我主要对珊瑚白化的现象感兴趣。珊瑚是一种生物，其组织中有藻类细胞，可以产生能量，是珊瑚的主要食物来源。当水温过高时，就会产生珊瑚白化现象，导致藻类产生对珊瑚有害的毒素。然后，珊瑚会排出藻类。体内没有了藻类，珊瑚的白色骨架上就只剩下一层薄薄的透明组织。如果水温及时下降，珊瑚可以吸收藻类并重新开始产生能量。当珊瑚变成白色时，意味着它正处于饥饿的关键阶段。如果此时水温一直保持较高，或进一步升高，珊瑚通常会在几周内死亡。

1998年发生了第一次全球白化事件，导致全世界16%的珊瑚死亡。[1]据美联社报道，有记录以来最严重的白化事件发生在2015年至2016年，“当时，旷日持久的厄尔尼诺现象导致赤道附近的太

77 平洋水域变暖”。其间，22%的大堡礁珊瑚被杀死；在对印度洋超级富豪的度假胜地马尔代夫进行的调查中，73%的珊瑚遭受白化；太平洋中部其他地区的珊瑚礁损失了90%——这让一些科学家束手无策，怀疑这种现象是否会结束。[2]

据中谷诚二说，帕劳经历过的最严重的珊瑚白化事件发生在1998年，后来当地从白化事件中恢复了过来，但在2016年又遭到了另一次白化事件的打击。让中谷感到庆幸的是，与日本的相比，帕劳的珊瑚礁仍然有能力恢复到健康状态，因为它们还没有经历大规模的连续白化事件。根据日本环境部一个月前的一份报告，珊瑚白化已导致日本最大的珊瑚礁——位于冲绳海岸石西礁的珊瑚礁死亡了70.1%。与两个月前相比，那里的白化现象增加了56.7%。[3]

海洋变暖甚至影响到地处偏远的帕劳。“我们现在眼见着海水表面温度上升，白化现象加剧，”说话间中谷指向开阔的水域，“去年有四分之一的珊瑚受到影响，同时受到影响的还有鱼类、甲壳类动物和其他海洋物种。举例来说，今年的气温比前一年高得多。”

中谷强调说，与日本或澳大利亚的珊瑚礁相比，帕劳珊瑚礁的特殊性，正是它能够从最近严重的白化事件中完全恢复过来的原因——帕劳珊瑚礁地处偏远，距离最近的大型人口聚居中心（关岛，有20万人口）有800英里，因而与其他珊瑚礁相比，人类的影响相对较少。中谷诚二把帕劳作为一个对照组，用以与其他珊瑚礁进行比较。随着海洋酸度因吸收排放的二氧化碳而变得越来越高，珊瑚无法形成骨架，有时会因为无法正常生长而死亡。
也就是说，在帕劳出现了某种奇怪的现象：在封闭的妮可湾，海 78
水的酸度非常高，但珊瑚仍然健康。

然而，气候变化引起的海平面上升正对帕劳产生重大影响，不仅因为它造成了更多的强台风，还因为潮汐越来越高，正在侵蚀岛上2.2万名居民的聚居区。珊瑚礁一直是海浪的屏障，但随着海平面上升，珊瑚礁的作用越来越小，使得生活在岸边的生物更容易受到危害。

中谷也担心过度捕捞和旅游业造成的影响。他说："我们需要尽我们所能来保护和照料我们的珊瑚礁。"然后他又补充说，鉴于像帕劳这样的小国对全球二氧化碳排放几乎无能为力，因此这一责任在很大程度上还是归属于其他地方。

珊瑚礁生态系统仅占地球海底2%的面积，但其中生活着整个海洋四分之一的生物。一些报告显示，就生物多样性而言，珊瑚礁的作用甚至超过了雨林。如果没有珊瑚礁，整个海洋生态系统会变得更糟，对人类也会产生严重后果。联合国粮农组织的一份报告显示，珊瑚礁是鱼类的主要来源，这些鱼类对全球消耗的动物蛋白的贡献率高达17%。在密克罗尼西亚等岛国和沿海国家，这一比例升至70%以上。[4]据估计，珊瑚礁的生物多样性价值为9.9万亿美元。[5]

人类活动正在以极快的速度杀死珊瑚。在加勒比海，至少

80%的活珊瑚已经消失。[6]在佛罗里达群岛，情况触目惊心，自
79 1970年以来，97%的麋鹿珊瑚和鹿角珊瑚已经灭绝。[7]在撰写本书的时候，我们的星球已经失去了一半的珊瑚，[8]而与此同时，另一项研究表明，海洋变暖的速度在过去20年里翻了一番，热量正在达到海洋更深处。[9]同一篇论文还显示，海洋变暖的速度比之前认为的要快13%，而且目前仍在加速。[10]NOAA在2016年的一项研究预计，到2050年，全球超过98%的珊瑚礁每年都会受到“白化水平的热应力”的影响。[11]世界资源国际组织早前一份由二十多个保护和研究组织编纂的研究报告指出，“迅速、广泛的行动可以在拯救珊瑚礁方面发挥很大作用”，但同时也警告说，除非立即采取行动减少威胁，否则到2030年，90%的珊瑚礁将受到“威胁”，到2050年地球上所有的珊瑚礁可能会完全消失。[12]该报告将人为原因造成的气候破坏、水温升高、海洋酸化、航运、过度捕捞、沿海开发和农业径流列为主要因素。

马克·希克森博士是夏威夷大学马诺阿分校西德尼-埃里克-肖私立学院的海洋生物学教授。在我与他交谈的过程中，马克表现得很坦率。他说：“情况很糟糕，但并不是没有希望。”他解释说，现在已经有一些珊瑚适应了未来海洋典型的温暖、酸性的水域环境。不过这位在2004年被科学信息研究所引文索引认定为过去十年中北半球和西半球关于珊瑚礁生态领域被引用次数最多的科学作者坦言：“物种将会消失，但一些珊瑚和珊瑚礁会存活下来。20世纪，随着水肺潜水的发明，我们认识了色彩斑斓、千姿百态

的珊瑚礁，但遗憾的是，这些终将成为影像中的记忆。” 80

在离开帕劳之前，我参观了巴别尔道布岛的北部海岸，这是群岛中最大的岛屿，地球上没有太多人会来此地参观，原因很简单，因为到达如此偏远的地方需要花费大量的财力和精力。我站在山顶，向北方极目远眺，只见此地东临太平洋，西临菲律宾海。我放空思绪，享受孤独，让自己完全沉浸在安静的鸟鸣声中，感受着绵绵不绝的热带暖风，入眼尽是郁郁葱葱的植被，远离人类文明的喧嚣。我能感受到碧蓝色海水的召唤。这个地方恰似人间天堂，有时美得让人窒息。有时候我甚至想把自己整个人没入海水中，再也不浮上来呼吸空气，远离水面上发生的一切。即使在这个美丽的地方，在这个人间天堂，我们也能极其清楚地感受到人类造成的危机。

气候变化的证据比比皆是。2012年12月，NOAA的气象报告称袭击帕劳的超强台风“‘宝霞’是百年不遇的台风”。[13]“宝霞”裹挟着35英尺高的巨浪，摧毁了岩石群岛南潟湖联合国教科文组织世界遗产地的许多珊瑚礁。《科学美国人》报道说：“在过去的六十年里，只有三次台风严重威胁过帕劳群岛。”但在超强台风“宝霞”袭击不到一年之后，台风“海燕”摧毁了帕劳北部的卡扬格尔岛。[14]

“通常情况下，我们平均每20年才会有一次台风，”帕劳当地的一名船长杰弗里·内斯特告诉我，“但最近我们连续遭遇了两次大台风。不仅如此，我们还发现我们这里的天气模式正在发生重大变化。”说话间我们周围大雨倾盆，杰弗里见状笑着说道：“本来现在我们应该处于旱季，但现在我们的雨季却变成了旱季。”他告诉我，帕劳人长期以来一直使用的跟踪和调整生活以适应天气的
81 策略“不再奏效”，就天气而言，“一切都在改变”。

就在我到达那里的几周前，美国宇航局发布了数据，证实2016年是全球有记录以来最热的一年，这是该纪录连续第三年被打破。在这三年里，全球气温上升了0.24℃：这种全球变暖的极端加速，在过去136年的记录中是绝无仅有的。[15]地处偏远的帕劳处于极端天气变化影响的最前线，当我开始离开帕劳，前往800英里外的关岛时，心里只有一个念头：我有幸目睹过的这个相对未受影响的人间天堂，还能维持多久？

戴夫·伯迪克是NOAA资助的关岛大学海洋实验室珊瑚礁长期监测项目的负责人，他在关岛生活了十多年，长期进行潜水和浮潜，以此对珊瑚礁进行实地研究。

我们在关岛的图蒙湾见面。这是一个浅水湾，周围是白色的沙滩，四周环绕着旅游酒店的高楼，在靠近海洋的一侧有一处珊瑚礁。尽管游客和当地人大量使用该海湾的水域，但严格来说，它属于“当地管理的海洋保护区”。

伯迪克穿着泳裤和防晒衫，在我们去浮潜之前微笑着同我打招呼。他说，这个海湾对他来说“就像一个天然实验室”——这是他在岛上监测的七个地点之一，是监测项目的一部分。我们在

海湾的不同地方进行浮潜。白色的沙质海底点缀着大块的珊瑚，其中大部分是两种不同种类的鹿角珊瑚和一种黄指珊瑚。有些珊 82
瑚的形态还不错，但也有相当数量已经死亡，或者正在被黏糊糊的绿藻完全覆盖。

浮潜大约一个小时后，我们浮出水面，走到一个有顶棚的小亭子。这里也正处旱季，但我得靠亭子遮雨。像在帕劳一样，我在关岛时每天都下雨，而且常常下得很大。伯迪克介绍了1994年发生在关岛的珊瑚礁中度白化事件，当时造成的（珊瑚）死亡率很低。在那之后的近20年里再没有发生重大事件，但在2013年，一场大规模的白化事件突然出现，持续了3个月，导致80%的珊瑚种群出现白化现象，其中25%的珊瑚消失了。此后过了不到7个月，2014年，海水表面温度突发异常，一路飙升，结果又造成一次中度乃至重度白化事件。伯迪克说："在2013年事件中已遭重创的珊瑚，这次死了很多。此次事件波及范围相当广，许多在2013年事件中幸存下来的珊瑚在这次事件中没能幸免。"2014年，半数被白化的生物相继死亡。就当人们还在分析那次事件的数据时，2016年再次发生大规模白化事件，让他们异常震惊。伯迪克说："也就是说，我们经历了三次严重的白化事件，基本上是每年一次，显然现在这已成了规律。"在这些事件之前，他们从未在关岛看到过任何超出"中度"珊瑚白化的情况。"这对我们来说是全新的。"伯迪克如是说。

在2013年的事件之后，曾经拥有数千个珊瑚群的地区只剩下

83 了一两个。伯迪克担心这只是未来惨剧的前奏。“随着海洋变暖，形势肯定会每况愈下，”他说，“珊瑚生活在一个温度阈值下，所以只要水温升高1℃就会导致白化，比较脆弱的珊瑚白化的速度会更快。因此，我们将在接下来的5到10年里看到，我们刚刚经历的4年中有3年出现白化现象的情况是否会成为新常态。”关岛就像这个地区的所有岛屿一样，有太多的人依赖珊瑚礁，然而正如伯迪克所说，珊瑚礁“正在遭受重创”。说话间伯迪克望向图蒙湾，停顿了一下，继续说道：“我们没有人真正了解珊瑚的适应能力，所以这是一个很重要的因素。珊瑚有时间适应吗？它们是否会适应到一定程度，从而能够应对下一次白化事件？这对每一个物种来说会怎样？”健康的珊瑚礁可以抵挡住十年一次的白化事件，但如果极端事件过于频繁，肯定会导致更多物种死亡。

伯迪克知道我刚从帕劳回来。我提到了妮可湾的珊瑚状态良好，已经适应了较高的水温和不断加剧的酸化。伯迪克告诉我，他很了解妮可湾那个地区，并且在帕劳待过很长时间。“帕劳的妮可湾非常独特，”他解释道，“那里有很多阴凉处，生长着某种类型的珊瑚，属于一种非常罕见的珊瑚礁。我更感兴趣的是当地的大型珊瑚礁，那里有桌面珊瑚和鹿角珊瑚。妮可湾很容易再次发生严重白化事件，进而失去所有的鹿角珊瑚。”说到这里，伯迪克打了个响指，“就像这样，突然消失。如果事情继续以现在的方式发展下去，并且极不稳定，我认为即使是妮可湾这个独特的区域也会受到严重影响。各种因素会为一些地区争取一些时间，所以一些珊瑚物种可能会勉强存活一段时间。但是每5到10年就发生一次白化事件，珊瑚根本得不到足够的时间恢复到原来的状态。这一切都与变化的速率有关。而现在，这一速率正在迅速上升。” 84

几天后，我遇到了戴夫和关岛大学的劳里·雷蒙多教授。雷蒙多也是关岛大学海洋实验室的一名珊瑚生态学家，多年来一直与伯迪克密切合作。自2004年以来，雷蒙多就一直住在这里，几乎和伯迪克一样。同时，她还是2016年《巴黎气候协议》的起草者之一。该协定是《联合国气候变化框架公约》的195个成员国签署的一项非约束性协议，其目标是将全球变暖限制在比工业化前水平低2℃以下，并努力将升温控制在1.5℃以内。

在过去十年中，雷蒙多一直在监测水质、海岸开发、过多的棘冠海星（可能会摧毁珊瑚礁）以及过度捕捞。这些都造成了珊瑚损失，但这些因素已经稳定下来。“但是水温突然变暖了，”她说，“并且出现白化现象。纵观历史，我们从来没有遇到过像过去几年这样严重的白化事件。”

雷蒙多认为，困扰关岛珊瑚礁的主要问题是连续两次大规模的白化事件共同造成的，随后又是连续数月的低潮让珊瑚暴露在外，然后是2016年暴发的珊瑚疾病。她说：“我们不知道有多少珊瑚受到了影响，但我们知道至少有两种珊瑚在一周内被某种疾病消灭了。我们不知道是什么原因导致了这些后果。事发突然，珊瑚受到压力，可能是由于高温，一些本不应该成问题的事情变成

85 了问题。”雷蒙多说，海水温度越高，持续时间越长，除了会导致白化现象之外，很可能还会带来更多携带疾病的虫子，或者至少延长虫子的寿命和它们破坏珊瑚的能力，但这仍需要进一步研究。与此同时，海水继续以惊人的速度变暖，针对气候破坏的科研预算正在大幅削减，至少在美国是这样的。

雷蒙多和伯迪克多年来一直在合作，调查海岛四周的珊瑚礁，因而他们对关岛的珊瑚礁非常了解。雷蒙多告诉我，已经有一些地方不再有任何自然产生的珊瑚物种，现在那里的珊瑚是由人类培养、放置在那儿的。他们二人都告诉我说，关岛的一些珊瑚将会灭绝。雷蒙多补充说，他们正在进行的几项研究表明，在最近的白化事件之后，关岛可能已经失去了三种鹿角珊瑚物种。虽然有几种珊瑚具有复原能力，却不会一直存在于关岛附近。伯迪克说：“总的来说，由于各种本地压力源和最近的白化事件，以及棘冠海星等原因，我们现有的珊瑚类别属于中等偏下水平。”

伯迪克援引NOAA的研究表明，自2003年以来，关岛已经失去了大约一半的珊瑚，一些地区的珊瑚覆盖率只有10%，这一比例是“非常非常低的”。伯迪克还提到珊瑚的恢复能力正在下降。几乎没有那么多的成熟珊瑚能够繁殖后代，因此它们从压力事件中恢复过来的能力严重受损。

我询问过伯迪克和雷蒙多：他们如何看待关岛珊瑚礁的前
86 景？雷蒙多的回答斩钉截铁。“我们将失去所有的敏感物种，”她告诉我，“物种的多样性也会降低。不过有些物种肯定会茁壮成长。上周，我和戴夫［伯迪克］去看了一处之前遭受巨大损失的珊瑚礁。我们怀疑那里可能会出现物种替换，有一种珊瑚长势良好，而且似乎数量还很大。”

伯迪克说，他担心一些为鱼类提供栖息地的珊瑚物种正在消失，这将对依赖鱼类获取蛋白质的人类产生影响，但随后雷蒙多接过话头，继续说道："我们甚至不知道我们正在失去什么，也不知道生物多样性的丧失对制药业、生态学以及其他许多方面来说，究竟意味着什么。在我们真正搞清楚我们正在失去什么之前，我们确然正在失去一些东西。这是一个全球性的问题，因为我们知道，丧失多样性会使系统变得更不稳定。”

伯迪克关心原始系统。他认为现在所有的珊瑚系统都处于危险之中，即使在最好的情况下也是如此。伯迪克说："贾维斯岛上97%的珊瑚在白化事件中死亡，要知道，那是地球上最偏远的地方之一。”听闻此言雷蒙多倒抽一口冷气，显然她并不知道这一统计数字。“贾维斯岛的温度达到了31℃，一年中有三分之二的时间温度达到了珊瑚白化的压力水平。所以当珊瑚自我繁殖时，问题就麻烦了。”

我又询问了关岛的珊瑚最坏的情况会是什么样子。“珊瑚和种群会锐减，渔业很可能会减产，”伯迪克语气严肃，“那些鹿角珊瑚丛将变成碎石地，物种的栖息地将不复存在，而我们似乎也将继续面对气候变化导致的所有最糟糕的局面……最终可能只会剩下一片瓦砾废墟，基本上就像杰里米·杰克逊研究的那样，最终

滑向深渊，成为一摊黏液。”杰里米·杰克逊博士是斯克里普斯海洋学研究所的名誉教授，同时也是史密森尼学会的名誉资深科
87 学家。他的研究表明，在过去的两个世纪里，海洋环境的极端恶化一直在加速。杰克逊认为“栖息地破坏、过度捕捞、外来物种、海水变暖……［以及］污染”导致了“海洋生态系统日益急剧、迅速退化”，并导致“黏液的增多”。[16]

我问伯迪克和雷蒙多关于NOAA的一项研究，该研究预测到2050年地球上几乎所有的珊瑚礁每年都会发生白化事件。伯迪克说，这项研究表明，地球上各个地区的许多珊瑚物种“将无法克服”气温持续升高造成的影响。他说：“毫无疑问，情况会很糟糕。”雷蒙多和这份报告的几位作者曾经有过合作。她说，这项研究证明，由于海洋变暖是一种全球性现象，世界各地的原始珊瑚礁将不再是保护区域。“我们发现，在人为压力下生活多年的珊瑚礁已经失去了比较敏感的珊瑚物种，”她说，“现在生活在那里的珊瑚净是些劣等货色。如果珊瑚礁的多样性较低，生态冗余就较少，因此珊瑚礁就更容易崩溃。”虽然雷蒙多不认为地球会像一些研究预测的那样失去所有的珊瑚，但她确实认为，我们将遭受物种的巨大损失，以及功能和生产力的巨大损失。

伯迪克和雷蒙多都认为关岛的珊瑚礁在向世界传递信息。查莫罗人是马里亚纳群岛（包括关岛在内）的土著居民，他们对珊瑚礁及其提供的鱼类有着强烈的文化亲和力。珊瑚礁的消失意味着查莫罗人身份的严重丧失。伯迪克说：“这些珊瑚礁被成千上万

的人用来捕鱼，或用作文化认同、娱乐等，但如今这些都将受到严重威胁。” 88

在我与伯迪克和雷蒙多交谈的前一年，关岛接待了150万名游客，其中大多数人是被清澈的海水和美丽的海滩所吸引。雷蒙多说："来到这里的人们将会见证巧夺天工与瓦砾碎石的区别，见证色彩斑斓与颜色单一的区别，见证鱼翔浅底首尾相连与无鱼可见的区别。随着时间的推移，如果没有了珊瑚和鱼群，这里的一切都将消失。”

2017年2月中旬，我离开关岛前往澳大利亚昆士兰，当时正值“前所未有”的热浪，创纪录的高温席卷了澳大利亚大部分地区。[17]在我到达那里的前一个周末，仅澳大利亚东南部就发生了100场野火，澳大利亚的一些地区在灼热的高温下烘烤，有些地区的气温超过了46.7℃。澳大利亚东海岸的水域也在急剧变暖，这里生长着地球上最大的珊瑚生态系统——大堡礁。

前一年，由于海水温度极高，大堡礁经历了一次严重的白化事件，受影响区域超过90%，导致22%的珊瑚死亡。[18]NOAA报告的共同作者斯科特·赫伦警告说，地球上98%的珊瑚礁每年都会经历严重的高温压力和白化现象。他还警告说："如果全球98%的珊瑚礁每年都发生严重的白化现象，那么大堡礁就不太可能维持下去。”[19]

我在澳大利亚与约翰·鲁姆尼会面。他是一位风趣的美国水

手，几十年前搬到这里，在大堡礁潜水已经有40多年。鲁姆尼创立了“大堡礁遗产”组织，这是一个非营利性组织，致力于帮助
89 尽可能多的科学家进入大堡礁进行保护性研究。“我不是住在澳大利亚，而是住在珊瑚礁上。”鲁姆尼笑着对我说。当时我们正在道格拉斯港的一家水边餐厅共进晚餐，第二天早上我们将从那里出海。“为什么我们没能保护好珊瑚礁？因为作为人类，我们与之切断了联系。”鲁姆尼认为，应当让人们在珊瑚礁上潜水，全身心沉浸在宏伟壮丽的景象中，从而重新与珊瑚礁建立联系，进而照顾它，并采取正确的行动来保护它，并激励其他人也这样做。鲁姆尼告诉我说：“我在环境方面取得的最大的成就是在1996年把澳大利亚环境部长带到珊瑚礁上待了半天。”这一事件促使这位部长将大堡礁的保护面积从4%增加到33%。

每当谈到珊瑚礁，鲁姆尼的眼睛就会闪闪发光，脸上也会神采奕奕。他很感激“能在最好的时候看到珊瑚礁，因为与过去相比，现在这里的珊瑚减少了一半，鱼减少了三分之一”。在近年来的大型白化事件发生之前，鲁姆尼一直关注水质和农业径流的影响，但前一年的白化事件却“给了我们当头一棒”，而2017年的严重白化事件在我到达前一周才刚刚开始。

当我们的晚餐接近尾声时，鲁姆尼指着我们旁边的船坞说道：“我们过去就在这里潜水，就在这个港口外侧。这里曾经有生机勃勃的珊瑚礁和硬珊瑚，但现在已经消失很久了。现在最近的珊瑚礁在8英里之外，但明天我们需要前往35英里之外的地方，才有

可能找到没有白化的珊瑚礁。” 90

第二天一大早，我们的船驶向远处的大堡礁，清晨的阳光在珊瑚海碧绿的水面上闪闪发光。船上有我和鲁姆尼，以及海洋科学家、大堡礁遗产科学与媒体总监迪恩·米勒博士。虽然珊瑚礁潜水和浮潜操作员不会讨论气候破坏对珊瑚礁的影响，而主要是带着客户去少数几个白化现象较少的地区，但鲁姆尼和米勒组织了一名操作员，带着客户去白化现象严重的地区，并聘请一名海洋生物学家在船上讲解人类对珊瑚礁的危害和影响。

在得知米勒是一个关于珊瑚礁及其情况的科学信息宝库时，我便和他坐在一起，在前往第一个地点的一个半小时里，我们整整聊了一路。8岁时，米勒迷上了马特·胡珀，他是理查德·德莱弗斯在1975年的电影《大白鲨》中扮演的海洋学家。米勒带着浓重的澳大利亚口音告诉我说：“他对我来说是一个英雄，从那一刻起，我就知道自己也要这么做。”他对海底世界的热爱具有传染性，对他来说，大堡礁一直是海洋世界的焦点。因此，他和鲁姆尼能因为珊瑚礁而成为兄弟也就不足为奇了。米勒后来告诉我，鲁姆尼因为毕生对大堡礁的贡献，获得了道格拉斯年度澳大利亚日公民奖。

米勒认为自己是世界上最幸运的人之一，因为他生活在海边，本身又是一名海洋学家，几乎每周都在珊瑚礁上工作。但当我们开始谈论白化现象时，他的快乐情绪消失了，很快变得忧郁起来。

“白化事件一次比一次糟糕，”他解释道，“以前两次白化事件之间的间隔时间通常较长，珊瑚得以恢复，但现在这些间隔时间正在
91 缩短。”米勒告诉我，我们将要看到的珊瑚礁北部区域在前几年的白化事件中受到的影响最为严重，尽管它是整个大堡礁中最原始的区域。这里的白化情况非常严重，以至于去年11月和12月，珊瑚未能像通常那样大量繁殖。

米勒说 :“所以我们在这个地区失去了90%的珊瑚，之后还没有来得及繁衍生息，超短的恢复期就已经结束，新一轮的白化又开始了。”据米勒所说，最古老的历史记录是珊瑚本身，其中一些珊瑚可以追溯到2 000多万年前。事实证明，以前的珊瑚从来没有像我们现在看到的那样频繁发生白化事件。米勒说 :“我们目睹了1998年和2004年的白化事件，却没有采取任何措施。如今，我们即将失去全球大量的珊瑚，而且无法从中恢复过来。”他强调说，如果失去了珊瑚，所有依赖珊瑚生存的海洋生物就失去了栖息地。“正如我们所知，我们可能会看到生态系统的崩溃。珊瑚礁鱼会因为珊瑚白化而消失，然后所有依靠珊瑚礁鱼生存的鱼类也会消失，如此一路下来，最后消失的是食物链顶端大型鱼类。所以说一切都会受到影响。”

世界资源国际组织的一份报告警告说，如果不进行强势干预，到2050年可能就没有珊瑚礁了。[20]我询问米勒对这份报告的看法。“我认为该报告太保守了，真的，”米勒说，“珊瑚需要很多年才能适应升温后的海水，而我们却再也没有那么多时间了。我们现在

看到的气候变暖发生得太快，物种根本来不及进化……所以我们现在看到的就是死亡，这就是珊瑚白化的结果。” 92

米勒的话可能听起来很极端，但事实上他所言非虚。米勒非常清楚，大堡礁能否生存下去已经全看运气了。如果不是一场突如其来的大规模的热带风暴，2016年造成大堡礁五分之一以上珊瑚死亡的白化事件可能会造成更严重的后果。热带风暴“温斯顿”给珊瑚礁南部三分之二的地区带来了大量的云雨，使珊瑚礁顶部过热的海水迅速降温。[21]结果，在风暴的作用下，大量已经白化的珊瑚礁最终存活了下来。据《悉尼先驱晨报》报道："白化现象分布并不均匀。道格拉斯港北部的内大陆架和中大陆架的珊瑚礁受到严重影响，但受2月份飓风“温斯顿”余威的影响，温度降低，结果南部珊瑚礁几乎没有受到影响。”[22]

尽管如此，同一年，NOAA和加州劳伦斯·利弗莫尔国家实验室的科学家们发表了一项研究，表明“自1865年以来，全球海洋的总热量增加，近半数”发生在最近20年。[23]NOAA的另一项研究表明："在1985年至1991年和2006年至2012年期间，整个地球白化水平的热应力频率增加了三倍……气候模型预测显示，这一趋势将继续下去。”[24]

坏消息源源不断。2013年的一项研究表明，太平洋在过去60年里的变暖速度是过去1万年任何时期的15倍以上，这着实令人震惊。[25]2013年是当时有记录以来第三热的年份，到那年年底，深

海变暖的速度如此之快，以至于NASA和NOAA的研究人员都报
93 告说，整个地球的长期变暖趋势没有任何停顿。[26]海洋变暖不断加剧，其强度已经超过每秒引爆12颗投向广岛的原子弹，或者是当时升温趋势的3倍以上。[27]

在2014年气候状况年度报告发布期间，NOAA的科学家表示，人类活动造成的气候破坏所导致的海洋变暖是“不可阻挡的”。[28] 2015年《卫报》上的一篇文章甚至标题就是《海洋变暖如此之快，不断打破科学家的跟踪图表》。[29]另一项研究表明，“在700米深的海中，水温都在上升”。[30]更糟糕的是，一个澳大利亚和美国的联合研究小组报告说，不断增加的二氧化碳排放被吸收到海洋中，已经威胁到整个海洋食物链。[31]另一份报告警告称，目前海洋酸化的速度比5 600万年前导致一次重大行星灭绝的事件快10倍。[32]

2015年，另一项研究表明，作为整个海洋食物链基础的浮游生物正受到海洋酸化的威胁。[33]一些种类的浮游生物将会灭绝，而另一些种类将会蓬勃发展。该报告的作者称，这种不平衡会成为一个“大问题”，因为浮游植物的光合作用为地球提供了一半的氧气供应。

有一种方法可以了解我们给海洋增加了多少热量：如果你把1955年到2010年间人类产生的所有热量排放到大气中而不是海洋
94 中，全球气温将上升惊人的54℃。[34]

珊瑚一旦在白化事件后死亡，藻类就会覆盖珊瑚的骨骼结构。

肉食性鱼类会吃食藻类，但无法做到随时吃完，而当吃食速度跟不上时，珊瑚礁就消失了。对于世界上大多数珊瑚礁而言，80%以上的珊瑚礁被人们用来维持生计。但大堡礁的恢复能力更强，因为它的面积庞大，位置偏远，附近的人口相对较少，而且他们也不依赖它生存——这一点不像印度尼西亚人，后者每天吃从珊瑚礁捕获的食物。然而，即使是那些不依赖珊瑚礁作为直接食物来源的人，也会感受到珊瑚礁损失造成的影响，因为随着珊瑚白化危机继续恶化，我们的食品价格会不断上涨。四分之一的海洋生物依赖珊瑚礁，因此，当大多数珊瑚礁消失时，这些海洋生物也将消失。鱼的减少意味着剩下的东西（包括其他食品）的价格会更高，而这些食物的需求自然会更高。

“你从这个系统中取出的任何东西都会影响到这个系统，”在我们接近第一个观察地点时，米勒继续说道，“海洋很容易受到冷遇，因为它们很容易被忽视，因为它们是一个看不见的世界，而我们这样对待它由来已久，它已经成为世界的垃圾场。事实上，海洋是我们生存所需要的‘肺’和食物的来源。如果我们失去了海洋为我们提供所需的能力，我们将承担后果。你依靠海洋生存，所以不管你喜不喜欢，你都需要海洋。如果珊瑚礁上发生的事情发生在我们都能看到的地方，我们会有不同的集体反应。”说到这里米勒做了一个类比。想象一下，如果你来到你最喜欢的森林，在三四周的时间里，90%的树木变成了光秃秃的白色。一个月后，当导致它们变白的温度居高不下时，所有白化的树木都枯死了。

你会在几周内失去生长了几十年的树木，或者在某些地区，你会
95 失去生长了几千年的树木。米勒说：“如果这种情况发生在地球上我们能够看见的森林中，想象一下人们会有什么反应。但由于大多数人从未见过珊瑚，所以这种情况仍在继续。或者想象一下你的花园，如果在三周内90%的花草树木变白、死掉，你会有何反应？你肯定会担心的。”

由于眼前的危机，米勒已经改变了他的整个职业生涯。“我的相机镜头现在已经成为我作为科学家最重要的工具，”他告诉我，“我希望人们对他们所看到的事情能产生情感上的反应，因为那样他们可能会为此做些什么。现在，地球上最大的生态系统正在经历死亡的痛苦，却没有人关注它。”

船只开始减速。我们看向窗外，此刻深蓝色的海水变得绿松石般璀璨。船员们将船系在固定锚上，示意我们可以开始准备下水了。米勒说：“我很羡慕约翰，因为他曾体验过以前那种绝美的珊瑚礁，可我知道我永远也看不到那种美景了，因为地球上不再有未受影响的珊瑚礁。我希望我的孩子们能看到珊瑚礁，至少能看到目前这样的珊瑚礁，可我担心这恐怕很难。如果能有机会看到一个不受人类活动影响的海洋，我愿意不惜一切代价。”

米勒继续说道：“在这些白化事件之间，珊瑚礁没有得到再生所需的喘息机会，相反，这期间充斥着更多的压力事件，比如极端风暴、污染、更多的白化事件等等，所以我们现在真的处于一种万劫不复的境地。我无法想象没有珊瑚礁的生活是什么样子的。

我只是不愿意眼睁睁地看着它从眼前溜走，所以现在我争先恐后地想看看眼前这个世界，因为未来的世界再也不会像现在这般美好了。”

米勒告诉我，他在大堡礁潜水只有20年，却几乎无法相信他所看到的变化，包括水下100英尺深处“独块巨石”上发生的珊
瑚白化——那是他所知道的最大的珊瑚群。“学校里的一切都告诉 96
我们，事物的变化非常缓慢，”米勒说，“我不知道达尔文的进化论是否还适用。这里不再是适应的问题，而是生存的问题。”（几乎就在我和米勒进行这段对话的同时，科学家警告说，珊瑚白化永不停歇的时代可能已经到来，而且比之前研究的警告早了几十年。）

我和米勒、鲁姆尼穿上了黑色全身紧身衣——这可以保护我们免受水中任何有毒的箱形水母的伤害——戴上氧气面罩和脚蹼，潜入水中。米勒带着相机从一个方向出发，而我和鲁姆尼则一起从另一个方向出发。这片区域，也就是大堡礁外缘的圣克里斯平礁，大约有10%的珊瑚已经白化。鲁姆尼指出了一些地方，这些地方只剩下一片高大的、死去的鹿角珊瑚，还有几米高的死去的、沾满黏液的珊瑚残骸——这里的珊瑚曾经色彩斑斓、生机勃勃。

我们游回到有生命的区域，谢天谢地，这些区域仍然生机勃勃，随处可见有着彩虹般条纹的巨大蛤蜊、黄色蝴蝶鱼、银光闪闪的鹦嘴鱼。无数闪闪发光的珊瑚鱼在发光的海葵、浅棕色的脑珊瑚和其他多彩的硬珊瑚上方盘旋、游弋。我们下潜了几次，潜

到水下15英尺，与珊瑚头和鱼平行游了几次，然后浮出水面。鲁姆尼拉起他的氧气面罩，哭得泣不成声："我太爱这片珊瑚礁了。"

大约一个小时后，我们爬回到船上，经过短暂航行之后，来到一处被鲁姆尼称为"SNO"的地方，就在外礁附近。下水前，
97 鲁姆尼显得很兴奋。"这片区域过去是110%的健康，"他一边戴上装备一边笑着说道，"我知道这样说并不科学，但我们过去在这里有生命生长，但这个地区去年也受到了影响，所以我很好奇，想看一看今天这里的情况。"

我们滑进清澈的水中，浮潜了一小段，来到较浅的珊瑚礁区，结果眼前的破败景象让我大吃一惊。至少有一半的珊瑚已经死亡，上面覆盖着黏糊糊的藻类，或者通体白化。其间，我连续游了五分钟，结果除了死掉的珊瑚和白化的珊瑚，其他什么也没看到。

我不由得看向鲁姆尼。之前他对这个地方赞不绝口，但现在所见之处几乎尽是白化、死亡或者覆盖着海藻的珊瑚，即使是在深水海域，也出现了白化的迹象，尽管其中多数珊瑚仍然基本完好无损。

在1996年的一次珊瑚礁之旅中，我参加了一次"船上直播"的水肺潜水，在几天的时间里，我在珊瑚礁上潜水20次。与我当时看到的相比，许多地区的珊瑚数量明显减少了，而在帕劳，鱼的数量也少了很多。

我继续向前游去。这里的珊瑚礁在衰败中仍然透着一种美感，

如果配以斑斓鲜活的色彩和形形色色、大大小小的鱼儿，你就会看到它昔日的风采。我情绪沮丧地在水里游着，心想近期我再次回到澳大利亚的可能性很小，而且这里的珊瑚礁不太可能再存活13年，因而我实际上是在和大堡礁告别。[35]

回到船上，米勒说："它至少已经消失了一半，就连这么远的地方都难以幸免。"

我们在船只驶向第三个地点的途中吃了午饭。鲁姆尼称这个地点为"魔咒"。我独自一人潜入水中，只想和珊瑚礁独处一会儿。值得庆幸的是，这个地方的状况还算不错，五颜六色的珊瑚熠熠生辉，络绎不绝的鱼群徜徉游弋。巨大的水下珊瑚岛向海面延伸数十英尺，珊瑚之上生长着珊瑚，生命连绵不绝，生机盎然。巨大的蓝色鹿角珊瑚直接生长在10英尺宽的棕色桌珊瑚中，令人 98
叹为观止。水里回荡着鱼儿噬咬珊瑚的声音和海虾活动发出的咔嗒声。

然而，即使在这里，我也遇到了死亡地带。进入其中一处之后，周围的一切突然安静下来，海底散落着大片死亡已久的鹿角珊瑚，上面覆盖着黏糊糊的深棕色海藻。我知道我在珊瑚礁上的时间有限，于是便游出了这片死亡区域，找到了另一个充满活力的区域。

我一个人待在水下，沉浸其中，感受着时间在悄悄溜走。随处可见巨大的蛤蜊、海葵、生长在桌珊瑚顶部的桌珊瑚、海绵、海星、硬珊瑚和软珊瑚，映衬得水下色彩斑斓，流光溢彩。我心绪激荡，不愿离开。我深深地潜下去，尽可能长时间地屏住呼吸，直到有些头晕目眩，然后浮出水面呼吸空气，之后又重复这样的动作，下潜20、30、40英尺，潜水时我平衡着耳朵，第2次、第3次、第4次不断下潜，为的是可以接触到海底的珊瑚、大鱼和偶尔出现的礁鲨。在那些罕见、珍贵、神奇的时刻，我感觉自己成了海底世界的一部分。最后，我听到船上传来微弱的喇叭声，示意我们上船，然后返回陆地。

我目睹了2017年的珊瑚白化事件。在此次白化事件结束时，一些科学家表示，大堡礁已经损毁，无法修复，再也无法得救。[36]也一些人宣称大堡礁已处于“病症晚期”。[37]澳大利亚政府的一项保护珊瑚礁的计划被认为“不再可行”。[38]2017年最终成为地球海洋有史以来最热的一年……使那一年和之前的四年成为有记录以
99 来最热的五年。[39]

佛罗里达南部的大沼泽地国家公园。对全球海平面上升的预测继续增加，一位专家说，“我们已经跌落悬崖”，并警告说，地球上所有主要沿海城市最终都将被海水淹没。摄影：达尔·贾默

5

即将到来的亚特兰蒂斯

2017年5月13日。从大沼泽地国家公园的火烈鸟游客中心望向辽阔的佛罗里达湾，会让人感觉惊诧莫名：在大陆和岛屿之间不超过8英尺深的蓝绿色水域上，似乎漂浮着无数个绿色小树丛。

鹈鹕礁、螃蟹礁、牡蛎礁、贝壳礁、鹰礁、鲸背礁、鹤礁、水母礁，以及佛罗里达大陆最南端的海岸到处都是游客——这里的游客不是指人，而是指玫瑰琵鹭、木鹳、三色苍鹭、沙丘鹤、谷仓猫头鹰和穴居猫头鹰、猛禽、滨鸟、河獭和海牛等。

世界上再也没有像大沼泽地那样的陆地了。这里体现的是不同世界的协同增效作用，来自加勒比海的热带物种和来自北美的温带物种相遇于此，繁衍生息，整个公园成了一片巨大的亚热带湿地，这在美国绝无仅有。它是基西米奥基乔比大沼泽地流域的
一部分，占地面积巨大，大约有11 000平方英里。大沼泽地由锯 101
草草原、森林、沼泽、红树林、柏树和松岩地组成，是数百种鸟

类、哺乳动物、鱼类和大量爬行动物（包括短吻鳄和鳄鱼）的家园。

喜欢去偏远地区旅游探险的爱好者可以划着皮划艇或独木舟，沿着海岸进入佛罗里达湾，在棕榈叶顶棚屋扎营，在木制平台上搭帐篷。沿着大沼泽地海湾沿岸从北向南延伸的水道，可以划桨前行一百英里，其间看不到一条道路。

据国家公园管理局的护林员鲍勃·肖勒说，这个公园平均每年有120万名游客。当我问他最喜欢这个地方的哪一点时，他毫不犹豫地说："当然是这里的生物多样性。这是一个独特的亚热带环境。我们南佛罗里达有125种树木，其中100种来自加勒比海地区。"这里从牙买加山茱萸到红木，应有尽有；此外，公园里还有366多种鸟类。

卡卢萨人、特奎斯塔人、塞米诺尔人和米科苏基人等土著民族曾在这里繁荣发展，但当白人在19世纪来到这里之后，他们屠戮、驱逐了大部分土著人，开始修建水坝、闸门、运河、防洪堤和道路，将大沼泽地内大部分水分流出去，导致内部干涸，引发各种生态问题。该地区在1947年被指定为国家公园，但由于从公园内引水灌溉附近的农场，以及入侵物种渗透进公园，所以公园边界之外一直存在各种问题。

虽然修复工作已经进行了相当长一段时间，但公园现在面临着新的威胁：海平面上升。公园地势平坦，最高点大约高出海平
102 面8英尺，因此很受自行车骑行者的欢迎。但是也正是由于地势平

坦，公园将会消失。气候破坏导致的温度和降水模式的变化已经影响到了大沼泽地，海平面上升已经侵蚀了文化遗址，改变了野生动物的栖息地，增加了公园河口水分的盐度。

离开最南端的游客中心，我坐进汽车，壮着胆子进入占地面积150万英亩的大沼泽地。四下极目远眺，锯木草草原一望无垠，其间点缀着一座座“吊床”，那是由乔木和灌木组成的一座座小岛，上面比较干燥，可用作栖息地。远远望去，似乎漂浮在锯木草之上，这不由得让我想起了我刚刚在南边不远处看到的佛罗里达湾水面上漂浮的树丛岛。

除了大沼泽地之外，佛罗里达州南部还有另外两个国家公园——比斯坎国家公园和海龟国家公园。此外还有大柏树国家保护区。这四个公园总计占地面积246万英亩。我很快就会知道，在我的有生之年，这246万英亩的土地将完全淹没在海水中。

本·科特曼博士是世界上最顶尖的海平面专家之一，担任迈阿密大学计算科学中心气候与环境危害项目的负责人，也是气候变化政府间专门委员会（IPCC）第五次评估报告的主要起草者。

我们在他位于迈阿密大学弗吉尼亚主校区的办公室里见面，就在迈阿密市中心的里肯贝克堤道对面。科特曼穿着迈阿密大学的水蓝色短袖衬衫和蓝色牛仔裤，精神抖擞，充满活力。他面带微笑，侃侃而谈，直到我们谈到全球海平面上升的具体问题。 103

海平面变化有四个主要原因。首先，陆地可能会下沉。科特曼以繁荣富饶的迈阿密海滩为例，说它“基本上是建在垃圾填埋场上，所以地面会随着时间的推移而不断被压实”。第二个原因是海洋热膨胀。水温升高，海水就会膨胀，只不过我们现在讨论的膨胀发生在全球范围内。此外还有局部效应，比如格陵兰岛融化时，淡水从岛上流入大海，最终可能导致全球海平面上升20英尺以上。第四个原因是气候变化对海洋环流的影响。海洋环流模式使格陵兰岛成为佛罗里达州特别关注的问题，因为淡水流入除了导致海平面上升之外，还将削弱墨西哥湾流，这也将导致美国东海岸的海平面上升。

根据科特曼的预测，到2030年，海平面将进一步上升0.5至1英尺，这取决于进入海洋的淡水数量和海洋变暖的程度等变量。科特曼反复重申，这其中存在“很多不确定因素”。

预计到2050年，海平面将上升1至3英尺，而这一幅度的不确定性将进一步受到人类活动，特别是化石燃料排放的影响。科特曼说：“我们是要继续像往常一样燃烧化石燃料，还是要执行《巴黎协定》，努力减少二氧化碳排放？如果继续沿着目前的轨道走下去，我们的居住地肯定会越选越高。”

尽管存在更大范围的不确定性，但2100年的数字着实令人难
104 以置信。目前预计全球海平面上升的最小值已经有3英尺，但届时这一数字可能达到惊人的8英尺。更大范围的不确定性反映了不同的人类场景以及冰川融化的前景。

我向科特曼询问风暴潮以及其他极端天气的影响，他没有正

面回答我的问题，而是说："在研究地区问题时，我认为重点必须放在适应上。所谓适应，就是承认我们应当应对一定程度的气候变化，并且要承认在未来25年左右的时间里，气候方面的某些变化已经融入宇宙中。"也就是说，没有办法缓解短期内不可避免的海平面上升。

科特曼指出，地方政府和社区已经不得不考虑适应的问题。目前，他正说服地区领导人关注海平面上升、涨潮增多和降雨增多等现象，分析这三者是如何结合并增加洪水风险的。他直言不讳地表示，已经有一些地块将不得不"归还给环境"，人们将不得不无奈地接受这样一个事实：大片公共土地会定期洪水泛滥，其中的许多建筑无法迅速恢复，因此也就无法保证对其进行持续投资。

尽管身处第一线，但是佛罗里达州的共和党州长里克·斯科特矢口否认气候破坏。事实上，他禁止任何州政府雇员公开发表或在任何州政府文件中写入"气候变化"这个词。[1]斯科特以及其他矢口否认气候变化的人让科特曼十分恼火，他说："说实话，我感到很费解。想象一下，假如你患有心脏病，100名医生中有95名告诉你，你患有心脏病，需要治疗。但是足科医生和眼科医生却告诉你，只要一直祈祷就会没事的，所以什么都不要做。我们 105
愿意相信这些鬼话吗？我倒是真的希望不会有气候变化……我还有很多科学问题需要研究。我无法从文化上理解，为什么有人会对气候变化讳莫如深。"

无须费力，我们就能知道谁是地球变暖的罪魁祸首。就各国而言，美国的二氧化碳排放量仅次于中国，其次是印度、俄罗斯和日本。[2]对于企业来说（包括国有实体），有100家公司的二氧化碳排放量就占全球二氧化碳排放总量的71%。[3]少数化石燃料生产商（其中最大的有埃克森美孚、壳牌、英国石油和雪佛龙）是最糟糕的投资型排放企业。如果化石燃料在未来28年继续像1988年到2017年那样被开采，到2100年全球平均气温可能会上升4℃。[4]此外，全球五分之一的工业温室气体排放是由公共投资支持的，因此私人投资者通过对这些公司的直接财政支持也负有同样的责任。[5]在美国，由总统唐纳德·特朗普支持的化石燃料政府正在全力推进化石燃料生产：任命埃克森美孚前首席执行官雷克斯·蒂勒森为国务卿，就本届政府在石油和天然气方面的发展方向发出了明确的信息。（蒂勒森于2018年3月被解职，据称他在几个问题上与特朗普总统意见不一致。）此外，特朗普还任命俄克拉何马州前总检察长斯科特·普鲁伊特担任环保部部长，此人经常代表化石燃料行业起诉环保部；任命里克·佩里担任能源部部长，此人曾声称全球摆脱化石燃料的举措是“不道德的”。由此可见，政府
106 立场毋庸置疑。[6]

科特曼非常清楚，迈阿密是一个反差极大的地方。一望无垠、寂静无声的大沼泽地与迈阿密人造的天际线形成鲜明对比，迈阿密是地球上贫富差距最大的城市之一。科特曼说：“如果认为海平面上升不是一种生存威胁，那我不知道应该怎么看待水位上升。”

看到他对我如此坦诚，于是我便问他打算如何处理南佛罗里达州即将发生的事情。“我提醒自己，我的房子海拔15.34英尺，但这只能聊以自慰，”科特曼说，“如果我必须坐独木舟去杂货店购物，那就太麻烦了。即使可以把家搬到高处，但别忘了还有所有的基础设施、淡水和污水问题以及污水处理问题……所有这些基础设施都极易受到海平面上升的影响。”

关于海平面上升会对佛罗里达的工业基础设施造成什么影响，学者可以写出一本厚厚的书，但人们最担忧的是佛罗里达州的含水层。一旦其中的淡水被海水污染，那就全完了。接下来与我交谈的一些专家认为，这不是含水层最终是否会受污染的问题，而是何时会受到污染。

采访结束后，科特曼和罗森斯蒂尔学院的公关总监戴安娜·乌德尔陪我走出办公室，以便我给科特曼拍照。站在大楼后面的露天平台上，可以看到大西洋轻轻拍打着我们身下白色的沙滩。乌德尔介绍说，所谓“国王潮”，即一年中最高的潮汐，现在已经冲到大楼的地基处，而20世纪60年代的照片显示，当时海滩离大楼还有20码远。她指着附近的一处排水管告诉我，涨潮时排水管会被覆盖住，从而导致污水回流，淹没排水系统，造成排污不畅。 107

我感谢科特曼抽时间接受采访，然后继续与乌德尔聊天，询问她对迈阿密的评价。乌德尔认为该地区的房地产市场将会崩溃。

她说："两年前我卖掉了父母的房子，他们赚了一大笔钱。现在，在棕榈湾的同一个街区，房子很难卖出去，因为现在那里属于洪泛区。我妈妈的保险费在一年内上涨了30%……这将迫使许多老年人离开他们的家，他们将无法给自己上保险。如果你住在这里，却不考虑这些事情，那你就有点犯傻了。"

与此同时，建筑公司似乎丝毫没有被吓倒。乌德尔开玩笑说，建筑起重机应该成为新的州鸟，因为目前全州随处可见起重机。① 她说："如果你在银行和抵押贷款行业工作，但对可能发生的事情缺乏清醒的认识，那肯定会出问题的。"但她接着补充说，如果你住在海拔6英尺以下的地方，现在很难获得30年的抵押贷款。

尽管政治领域一直在矢口否认，但眼见为实，所以这个地区的大多数人至少在一定程度上意识到了危机。他们已经开始提及"晴天"洪水——按照乌德尔所说，"这是政治正确的说法，是许多官员为了不冒犯州长而这么说的"。"晴天"洪水指的是涨潮把海水冲到大迈阿密地区或其他地方的街道上。

乌德尔说，跟踪海平面上升的科学家和气候记者早就知道，迈阿密遇到了大麻烦，最终整个南佛罗里达州都将被淹没。但乌德尔补充说，在她居住的城镇地区，"人们正在拆除小房子，建造大型豪宅，因为我们现在住的地方没有洪水，至少现在没有，但
108 这种状况十年后可能会改变"。对许多人来说，离开迈阿密成本太

① 起重机（crane）在英文中也有"鹤"的意思，故而乌德尔这样开玩笑。——译注

昂贵，因为人们无法卖掉他们的房子。乌德尔知道十年后退休后她不能留在这里。“如果你在这里有房产，那你就必须考虑退路。”乌德尔说道。

走出大楼，我凝视着水对面的迈阿密天际线，可以看到大约五分之一的建筑上面栖息着乌德尔所说的新州鸟。这不禁让我想起了卡塔尔的多哈，那也是一座建在海边的城市。在半岛电视台英语频道工作期间，我在多哈生活了将近三年。多哈给人的感觉就像电影布景，随处可见大型豪华公寓开发项目，尽管其中有大量空置房屋，而且都坐落在海边。这种情况简直令人难以想象，似乎每个人都在揣着明白装糊涂，拒不承认海平面正在上升的事实。

迈阿密正在经历同样的情况。科学证据表明，派对已经结束，不仅如此，就连舞池、酒吧、浴室和停车场都要被海水吞噬。尽管如此，参加派对的人还在狂饮，舞池中人满为患，而开发商、说客和他们各自政客的银行账户上的数字正在以创纪录的速度增长。

穿过堤道回到迈阿密，我看到路边有人在慢跑、骑自行车，路面下方不远处就是海水。正是使这个地方美丽和特别的事物也将要毁灭这个地方。

科特曼告诉我的最后一件事是，他认为南佛罗里达州向世界其他地方传递了一个信息：“现在就要开始规划——如何重新安置人们？如何重新获得某些地产以使其回归自然环境？如何修改建 109

筑规范？所有这些都需要花费大量的时间，需要得到公众的支持。我们讨论的是建造这种基础设施所需的至少20年时间。我相信你能做到，但必须现在就开始。我认为，如果我们竭尽全力，一定可以解决这个问题，但我担心的是，我们没有全力以赴。”

我穿过迈阿密，然后通过另一条堤道向东返回大西洋，走向迈阿密海滩。作为该地区最富裕的地区之一，码头上排列着豪华公寓、住宅和价值数百万美元的游艇。走近海滩时，科特曼的警告不断在我耳边回响："迈阿密海滩将成为一场完美风暴。"

布鲁斯·莫里博士是迈阿密海滩的城市工程师，是一个很难让人不喜欢的人。他身穿一件迈阿密海滩公共工程部的紧身白色衬衫和蓝色牛仔裤，浑身散发着活力与激情。莫里肩负的任务就是拯救城市，使其免受海平面上升之害。他本可以退休，但实在是太忙，有太多的工作要做，而他工作的积极性又特别高。

莫里把我迎进他位于市政厅角落里的办公室。我们在他的桌旁坐下，然后直奔主题。莫里非常熟悉科特曼所介绍的情况，即迈阿密海滩面临的诸多问题，如洋流、墨西哥湾流变化、海平面上升以及海水变暖等问题。莫里甚至向我解释了为什么迈阿密海滩更容易受到西侧海平面上升的影响，因为西侧区域是建在填充过的红树林沼泽地上，因此没有岛的东侧高。

莫里告诉我说："我们目前的工作全是推断，所以还不知道实际情况会有多糟。在这方面我们不是专家。我们正处于风暴核心，

现在就需要解决方案。不管是不是人为原因造成的，事实已经如 110
此，即使改变碳足迹，也不会改变影响，所以我们目前关注的重点是为未来保持一个充满活力的城市。”

莫里真的相信人们可以拯救这座城市，尽管他告诉我他亲眼看到“国王潮”在过去的三年里上升了5英寸。对于否认海平面上升的人，莫里也有自己的措辞。“人们说，‘看，街道被海水淹没了，’”他模仿着说话者一脸困惑的表情说道，“我问他们：你认为有人会把街道建在水下吗？你觉得他们会在水下建防波堤吗？很难否认海平面正在上升，也无法否认洪水泛滥。就像今天这样，青天白日，没有雨，但赶上涨潮，街道上已经有水了。潮汐自然会越来越高，就像海平面一样。”

拯救迈阿密海滩的最初计划不够深入，因为当时制订的计划是基于平均海平面，而不是最高海平面。莫里说：“你必须考虑最坏的情况，因为即使被淹一次也是无法接受的。因此，我们从研究均值转向研究最大值。”那是2013年10月，莫里开始上任，当时也正值市长菲利普·莱文走马上任。莱文的竞选纲领主要是应对洪灾。莱文给莫里一年时间来解决这个已经存在了几十年的问题。当时莫里立刻意识到这将是一场十分艰难的战斗。他说：“一直以来城市排水都是依靠重力，因为海洋很低，所有东西都可以排放进去。但显然，现在这种方法已经行不通了。”

在莫里上任的第一周，街道就被“国王潮”淹没了。抽水站
马不停蹄地运转，但无济于事。他笑着调侃说：“他们把海水又送 111

回到已经水满为患的地下。”通过不懈的努力，当然更多的是靠运气，在接下来的两年里没有发生洪水。说是靠运气，因为那两年没有怎么下雨。“如果下雨，我们肯定会被淹，因为我们没有足够的排水能力。从那时起，迈阿密海滩成为对抗气候变化的世界领导者。不过我们很幸运，手里有一个5亿美元的项目，要在城市中建立60到70个泵站，目前项目已经完成了一半。眼下我们就坐在多孔材料的顶部。”莫里一边说，一边递给我一块迈阿密城建中所使用的多孔石灰石样品。这在本质上等同于在硬化的瑞士奶酪上建造一座城市。

“水泵会从这种石灰石中吸取渗水，”莫里继续说道，“水被抽上来之后，就可以被排出城市。”莫里说，2014年他们“轻松取胜”，这给了他们极大的动力，但他心里清楚，他们需要提高这座城市的海拔。于是，莫里开始在一些地区将城市街道加高2.5英尺，目的是改善街道排水系统。我不禁问道：“那其他建筑物呢？”他马上回答说：“最终，我们的建筑物也不得不加高。”目前，该市唯一被要求达到洪水基准面或更高高度的建筑是独栋住宅。莫里没有告诉我整栋建筑将如何加高，也没有告诉我谁将为此买单。

莫里认为，迈阿密海滩之所以处于领先地位，是因为他们给了人们更多的创新空间。他们正在开发如何为海平面上升做准备的新概念。他停顿了一下，指着窗外的梅西百货商店。在这个阳光明媚的日子里，一个街区外的人行道上存有积水。莫里看着我，面露微笑。他引用气候变化政府间专门委员会的中期预测说：“我们估计未来一百年内海平面将上升5英尺，我们需要为此做好准备。为什么我们不明智地看待未来？”

我想知道，如果他们真的想在未来继续好好保留住迈阿密海滩，为什么他们不考虑最坏的情况，又为什么不研究2100年以后的海平面上升模型。莫里告诉我，自满是他最大的挑战，因为人们选择相信，既然“我们正在解决问题”，那问题就不复存在。“如果有人最近没有经历过洪水，他们就会忘记洪水。就目前来说，多孔石灰石看不出什么严重问题，但等20年或30年之后，其问题可能就比较严重。随着海平面的上升，石灰石承受的压力会越来越大，到时候你会看到城中很多地方会涌出喷泉，比如这里的梅西百货大楼。我们已经在对此进行评估，并提出了密封多孔石灰石的解决方案。”

莫里承认迈阿密海滩在风暴潮面前是多么脆弱。他说：“一场大风暴潮就能把这座城市夷为平地。为此，我们需要加强城市建设。”市政官员意识到，很多人在发生重大飓风时不会离开，所以莫里还要负责规划加固的风暴避难所，为人们在风暴期间和风暴后存储食物，同时在地势较高的地方建造食品杂货店、医院、污水处理厂和发电厂。但是到目前为止，他们只加高了城市中的一些道路，剩下的一切充其量就像是白日做梦。此外，莫里清楚，随着海平面上升，地下的含盐量也会上升。莫里告诉我，因为迈阿密海滩所处之处可抽取的地下淡水层极浅，因此“我们已经不得不从美国大陆进口淡水”。 113

我请莫里谈谈他认为迈阿密海滩最坏的情况是什么，谈一谈什么事让他夜不能寐。但让我意外的是，莫里对解决方案持乐观态度。他说："既然我们能把人送上月球，那么迈阿密海滩也能存活下来。但我们不能等太晚，不能等到城市经济下滑，因为如果那样就没有收入来源，无法做出改变。我的目标是让公众了解我们在做什么，并让他们接受。"

迈阿密海滩仍有很多人对气候变化持否定态度，莫里对此一直十分惊讶。"晴天上街，结果脚下全是海水，你却说你不相信气候变化，"莫里问道，"阳光明媚的日子里走在街上，结果双脚湿透，这难道还不能说明问题吗？"

我们见面的那天刚好是莫里65岁的生日，但他没有停止工作。"我还没有准备退休，"他告诉我，"我打算继续工作，因为我特别喜欢这份工作，想成为解决方案的一部分。我们今天遇到了问题，我们知道，即使我们现在能奇迹般地解决排放问题，我们仍将面临它数十年的影响。"莫里没有选择辞职，而是选择以此作为激励自己的源泉。"如果我们什么都不做，南佛罗里达州的所有地区都将被淹没。"他平静地说。

采访结束后，我漫步走在迈阿密海滩熙熙攘攘的街道上。这里车水马龙，大部分汽车都是高端车型：法拉利、兰博基尼，偶尔还能看见宾利。拥挤的街道和人行道两旁是高层公寓大楼和精品酒店，附近还有一些十分昂贵的专卖店。这座城市给我的感觉就像另一个拉斯维加斯——一座建在一个不该建的地方的城市。

2017年，莱文被人替换，不再担任迈阿密海滩市长，随后莫里也不再担任城市工程师。 114

第二天早上，我前往位于科勒尔盖布尔斯的迈阿密大学主校区，拜会地质科学系教授兼系主任哈罗德·万利斯博士。万利斯拥有普林斯顿大学地质学学士学位、迈阿密大学海洋地质学硕士学位和约翰斯·霍普金斯大学地球与行星科学博士学位，专业能力极强，针对气候破坏能够提供非常全面的观点。现年70多岁的万利斯在他传奇的职业生涯中一直在追踪研究海平面。我们在他办公室的一张桌子旁坐下，桌上摆满了书和文件夹。四周打量一下，我注意到墙上挂着几张他去格陵兰冰盖旅行的照片。我开始告诉他我刚刚见过科特曼和莫里，了解了他们对海平面上升的看法，但刚说几句万利斯就打断了我。

“我们自己搞砸了，”万利斯说，“已经死翘翘了，已经掉下悬崖了。我们产生的全球变暖热量的93.4%存在于海洋中，其中一半是1997年以后产生的。这简直令人难以置信。假如我们在80年代认识到这一问题的时候就开始控制，那我们现在的问题至少会少一半。”长期以来，万利斯目睹了情况越来越糟，对公众那种我行我素、一切照旧的心态感到吃惊。“我们必须停止这样做，”他继续说道，“随着人口的增长和工业化的推进，随着开放北极、开采更多石油和天然气带来的悲哀繁荣，我们难道不应该反思一下‘天哪，我们都做了什么？’”

万利斯的话虽然冷酷严厉，但发人深省，令人耳目一新。在一个充斥着不同程度否认的社会中听到真相，虽说是坏消息，却
115 让我感到十分欣慰，同时我也明白其中的讽刺意味。

万利斯拿出一张图表，向我展示了IPCC对海平面上升的预测是如何被低估的，因为他们低估了格陵兰岛和南极的融化量。他说：“他们认为海洋变暖处在他们预测的一个合理区间内，格陵兰岛很小，南极洲引发的海平面上升幅度也很小，但这是不正确的。他们在2007年版的评估也不正确。IPCC正在进行政治博弈，他们的建模人员无法超越模型。IPCC只使用被引用期刊中的内容，这已经过时四到五年了，而且他们提前三年就停止了同行评审，所以它至少已经过时了十年。而我所研究的却是今天正在发生的事情。”万利斯认为IPCC是“共识科学”，他的意思是，IPCC总是朝着最低公分母推进，也就是说做出最低预测的人会迫使其他人的预测总和下降。低估预测的人总是在影响评估结果，淡化事情的真正糟糕程度。

万利斯对迈克尔·曼（以“曲棍球杆”曲线图而闻名的著名气候学家，宾夕法尼亚州立大学地球系统科学中心现任主任）和詹姆斯·汉森赞不绝口，因为与IPCC不同，他们二人确实“超越了模型对即将到来的现实的观察，并了解到海平面上升的速度比模型所显示的要快得多，因为模型没有考虑到我们在冰川融化时看到的大部分反馈回路”。反馈循环相当于气候的恶性循环——在这种情况下，会加速某种趋势。或者正如美国地质勘探局的

丹·法格雷博士所说的，事情发生得越多，就越容易发生。

万利斯向我讲述了五年前他前往格陵兰岛旅行时所看到的情景。海拔2 000米及以上的冰层表面正在变黑，因为它正在融化， 116
而且来自大气的烟尘和微粒会使它吸收更多的热量。他说，“有一大堆有关格陵兰岛的反馈”，包括融水渗入巨大的冰原并从内部使其变暖。“它把冰从硬黄油变成软黄油，使它流动得更快。冰流动得越快，破裂得就越多，融化得也就越多。”

“如果我有一大块冰，原本将其融化可能需要一千年，但如果把它砸成无数小块，那么二十年内就可以融化掉。”甚至在2012年，变暖的海水“深入格陵兰岛的地下，从下面开始融化冰层”。

万利斯对NOAA的预测非常不满，因为即使是他们最新的最坏预测，即到2100年海平面将上升8.5英尺，也没有考虑到大量的冰融水，没有“包括所有其他方面的反馈”。万利斯说：“事实上，每当他们发表重大声明时，他们就会放入更大的数据，然后之前的极端推测就会成为新的核心观点。”

万利斯积极与地方和联邦各级政策与立法团体互动，指导他们的决策，包括在佛罗里达州各立法委员会、环境和行业执行与指导委员会以及白宫环境质量委员会（至少在特朗普之前）发言。他是迈阿密戴德县气候变化咨询工作组科学委员会的联合主席，并与南佛罗里达州区域规划委员会合作，为接下来一百年的海平面上升提供科学预测。

万利斯告诉我，在这些（和其他）会议和IPCC评估等研究中，总是有一些人试图隐瞒一切，所以他在佛罗里达州所属的小117 组估计会有6英尺。然而，即使这样也有问题，因为在南佛罗里达州，迈阿密戴德县只有不到40%的地方高于6英尺。“此外，应对‘国王潮’需要再加上1至2英尺的高度，因此在涨潮期间迈阿密戴德县能保持不被淹没的地方只剩下10%左右的面积。如果再加上风暴潮，那全境都会道路损毁，电力中断。”

我向万利斯提到莫里对此十分乐观，结果话没说完万利斯就插嘴说：“那位莱文市长也是如此，纯属自欺欺人，那种言论几乎等同于犯罪。”[7]随后，他讲述了一系列可怕的事实。根据大多数美国政府机构（美国地质勘探局、国防部、环境保护署、能源部和美国陆军工程兵团）的预测，到2100年海平面将上升4.1至6.6英尺，这将带来更高的季节潮汐和更具毁灭性的风暴潮。万利斯表示，我们很可能会在2050年之前就见过海平面上升2英尺，光就是这2英尺，就能让迈阿密戴德县失去38%的土地，导致岸边土耳其角核电站的大部分地区被海水淹没。如果海平面上升6英尺，则意味着该县只有44%的陆地露出水面，而这剩余土地中的73%高出海平面不足2英尺。如果海平面上升10英尺，则意味着该县只有不到9%的地区没有浸泡在海水中。万利斯给我看了一张幻灯片，展示了届时将会是什么样子——整个南佛罗里达看起来就像群岛，当然，到那时之前的群岛早就消失了。据万利斯说，萨拉索塔、那不勒斯和科尔特斯等城市都受到了“严重威胁”。“海平面每上升1英尺，海岸就会向陆地进一步移动500到2 000

英尺。”[8]

万利斯提到的土耳其角核电站就坐落在迈阿密南部。据万利 118
斯说，核电站所有者拒绝考虑海平面上升的问题，这一点同核管理委员会如出一辙。万利斯说：“在日本福岛事件之后，你原本以为他们可能会考虑类似的事情。”但事与愿违。2017年，美国核管理委员会裁定，佛罗里达州电力与照明公司可以继续推进建设两个全新核反应堆的计划，并在已经被海水污染的含水层下面储存放射性物质和废物。这些含水层是迈阿密最大的饮用水源，为270万人提供饮用水。[9]

万利斯坐在一旁看着我慢慢消化所有这些信息。而我则感到胃里极不舒服，身心俱疲。

“我认为到2100年，海平面上升的高度肯定远远超过10英尺，”万利斯的语气无比坚定，“到时候迈阿密戴德县只会剩下9%的陆地，地图上只留下几个绿色小点。”

万利斯提到了一份当地报告的作者，此人在南佛罗里达州水资源管理区工作，在预测时，他拒绝考虑冰川融化和其他问题。“现在很难找到一个预测海平面上升会超过2英尺的工程师，因为如果海平面上升超过2英尺，他们就无法处理了，”万利斯说，“开发商和许多社区领导人都在隐瞒事实，因为他们担心计税基数。”

万利斯所言不无道理，至少这可以帮助我们理解为什么这么多社区和政治领导人否认气候破坏或瞒报预测结果。想象一下，如果斯科特州长、莱文市长和其他所有知名政客、社区领导人和房地产大亨都公开同意万利斯的观点——在不到85年的时间里，几乎整个南佛罗里达都将完全淹没在海水中——那会对商业非常不利。

万利斯开始向我展示他的幻灯片，内容是世界各地的洪水，
119 比如迈阿密、孟买等地。“我们所谈论的有关迈阿密海滩的情况及其损失，同样适用于世界上所有的堰洲岛，包括孟买，因为这些地方基本上都是与海平面齐平的海滩和沼泽。”万利斯说，“大孟买地区有3 000万人口，大部分住在地势较低的地区，所以你需要把近3 000万人转移到其他地方。他们应当去哪里呢？海平面上升绝对是非线性的。汉森预计，到2100年，海平面可能会上升15英尺，据此分析，到2050年海平面上升10英尺是极有可能的。”[10]

上一次大气中有这么多二氧化碳是在300万年前，当时的气温预计和2050年的气温一样高，而海平面却比现在高70英尺。[11]

万利斯介绍了在大约11 700年前，最后一个冰川期结束之后，随着气候变暖和冰盖解体，海平面如何频繁、快速地上升。他认为，必须以此来指导我们对未来的考量。海冰的减少速度已经比模型预测的快了几十年。他解释说，早在2002年，我们就已经达到了2050年北极海冰融化量的预期，因此极地冰盖融化的速度可能也比之前预测的要快。

万利斯建议我们要迅速行动起来，将不容有失的贵重物品放置于海拔150英尺以上的地方。全球一些重要机构，比如国家档案馆、博物馆、造币厂、军事基地、法律档案馆、全球种子库、

计算机数据中心、国家卫生/疾病控制中心、储水设施、垃圾处理设施和能源系统等，都需要搬到海拔更高的地方。此外，我们还需要制订计划，迅速安置海量人口。万利斯说："我们可以选择，要么让这一过程循序渐进、有条不紊，为受到影响的家庭/企业/社区提供规划和帮助；要么行险侥幸，结果却祸乱世界，造成 120
大量流离失所的贫困人口，给子孙后代留下被污染的湿地和海洋环境。"

我向万利斯提出一个假设：假如哈罗德・万利斯博士成了佛罗里达州的仁慈独裁者，他会做什么？他将如何处理这场危机？"我会禁止民众使用'里克・斯科特'这个州长的名字。"这是他的第一反应。我不禁大笑出声，不过随后万利斯的语气开始认真起来："有几个重要且十分相似的问题。如果你计划应对洪水，如果你能肯定地说，我们将不得不在城市的某些地区将所有设施升级到一定的水平，那么计算一下成本。这个规划会告诉你，你无法继续维护城市某些部分的基础设施。以科勒尔盖布尔斯市为例，城中最有价值的房地产都位于沿海的填埋区，而这里也恰好是这座城市最高的计税基数，也将是首批被海水淹没的地区。你可以计算出海平面上升的程度，知道到什么程度就不得不放弃维持这些区域。澳大利亚已经这样做了，他们放弃的标准是海平面上升1.5英尺。弄清楚这一点非常重要，这才是真正的规划。我们会很清楚当海水上升2英尺或3英尺时，我们能做什么，不能做什么，清楚我们必须放弃什么。"

万利斯认为，政府应该要求抵押贷款公司和保险公司让人们知道在什么时候他们将不再提供30年期的抵押贷款。人们必须得到公平的机会，才能获得负担得起的保险。同时，万利斯也看到了社区规划的意义。他说："海平面上升的速度比模型更快，而且不会停止，因此，政府必须制订包括收购在内的计划，因为买下
121 这个地区比维护基础设施要便宜。最后一件事是在洪水泛滥之前清理土地，这是最重要的。我们应该为此做规划，包括清除建筑物和工业用地中会污染海洋环境的东西，包括洪泛平原的低洼地区。否则，我们留给子孙后代的将是一个污染十分严重的新的海洋环境，那可就悲惨了。"

2017年休斯敦的"哈维"飓风过后，就出现了上述这种情况的预兆。在"哈维"席卷美国第四大城市半年多后，美联社和《休斯敦纪事报》的一系列报道披露了这场环境破坏的规模，所揭露的有毒物质污染比当局公开报道的要多得多。大休斯敦地区是美国最大的能源走廊，拥有大约500家化工厂、10家炼油厂和超过6 600英里的石油、天然气和化工管道。该系列报道显示，仅一家化工厂就向整个休斯敦东部地区的社区和水道排放了数十吨工业毒素，其中包括氯乙烯、苯、丁二烯和其他几种已知的致癌物。5亿加仑的废水与飓风"哈维"带来的降水混合在一起，在加尔维斯顿湾海岸附近形成了这场有毒的洪水，其影响肯定会持续几十年。[12]

万利斯认为，需要警告人们购买新房的风险，因为他们可能

在不久的将来无法出售买来的房子。他说："我们仍然在忽悠人们努力一生，为子孙后代投资沿海公寓。但如果二十年后房子卖不出去，那可就成了一场悲剧。然而目前我却看不到任何人谈论这种风险。去年，迈阿密戴德县新建了230栋公寓楼，其中许多就建在比斯坎湾大陆的低洼海岸。" 122

据万利斯所说，除了一名南奥兰多的共和党国会议员外，其他所有人都加入了他们的公民气候游说组织，而万利斯也是该组织的成员。他知道生活在南佛罗里达周围堰洲岛上的人们已经知道正在发生的事情。"即使是那些坚决否认气候变化的人，一旦发现他们可能无法很快卖掉自己的房子，他们也会清醒过来。"

那个星期晚些时候，我去迈阿密的佛罗里达国际大学校园采访南迈阿密市市长，同时也是该校生物科学系教授的菲利普·斯托达德博士。斯托达德被白宫任命为国家海洋委员会治理协调委员会成员，任期从2015年至2017年。他之所以拥有这样的履历，是因为他熟谙科学，洞悉事实，认真精细，经验丰富，而这些品质在他务实地处理每一个问题时尽皆得到了体现。

斯托达德告诉我，离我们正在谈话的地方向北半英里处是斯威特沃特特镇。每到夏天，那里的地下水位仅低于地表18英寸。"把地下水位抬高一英尺，结果会怎么样？"他问道，"如果下6英寸的雨，水面就和陆地齐平了；下9英寸的雨，就会产生3英寸的积水——此时除非你把它推到坡上的海里，否则积水不会流到任何地方。”

斯托达德指出，在南迈阿密，城市三分之二的区域都位于化粪池之上。“我马上给你演示一下老式化粪池和地下水位之间的相互作用。”他一边说，一边播放他用来向居民解释这个问题的幻灯片，同时解释了化粪池系统的基本工作原理：当排水场高于地下水位时，化粪池就会工作。排水场起到废水处理的作用，可以去
123 除水中的污染物和杂质。现在，地下水位已接近老式化粪池。“现在我几乎每天都能接到电话，对方会说：‘市长先生，我家的化粪池坏了，水管工说没有地方再盖一个。我们该怎么办？’我只能说：‘这好办，你有1 000万美元吗？’”

在南迈阿密，每逢地下水位上升时，所有的东西都会被冲到水槽和浴缸里，因为这些地方的化粪池系统比较陈旧。斯托达德给我看了一张古怪的照片，照片中某人的浴缸里装满了未经处理的污水。“等真到了那一天，你就不得不流离失所了，”斯托达德说，“他们问我：‘我们什么时候能有下水道系统？’我反问他们：‘你们能坚持多久？’或许四年？我不愿讨论这个问题，这就是海平面上升的结果。你们想到的是大街上洪水横流，但没人会想到浴缸里的污水。”

我问斯托达德：“当一个几十年后不复存在的城市的市长是什么感觉？”他一边播放一张斯科特州长的幻灯片一边回答道：“有种超现实的感觉，你看，这就是我们的州长，笑得多灿烂，他这已经是连续第二年否决了我申请的下水道和排水系统资金。”说话间

斯托达德掏出手机，给我放了一条来自州长的语音邮件。“你好，市长。我是里克·斯科特州长。下周我将前往华盛顿特区，申请联邦资助，对付寨卡病毒。如果南迈阿密有什么重要的事，打我手机。周末愉快！”这条语音邮件后面紧跟着就是斯托达德的回复：“你不能否决我申请的下水道和排水基金，这对南迈阿密非常重要！”

斯托达德放下手机，长叹一声，闷闷地说道：“人们有时问我：‘我应该什么时候卖掉自家房子？’我告诉他们：‘如果你想卖，就应该在别人卖掉之前卖出去。’显然，这一建议并不适用于所有人，因为不可能每个人都先于他人卖掉。所以，归根结底就在于 124
你是否需要卖房那笔钱。如果你需要那笔钱用于退休生活或换房子，那你肯定不想成为最后一个卖房子的人。相反，如果你有一些退休储蓄或者另有住处，那就可以坚持不卖，享受生活，因为这里毕竟环境优美，适合居住。这种情况下你的房子可能卖不到最高价，或者可能根本赚不到多少钱，甚至可能会发现自己在经济上陷入困境，这就是弗吉尼亚州诺福克和汉普顿路地区发生的真实情况，那里的人们因洪水而欠下的房债比他们卖房能得到的还多。因此，如果你打算长期持有一栋房子，我都会提醒你小心债务缠身。”

我问斯托达德是否有搬家的打算，他思索了很久，然后说道：“现在还定不下来。我和妻子正在考虑在华盛顿特区买套公寓，将来可能让我妈妈住进去。显然，我们想要个能够保值的地方。我的目标是有足够的钱，这样就可以在必要的时候迅速脱离困境。我估计我目前的房子在我死后一文不值，而我今年已经60岁了。”

我问斯托达德如何在情感和心理上应对这一切。他说：“这种情况通俗地说就是‘强奸民意’，没人能够理解，没人能泰然处之——你从小长大的地方不复存在，这从心理上讲着实令人感到痛苦。想来也是，你所熟悉的世界消失不见，的确令人难以接受。”斯托达德告诉我，一开始，接受这一切对他来说是多么痛苦。但后来，在与气候科学家深入交往之后，他开始接受他们的黑色幽默，效果还不错。

“你知道其中的负担是什么吗？”斯托达德问道。他说：“此事需要我向上面逐级反映问题，先是州立法机构，而后是州长、美国国会、美国参议院、白宫，然后你会问，到底谁在负责这件
125 事？还有谁知道我所了解的情况？”斯托达德认为，这些人中的很多人比他们外表表现出来的要精明，这却让他心生疑问：“究竟是什么样的道德会让他们忽视即将发生的事情？”对斯托达德来说，这一点最为艰难，（因为你）“意识到自己基本上是在孤军奋战”。他说：“因为我具有这方面的知识，所以我必须对城市安全负责，必须行事严谨，不容任何差错，无论是调整还是改进。”

接下来的星期二，斯托达德主持初审一项由他起草的城市条例，该条例要求所有新建住宅建筑都安装太阳能电池板。该法案最终获得通过，使南迈阿密成为该地区第一个这样做的城市。

“这不会阻止海平面上升，但这是一个开始，”斯托达德告诉

我，“坦率地说，还有比海平面上升更糟糕的事情，气候变化的其他方面要糟糕得多。海平面上升，你可以搬家，但与之相比，当食物供应消失时你该怎么办？我们该如何种植作物？该如何养活人们？此类问题解决起来颇为棘手。”

斯托达德转述了奥巴马总统的科学顾问约翰·霍尔德伦的话——后者表示，我们将通过改进、调整来解决海平面上升问题，其中的苦难在所难免，而且必须多管齐下。[13]

万利斯和斯托达德经常被某种文化定型为“末日博士”，这种文化的作用以否认为主，或者认为气候问题充其量是半真半假。科学家面对权力和公众经常会讲真话，但在以否认为主的文化中，他们却不为人们所相信，被贬称为“凶事预言家”。如果我们要做出明智的决定，必须了解他们提供的所有信息——尽管有时非常困难。在南佛罗里达的那段时间里，我联系了几个好朋友，与他们进行电话交流，分享、传递我所学到的东西。要把所有这些信 126
息都憋在心里几乎是不可能的，因而每当我忘记分享我的发现时，很快就会感到愤怒和沮丧。

因此，在继续撰写本书时，我的生活中对公众的需求变得像空气一样至关重要。随着我对全球海平面上升进行研究，这种需求只会愈发强烈。

万利斯和斯托达德告诉我的一切都有科学研究的支持。2017年的一项研究表明，海平面上升的速度是20世纪大部分时间的3

倍，而且上升速度正在加快。[14]造成这种加速的原因之一是，格陵兰岛的融化速度比以往任何时候都要快，仅2014年这一年，格陵兰岛就造成了全球25%的海平面上升。[15]随后的每一次评估都将格陵兰岛和南极不断融化的因素考虑在内，以此更新预测，进而增加对全球海平面上升的预测。2017年的一项研究将南极融化考虑在内，警告称到2100年海平面将上升3米，比IPCC预测的最坏情况高出了一大截。[16]

詹姆斯·汉森和十几位受人尊敬的同事发表了一份研究报告，该报告显示，即使全球气温保持在工业革命前基准水平的2℃以内，南极洲和格陵兰岛的冰川融化也已然不可阻挡，到2050年，海平面将上升3米。[17]似乎这还不够，汉森随后进行的另一项研究表明，即使大气升温保持在2℃的“安全”限度以下，海平面仍可能还会上升至少20英尺，并警告说，考虑到目前大气中的二氧化碳水平，以及有研究表明格陵兰岛和南极融化速度加快，海平面
127 上升的趋势已然势不可挡，可能达到令人震惊的75英尺。[18]根据这些观点，2012年国家科学基金会的一份报告指出，根据古气候记录，大气中二氧化碳含量如此之多的情况下，地球的自然状态是海平面比现在高约70英尺（约合21.3米）。[19]

粗略地环视一下世界，我们就会知道不远的未来会是什么样子。澳大利亚国家气候恢复中心（又名“突破国家气候恢复中心”）2017年的一份报告指出，越南60%的城市地区海拔在1.5米或以下。湄公河三角洲提供了越南40%的农业产量，并为该国提

供了一半以上的大米，但该地区超过一半的区域海拔不到2米。[20] 仅孟加拉国就有至少3 000万人将因海平面上升1米而流离失所，因为这会淹没整个国家的五分之一。[21]印度已经在孟加拉国周围设立了“气候难民”边境墙，并派出8万名士兵巡逻。[22]

在美国，整个东北部沿海地区将发生巨大变化，海平面上升将改变整个海岸，酸化的海洋环境将破坏贝类产业，导致物种灭绝，整个曼哈顿下城将被淹没在水下（万利斯的精准预测显示，由于海平面上升，整个纽约市将变得不适合居住），数十个历史遗迹将因海平面上升而消失，风暴和飓风将越来越强烈。[23]一项研究 128
表明，海平面上升将使世界各地数百万人面临洪水泛滥之灾，尤其是在美国、非洲、亚洲和中欧。仅在亚洲，预计到2040年，受洪水影响的人口数量将从7 000万增加到1.56亿。[24]埃及的尼罗河三角洲最终将被淹没，给这个刚刚经历了阿拉伯之春政权更迭的国家带来又一层不稳定因素。阿拉伯之春的导火线，很大程度上是由气候变化导致的粮食价格上涨引发的，而气候变化加剧了中东大部分地区的干旱。[25]

南太平洋上的一些岛国已经开始计划搬迁。所罗门群岛塔罗岛上的小镇乔瓦索尔成为太平洋上第一个因海平面上升而不得不搬迁的城镇。[26]多年来人们已经意识到，到2050年，印尼将失去1 500个岛屿。[27]印度尼西亚人口最多的城市雅加达（人口1 000万）正在修建一堵巨大的围墙，试图阻止海平面上升造成的洪水泛滥——海平面上升已经淹没了离海岸线2英里的房屋。这座城市的大型国际机场预计将在2030年完全被海水淹没。[28]退休的军事专家已经警告说，气候破坏，特别是海平面上升，将造成“数十亿的气候难民”。[29]研究预测，到2100年，仅海平面上升一项就会造成多达20亿难民，其中美国境内难民数量将超过1 300多万人。[30]

众所周知，佛罗里达三面环海，是美国最易受海平面上升影响的地区之一。NOAA 2017年的一份报告警告称，海平面上升导致的“极端”情况——正如我们所看到的，实际上这是一种“最好的情况”——将淹没佛罗里达州1 200万人的家园，以目前的价
129 格计算，将造成2万亿美元的财产损失。[31]彭博社甚至报道称，佛罗里达州沿海地区的住房和融资需求很可能会在大海掠夺走第一套住房之前就崩溃，并警告称，总价值超过4 000亿美元的近100万处房产目前面临被淹没的风险。[32]万利斯曾告诉我，佛罗里达州的2 000万名居民中有75%生活在沿海地区，而这些地区最迟到2100年，肯定都会被淹没；只要海平面上升6英尺，该州80%的经济就会被摧毁。一项研究显示，海平面上升已经威胁到迈阿密戴德县价值超过1万亿美元的房地产泡沫，这是“气候变化带来的价格信号”。[33]迈阿密低海拔地区住宅的价值没有跟上沿海地区高海拔地区住宅的升值速度。考虑到大多数人的积蓄都投在他们的房子上，当海平面上升导致经济泡沫破裂，房子失去所有的价值时，人们可以想象这将在南佛罗里达州产生无数问题。即使对那些已经生活在远离海岸地区的人来说，这么多难民对我们所有人

的影响也是显而易见的。

我知道万利斯和科特曼是朋友，二人曾一起共事过。万利斯对科特曼及其工作评价极高，但当我们的访谈时间接近尾声时，万利斯提出了自己的一个批评。“他［科特曼］说我们必须解决这个问题，”万利斯说，“但我告诉他我们无力回天。你打算如何让海洋降温？现在已然覆水难收。”

似乎是为了强调他与我分享的一切，万利斯给我留下了另外一份数据。在过去，随着地球从冰川期转向间冰期，大气中的二
氧化碳含量在180 ppm至280 ppm之间变化。这种100 ppm的波动 130
与海平面大约100英尺的变化有关。万利斯说："大气中二氧化碳浓度每增加100 ppm，海平面就会上升100英尺。当年人类进出冰河世纪的时候情况便是如此。”[34]

我记得自从工业革命开始以来，大气中的二氧化碳含量已经从280 ppm增加到410 ppm，于是便对万利斯说："在过去仅仅200年的时间里，二氧化碳含量就增加了130 ppm。海平面上升的这130英尺已经融入了地球的气候系统。”

万利斯看着我，一脸严肃地点了点头。 131

红杉国家公园里的巨型红杉。专家警告说，干旱、高温、极端天气和甲虫侵扰可能会联手毁灭地球上大片森林。摄影：达尔·贾默

6

森林的命运

几年前，我搬进了太平洋西北部的一座小房子，它位于一片次生林中间。林间生长着铁杉、道格拉斯冷杉、桤木、杜鹃木，偶尔还能看到一两株老樱桃树。也就是从那时起，我才对树木有了更多的思考。最近，每逢写作间隙，我经常趁休息的时候走出家门，抬头仰望周围的绿色巨人，看着树叶在风中摇曳，顿觉心神安宁。尤其是晚秋的风从林间穿过时，更让我感觉安闲自得。

大约在我买了房子一年后，附近的5英亩林地挂牌出售。我知道这里是鹿、猫头鹰和渡鸦的家园，它们经常和我做伴，于是我把房子重新抵押，买下了这块地，确保林木维持原样。树木能够吸收和储存二氧化碳，并将氧气释放回大气中。1英亩成熟的森林每年可吸收2.5吨二氧化碳，释放4吨氧气，足够19个人生存。[1] 此外，树木还能吸收臭氧、氨和氮氧化物。我觉得拯救那5英亩树是我能做的最起码的事情。

看着这些树，我不禁浮想联翩：树荫能带给我们凉爽，树木
133 可以保护我们免受风吹，树林是动物、昆虫和鸟类的家园。它们能够保持土壤中的水分，增加大气中的湿度，从而减缓蒸发，这就是为什么你在小树林里待上一段时间后总会感觉更好。树叶能够吸收太阳的能量，树林可以降低空气温度，可以为树木本身和生活在其中的动物，包括我们自己，吸收和储存雨水。树木可以防止侵蚀，特别是在山坡和河边地带，并可以为我们提供木材，用于盖房和取暖。此外，许多树木还是食物的来源。我们大多数人都把树木的这些作用视为是理所当然的，但气候破坏正在改变这一切。

自1989年以来，克雷格·艾伦博士一直是美国地质勘探局在班德利埃国家纪念碑新墨西哥州景观实地站的研究生态学家，他比我遇到的任何人都更了解树木。2017年1月13日，我们第一次见面，地点是他位于圣达菲的土坯房的客厅里，里面堆满了松果、树枝、树皮和盆栽植物。他把他所研究的森林尽可能多地带回了家里，书架上也摆满了有关树木和森林的书籍。看到我在看他的收藏品，艾伦笑着说道："我非常关心森林。"

艾伦是典型的科学家。由于长期在野外工作，他的身体十分健康，行动迅速，动作敏捷，讲话清晰，戴着一副厚厚的眼镜。

在厨房餐桌前坐下之前，艾伦介绍了他和西部山区倡议组织（WMI）的同事对山区生态系统变化的研究情况，研究重点是水

（当然也包括雪），因为正如他所说："山脉是西部的水塔。"我来这 134
里是想和他谈谈西南部干旱沙漠中的树木正在发生什么事情，以及这对我们的未来可能会有什么启示。

艾伦对森林应对气候变化的方式非常感兴趣。他采用多学科的视角，并将地理和生态学纳入他的树木研究中，因为正如他所说："这一切都是相互关联的。"艾伦向我介绍了他在气候破坏对世界各地林地影响方面所做的工作。2010年，他主笔撰写了一篇论文，该论文阐明，即使是比较潮湿地区的森林，也已经表现出很高的树木死亡率，而这种死亡率明显与气候破坏有关。[2]艾伦说："这意味着，如果地球上的干旱压力增加——显然目前已然如此——那么全球各地的森林都会受到侵害。"

2012年，艾伦在一篇研究全球226种树木数据的论文中被引用。[3]作者发现，绝大多数树木已经生活在缺水的临界点上，所以一旦发生干旱，它们就会越过已经很接近的临界点。在2015年的一篇论文中，艾伦和一位同事提出了一种观点，阐述了为什么在极端压力事件中，有些树会死亡，而有些树会存活。[4]他们利用来自西南部的数据，发现树木的生长取决于树木在冬季和春季获得的降水，这一结果并不令人惊讶。但他们也发现，气候越暖和，树木生长越少。艾伦说："以前没有人发现过这个现象，这意味着温度对树木来说和降水一样重要。"树木在温暖的夏天生长不好，因为温暖干燥的大气从地下吸收了大量的水分。这一点在新墨西哥州的干旱高地上表现得很明显，艾伦曾在那里花了几

135 十年的时间从事实地研究工作，但他认为，这一点应该适用于地球上的任何地方。艾伦说："西南地区是个典型代表，预示着地球上变暖和干旱地区可能会发生的事情，而我们则是进行实验工作。"

当被问及未来时，艾伦说："极端情况将会更加极端，杀死树木的也正是极端事件。"毫不奇怪，他也就此写过一篇论文。[5]随着全球降水的增加，极端降雨事件的数量也在增加。然而，树木无法储存多余的水分，所以尽管雨水更多，却对树木没有帮助。相反，这还会损害树木，因为气候破坏会导致更严重的干旱，持续时间更长，温度更高。

这些论文已成为研究气候破坏如何影响森林的基础。但是我们选择不听艾伦的警告，自负风险。他告诉我："问题是气温升高会增加水分压力。然后，当遭遇干旱时，用水压力就会增加。研究告诉我们，更热的干旱会杀死地球上所有地方的树木，因为树木已经挣扎在临界的边缘上。因此，我们不知道如果气温升高1℃至3℃，森林是否能承受得住，但我们现在已经看到了森林死亡和严重的顶梢枯死情况。"所谓顶梢枯死，是指成片树木失去健康，开始枯萎死亡。

艾伦的研究表明，在气候破坏带来的严重酷热的干旱中，全球森林是如何备受摧残的，以及由于进化选择的原因，树木是如何在潜在的致命压力的边缘生存的：如果一棵树苦苦挣扎，另一棵树就可以在接近临界点之际生存下来，赢得光照和空间，在第一棵树不能生长的地方继续生长。[6]我们人类已经在系统地提高全球温度，而研究基本上表明，在一个已经处于边缘的系统中，即使是轻微的气候异常也很容易使该系统崩溃。[7] 136

气候是植物生长的根本动力。优势林在它们所处的地方占主导地位是因为它们可以在那个时期、那个地方以及那种气候中生存。但随着气候变化，其他适应能力更强的树木将迁移到该地区。即使是很小的温度变化也能彻底颠覆生态系统——而对此，我们现在才刚刚开始有所了解。

人类曾经进入过地球上的绝大多数森林，干掉了其中大部分参天古树——也就是最能抵御火灾和干旱的树木，所以现在剩下的森林中净是些树龄短的小树，而它们更容易受到火灾、干旱和虫灾的侵害。

艾伦说："气候变化很快，而且变化很剧烈，因而很可能用不了多长时间，现在占主导地位的老树将无法继续生长。这意味着会出现与极端干旱相关的大规模顶梢枯死现象。我们认为，我们已经在地球上的许多地方看到了这种信号，尤其是每当我们遇到炎热的干旱时。"但是，由于树木的死亡过程在植被和气候宏观模型中没有得到充分的表现，因而其死亡率和极端天气过程都没有被纳入到模型中。

"我认为我们目前对地球上森林的命运一无所知。"艾伦的语气十分笃定。

目前的环境让森林疲于应付，没有足够的时间来弥补这些巨大的变化造成的损失。这可能意味着，由于火灾、干旱和持续的森林砍伐，森林很可能在短短几十年内成为大气中二氧化碳的净贡献者，而不是每年将我们排放的三分之一过剩二氧化碳从大气
137 中吸收掉。[8]

当我们快要结束关于树木的谈话时，艾伦介绍了森林和植被如何联手做出了巨大的贡献，消除了大气中大约一半的二氧化碳，另一半则被海洋吸收了。不过，最终的结果是海洋变酸，树木遭受干旱、野火和热应激。

艾伦告诉我："我们在20世纪80年代和90年代曾目睹过这一切。然后，在90年代末，西南地区开始干旱，并一直持续干旱。我一直在研究的是记录这种情况……推动研究方向，试图了解树木和森林现在变得多么脆弱。"

艾伦在新墨西哥州的工作是独一无二的，因为他所说的"严重的树木毁坏实验"屈指可数。他正在研究的新墨西哥州北部地区也仅出现过三次，所以这是对这一现象进行领先研究的首选之地，可以向我们展示地球上大部分森林（如果不是全部的话）将会发生什么。

我很好奇我家附近的森林发生了什么，于是联系了一位当地专家。大卫・彼得森博士是美国林务局太平洋西北研究站的研究生物学家。和艾伦一样，他也是西部山区倡议组织的一员，同时

也隶属于美国农业部林务局太平洋荒野火灾科学实验室和华盛顿大学火灾与山地生态实验室。

在与彼得森交谈时，他和艾伦一样，表示任何关于森林的讨论都必须首先承认，美国西部90%的森林至少被砍伐过一次，有时甚至两次。这意味着你正在研究的这片区域已经被人类活动改变得面目全非。 138

随着气候破坏的加剧和大气温度的持续攀升，彼得森预计将会发生更多、更大型的森林火灾。当我在他西雅图的办公室与他交谈时，他告诉我说："我们在一些大火灾年份看到的事情将成为常态。"彼得森还指出，2015年预计将会成为未来事态发展的一个例子。2015年5月15日，华盛顿州州长杰伊·英斯利宣布全州进入干旱紧急状态。当年积雪达到历史最低水平。我大部分空闲时间都待在奥林匹克山，那里的积雪量只有平均积雪量的6%，而整个州的平均积雪量只有正常积雪量的16%。华盛顿州生态部主任迈亚·贝隆当时说："此次干旱是我们从未经历过的。降雨量正常，但降雪量很少。我们正眼睁睁地看着这一点点积雪迅速消失。"[9]

彼得森说，他还预计会发生更多规模更大的森林火灾。在过去的30年里，气候破坏已经造成美国西部近一半的森林被烧毁，在2014年之前的10年里，美国西部发生了5起有记录以来规模位列前5的火灾。[10]在撰写本书时，2017年有望成为美国历史上野火最严重的第三个年份，仅次于2015年和2012年。[11]正如彼得森告诉我的："我们在一些大火灾年份看到的事情将成为常态。"

与艾伦不同，彼得森仍然相信，在事情完全失控之前，我们
139 还有时间。他说："到2050年，局势将发生变化。看一下预测你就会知道，假设我们不改变我们的排放量，到那时温度会变得更高，我们会看到更频繁的干旱和骚乱。"

彼得森以我在奥林匹克半岛居住的地方为例，说明树木是多么顽强和坚忍。但他也补充说，虽然这里有树龄几千年的树，长期以来忍受了很多压力，但森林很难再生。他说："如果天气太热太干，道格拉斯冷杉无法再生，就会影响到幼树。"彼得森认为，20世纪全球气温上升1.2℃不足以将大多数森林系统推到危险的边缘，但如果2015年的干旱在2070年成为新常态，"那么情况就不同了，游戏规则将发生彻底改变"。

彼得森对白皮松疱锈病的影响特别感兴趣，这种疾病是由一种叫作白皮松疱锈病菌（*Cronartium ribicola*）的非本地真菌引起的。据美国林务局称，所有"北美白皮松都易受锈病影响"，林务局研究的所有树种"抵抗力低，死亡率高"。[12]

虽然我们大多数人都听说过山松甲虫造成的破坏，而白皮松疱锈病很少被讨论，但它现在已成为美国大陆树木面临的最大威胁之一。

白皮松疱锈病被认为是从西伯利亚传到欧洲的，然后在20世纪初意外传入太平洋西北地区。这种疾病先在树的表面发芽，然后通过针叶或伤口进入树木。根据林务局的说法，这种真菌"随

后会长成细枝，而受感染的枝条通常会肿胀，一年左右之后，疱锈病会在水泡内形成孢子”。水泡破裂时，会释放出亮橙色的孢 140
子，最终感染白皮松。真菌一旦进入松针，最终肯定会进入树干，并从那里开始发作，杀死树木——树叶变红，树干变灰，最后树木枯死。这种疾病还能杀死树苗，减少可用种子的数量，阻止树木的再生，从而威胁到白皮松繁茂的高海拔森林的整体可持续性发展。

气候破坏加剧了这种疾病，因此，虽然山松甲虫虫灾实际上正在减少——主要是因为甲虫已经杀死了它们瞄准的大多数树木——但白皮松疱锈病目前正处于暴发期。彼得森认为，越来越高的气温，越来越频繁的火灾、干旱，以及现在的疱锈病，正合力将白皮松的命运置于“危险的边缘”——它已经被列为加拿大的濒危物种。白皮松在其生态系统中扮演着至关重要的角色，因而其目前的处境更让人扼腕叹息。白皮松能忍受极端恶劣的环境，生长在海拔最高的地方，其上层覆盖着积雪，从而能够延缓融雪速度，并调节流向下游的水量。白皮松的根能够固定土壤，减少土壤侵蚀，保护流域。换句话说，我们的饮用水和农业都严重依赖白皮松。它的种子也是至少13种鸟类和8种哺乳动物的重要食物来源，其中包括灰熊和黑熊。白皮松也为鹿、麋鹿、松鸡、雪靴兔和许多猛禽提供庇身之所。[13] 141

戴安娜·汤巴克博士几十年来一直在研究白皮松，其研究领域包括进化生态学、保护生物学以及动物学。2006年，她和她的研究团队开始调查白皮松疱锈病和气候破坏对林木线林的影响，这些林木线林生长在它们能够生长的栖息地的边缘，而通常情况下，它们生长在高海拔和寒冷的环境中。2001年，她和几位同事成立了白皮松生态系统基金会，并在其中担任政策和外联协调员。该基金会致力于恢复白皮松生态系统，并教育公众了解白皮松的重要性。

在和汤巴克交谈时，她告诉我在美国西部有8种不同的松树容易感染这种疾病，其中三种用于伐木，但现在感染非常普遍，伐木作业已经停止。

在黄石国家公园树高1.4米以上的树木中，20%至30%的树木得了疱锈病，在一些森林中，80%以上的树木已经受到感染。根据汤巴克的说法，即使气候破坏明天就停止，这种疾病依然会继续杀死大量的松树，并且用她的话来说，这给人类造成的灾难会“遗患无穷”。“如果你问我哪里的情况最严重，”汤巴克说，“我会说是落基山脉北部的冰川国家公园。”她告诉我，那里的感染率已经接近惊人的85%。

冰川国家公园的冰雕山脉是北落基山脉的标志。这个有一百多年历史的公园处处都是碧蓝色的湖泊、古老的森林、清澈的山
142 涧，当然还有冰川。但当我在2017年6月去公园调查气候破坏对冰川和白皮松的影响时，整个夏天野火一直在断断续续地燃烧，就像在西方其他地区一样，每个人都在抱怨离谱的高温天气。

恢复生物学家道恩·拉弗勒已经在冰川国家公园工作了25年。

7月的一天，天气炎热，我们在公园西入口附近阴凉处的一张旧野餐桌旁相遇。她告诉我，从20世纪60年代开始，公园就一直在与疱锈病作斗争，当时第一次雇用了一支防治队伍，但收效甚微。拉弗勒告诉我，现在公园正在种植数千株具有基因抗性的白皮松，试图“给大自然一个启动的动力”。到目前为止，这些树中只有一棵死于疱锈病真菌，但25 000棵树木在弥补已经失去的树木方面只能算是杯水车薪。人们原以为更热更干燥的环境应该能击退这种疾病，但拉弗勒发现该疾病正在适应新的环境。她说：“如果这种趋势继续下去，我们的树木将死于疱锈病。这是每个人最大的担忧。”

拉弗勒还对公园森林中昆虫数量的急剧增加感到担忧。过去每3到4年出现一次的虫害高峰，现在每逢长时间干旱就会出现。他们面临的甲虫问题和西部其他地方一样。彼得森曾将山松甲虫列为气候破坏对西部森林造成的最大影响。他说：“在过去的二十年里，甲虫已经造成4 000万英亩的树木死亡，这与气温升高直接相关。甲虫是过去二十年来最大的生态事件。” 143

威斯康辛大学麦迪逊分校的森林和野生动物学教授菲尔·汤森博士曾协助训练宇航员从国际空间站发现了气候破坏的指标。他告诉我，从太空很容易看到山松甲虫造成的破坏。他说：“山松甲虫对松林的破坏已经向北延伸到阿尔伯塔省和不列颠哥伦比亚省，比150年前人们开始记录以来我们所注意到的还要严重。现在山松甲虫在落基山脉南部所处的海拔比以往任何时候都要高，这并不一定是平均气温变化的结果，而是最低气温变化的结果。”

汤森说，在我们现在看到的气候破坏之前，在落基山脉的高海拔地区，冬季零下40℃的温度是很常见的。这种低温足以杀死99%在高海拔地区“越冬”的甲虫幼虫。“但我们已经有25年或30年没有遇到过这么低的温度了，”汤森说，“所以尽管仍然有很多幼虫被杀死，但比例可能只有90%。”这个看似很小的差别却产生了严重的后果。汤森说：“如果你观察卫星图像，俯瞰地球，你会看到这些巨大的区域——科罗拉多、怀俄明州和蒙大拿州的大部分地区——都是山松甲虫的活动范围，所以这真的改变了生态系统。”令人震惊的是，山松甲虫每年破坏的森林面积是火灾的10倍，而它们造成的经济损失也是火灾的8到10倍，因为其所涉面积太大了。

与此同时，拉弗勒告诉我，之前公园内对游客安全构成威胁
144 的死亡和濒死树木每年大约有250棵。如今，这个数字翻了一番，有些年份甚至达到4倍。而且，还出现了更多的极端天气和大风。在公园的西侧，她曾见过足以吹倒枝繁叶茂大树的强风，还看到过桦树、白杨等落叶树的减少，以及雨水减少导致地下水位下降，这也影响了森林的健康。例如，针叶树在春季和秋季生长时需要大量的降水，但现在它们却无法在适当的时间获得所需的水分，因而更容易受到干旱、火灾和虫害的影响。

拉弗勒说：“冰川国家公园地处落基山脉的山麓丘陵，所以当风暴经过这里时，通常会因山脉阻滞逗留一段时间，从而为公园

西侧区域带来大量降水。”但这种情况正在改变，降水量在很短的时间内发生了很大的变化，树木无法迅速适应。这在很大程度上与融化的积雪有关。树木在很长的一段时间内不再像以前那样有稳定的积雪，无法获得足够的水分。

拉弗勒解释说，冰川国家公园森林的健康状况正在“下降”，濒死树木的数量“令人难以置信”。她说，气候破坏是对森林的最大威胁。“在我们的一生中看到这种景观变化是令人惊讶的，因为其发展十分迅速，但持续时间有可能延长，远远超过当下。”

似乎是为了强调拉弗勒的观点，到当年年底，蒙大拿州有140万英亩的土地被野火烧毁，从而使2017年成为该州历史上野火最严重的一年。[14] 145

为了写这本书，我不断地采访专家，讨论地球应如何设法应对突如其来的气候变化。在这一过程中，我经常发现自己不知道在情感层面上该如何处理这些信息。虽然我很感激自己像侦察员一样，能够洞悉未来，看到世界的走向，但预示未来大灾难的信息往往过于繁杂，难以掌握。无论是过去、现在，还是将来，我都必须把时间花在我们的星球上。每逢研究之旅的间隙回到老家时，每个周末我都会前往奥林匹克国家公园附近的山上探险。耳边传来的鸟鸣声和掠过林海树梢的风声，总能让人从目睹生态灭绝的悲情中得到喘息的机会。

周末背包旅行和爬山时，我经常只是坐在那里静静地观察。经过一天漫长的徒步或登山后，我不会看书，也不会写日记，只是静静地望着眼前的山脉出神，或是静静地观察远处山峰上橘黄色的光线在日落时的变化——这种静谧能给我带来急需的慰藉。这种有规律的喘息就如同长时间的、缓慢的深呼吸，支撑着我坚持下来，因为随着工作的深入，我得到的消息越来越糟糕。

美国西部地区的树木显然正在苦苦挣扎，它们的未来看起来越来越严峻。有一个问题的影响与森林砍伐一样重大，但很少被讨论，那就是森林退化——当森林的生物财富永久性减少时，就会发生森林退化。用快速生长的短轮伐树木取代原始森林就是一个例子。现在，由于森林砍伐和退化，世界各地的枯树实际上贡献了全球二氧化碳排放总量的20%，因为它们将以前储存的碳释
146 放回大气中。[15]

此外，世界上一个地区的活动可能会扰乱另一个地区的气候平衡。2016年的一项研究表明，当北美的大量树木死于干旱、高温、森林砍伐和昆虫侵扰时，它会对西伯利亚的气候产生负面影响。[16]这是可能的，因为一个地方的变化会反弹，从而改变另一个地方的气候，原因很简单，因为地球上的一切都是通过大气联系在一起的。因此，正如蒂姆·拉德福德所观察到的那样，如果“亚马孙的热带雨林被清除，那么西伯利亚的针叶树将经历更严重的寒冷和干旱”。[17]

地球上覆盖北半球顶部的广袤针叶林正在迅速减少。[18]虽然大多数人可能从未过多想过北方的森林，但它们是地球上最大的生物群落，占地球森林覆盖率的30%。科学家警告说，这些森林现在正在“分崩离析”。此外，气候破坏现在有可能导致更多的白杨林死亡，到2050年，北美西南部很有可能再也没有白杨林了。[19]从2011年到2013年，仅俄罗斯一国每年平均损失的森林数量就相当于瑞士的面积。[20]仅2014年，地球上的树木覆盖面积就减少了4 500多万英亩，比俄克拉何马州的面积还大。[21]

大量科学论文警告说，地球上的森林都面临着灭绝的严重威胁，正如《科学》杂志上一篇文章的作者所说，其原因就在于人们“对土地和森林产品的需求增加，加上气候的快速变化”。[22] 147

在过去的80年里，由于干旱、乱砍滥伐、毁林作业、野火、昆虫肆虐以及其他人为因素的综合作用，加州已经失去了多达一半的大树。[23]到2015年，加州的森林实际上已经成为气候的污染源，而不是二氧化碳的减少者，由于野火肆虐的原因，从森林中喷出的温室气体超过了它们所吸收的体积。[24]同年，由于持续的干旱，加州的红杉和其他标志性树木的死亡数量创下了纪录。[25]2015年8月初，美国林业局宣布，该部门有史以来第一次需要将其全部预算的一半以上用于扑灭森林火灾。[26]

森林试图适应正在发生的事情，这让科学家们摸不着头脑。在美国，树木种群自1980年以来一直向西迁移，没有人真正知道原因。[27]很可能是树木在积极移动，试图在不断变化的气候中生存下来。

2017年6月21日。如果以木材的总体积来衡量，红杉是地球上现存体量最大的树木。一棵较大的红杉一年的木材产量足以长成一棵正常大小的60英尺高的树。红杉能长到275英尺高，重达270万磅，光树皮就有3英尺厚，树干直径可达30英尺。[28]走在红杉树中间就像走在巨人中间。

在与树木专家交谈之后，我想看看美国最大、寿命最长的树
木的生长情况。内华达山脉的西部山坡是红杉自然生长的地方。
红杉的树皮和树干会自然产生化学物质，使其能够抵抗真菌和昆
虫的侵害，而它们极厚的树皮能够保护红杉免受大多数野火的侵
148 袭。这就是为什么红杉的年龄不是以百年为单位，而是以千年为
单位，其中树龄最老的一棵有3 200岁。当那棵树200岁的时候，
世界上还没有罗马城，而加利福尼亚的美洲土著人则刚刚开始在
中塞拉山脉中雕刻岩画。红杉树不会老死，但它们的根系较浅，
没有主根，这就意味着强风、过于潮湿的土壤或根系受损都可能
导致红杉倒伏。

我尽可能悄无声息地行走在这些巨人中间，这些红杉树是如此强壮，却又沉默无语、极其谦卑。猫头鹰的叫声在寂静的树林里回荡，鸟儿在鸣叫，偶尔传来的蚊子嗡嗡声打破了林间祥和的宁静，一如微风从中吹过那般。此刻想用相机捕捉到这些参天大树就如同拍摄一望无垠的山脉一样，根本不可能做到。我不得不

经常放下相机，伸长脖子，举目凝望，缓慢地做着深呼吸。

残阳夕照，红杉树似乎朦胧中闪烁着淡黄的暖色。树皮显得出奇地柔软，掩盖了树木本身的强大力量。红杉树周围的地面如海绵般松软，尽是千年来落下的松针。这些巨人一如既往，构成了一道最柔美的风景。当早期环保运动领袖约翰·缪尔得知红杉正在被砍伐时，他写道："是时候停止这种野蛮的、无差别的伐木行为了！商业公司唯利是图，如果可能，他们甚至愿意出售雨雪、河流，片甲不留。"[29]虽然宏伟壮丽的红杉受到了保护——这在很大程度上要归功于缪尔的努力——但它们正以一种更加隐秘的方式受到工业化的影响。

内特·斯蒂芬森博士是美国地质勘探局的生态学研究人员，
他的家族在内华达山脉的历史可以追溯到五代以前。斯蒂芬森也 149
是西部山区倡议组织的成员，大半辈子的时间都在这些山上徒步旅行、钓鱼。他的研究重点是火灾生态学和巨型红杉生态学，从1979年开始在红杉国家公园工作。

6月份的一天早上，天气十分炎热，我在公园与斯蒂芬森见面。此时的加州正经历着后来被称为"2017年美国西南地区大热浪"的炙烤。加州地区的气温酷热难耐，几个湾区城市气温达到37℃以上。[30]即使是灼热的死亡谷，也会在我们见面后的三天里创下或达到最高温度。尽管身处阴凉处，海拔超过1英里，但清晨红杉林的酷热还是让我感到惊讶。圣何塞、南太浩湖、棕榈泉、奥科蒂洛威尔斯、特默、伯班克和雷丁都在那年夏天创下了破纪录的气温。加利福尼亚州的尼德尔斯镇已经连续几天气温超过48℃，平了之前的纪录，空气质量指数偏离了图表的方向。[31]我的眼睛发痛，肺部发痒——而当时我们刚开始在清晨散步，刚刚进入了圆木草地—月牙溪小树林，这是斯蒂芬森在内华达山脉32个地块研究网络中最古老的一个。

当我们徒步进入森林深处时，斯蒂芬森告诉我，他第一次对气候破坏感到悲伤是在20世纪90年代中期，当时他“发自内心地意识到，不可能为子孙后代保留住公园现有的样子了”。虽然加州从2012年到2016年的严重干旱可能在2017年得到了缓解，但这是该州迄今为止有记录以来最严重的干旱。天气又热又干，松树、冷杉和其他树木都快死了。斯蒂芬森告诉我：“我从来没见过这种情况。一切发生得十分突然，令人震惊。很多红杉树为了减少水
150 分蒸发，叶子都落光了，有些红杉树枯死了。”

与斯蒂芬森密切合作的美国地质勘探局生态学家阿德里安·达斯博士也是西部山区倡议组织的一员。我们三人遇到了一个由年轻生物技术人员组成的美国地质勘探局森林种群统计小组，他们正在其中一处研究地块的中间进行测量并记录他们的发现。他们每年都会对达到胸部高度的树木进行测量，对所有死亡的树木都要进行“尸检”。

21世纪00年代中期，树木死亡数量开始攀升。通常来说，森林的死亡率约为1%，但现在已经翻了一番。他们将其归因于气候变暖、温度升高，而且发现整个美国西部地区都在发生同样的事

情。气温升高、降水减少、真菌增多、甲虫增多已成为新常态。斯蒂芬森说:“现在我们已经进入了长干旱期，气温升高导致树木枯死。”

NASA在2015年警告说，在未来几十年里，如果气候破坏的速度继续保持下去，西南部和中西部可能会陷入持续几十年的“特大干旱”。[32]特大干旱持续的时间是普通干旱（为期3年）的10倍。俄勒冈州立大学全球变化生物学教授贝弗利·劳博士此前与人合著了一项研究成果。在该研究中，她的团队比较了2050年至2099年和1950年至1999年两个时期的气候模型。劳说:“研究结果表明，南加州上空出现了一个巨大的红色斑点。它将切实影响大城市、人口和水资源的供应。”斯蒂芬森和他的团队告诉我的是，NASA的预测很可能已经发生了，尽管只包括加利福尼亚州的部分地区。 151

我们所处的地块由于当年早些时候雨水充足，情况较好，但其他地块，特别是海拔较低的地块，死亡率达到了20%。“这次干旱让我们对未来有了一个预估，”斯蒂芬森解释道，“令人震惊的是，50%到70%的大树冠松树都死了。”他们研究的地块为他们提供了数据，让他们了解各种树木受到压力时会发生什么情况。斯蒂芬森说:“我们比任何人都能更好地观察干旱带来的变化，因为我们知道，随着气候的不断变化，我们将遭遇很多意想不到的事情。”

斯蒂芬森用了一个类比来表达他所认为的自然界不可避免的

系统性冲击，这些冲击是由气候破坏所催化的：人类在设计航天飞机的每一寸空间时心里都十分清楚，尽管我们所有最优秀、最聪明的人都在努力工作，但发生灾难性失败的可能性仍然有九分之一。[33]斯蒂芬森笑着说："这只是火箭科学。自然界则要复杂得多，我们永远无法设计自然，而且会遇到很多意外打击。"

斯蒂芬森将非线性响应称为"阈值响应"。他说："那些被认为是安全的树其实并不安全。"直到那一年之前，红杉在抗旱方面的表现比其他树木要好很多，但斯蒂芬森认为，他和他的同事们将来会进行分类，决定森林的哪些部分可以"放手不管"，哪些部分可以重点保护。"此时此刻进行这种工作比较可怕但非常有趣，"其中一名工作人员说，"因为我们看到了以前从未见过的事情，正
152 在记录以前从未记录过的东西。"

到当年工作结束时，该森林种群统计小组原本应该观察记录2万棵树，但当我们准备前往另一片红杉林时，斯蒂芬森告诉我，截至2017年，他们地块上的活树总数是16 076棵。"这意味着由于干旱，我们的样本量正在缩小。"他说。

我很幸运自己当初找到了斯蒂芬森，因为他这个人实事求是，不会因为害怕被削减经费或迫于同事的压力而自我审查、委曲求全，这在美国科技工作者中实属罕见。2009年，他与人合写了一篇论文，称气候破坏是美国西部树木死亡率上升的主要原因。他因此受到了很多批评。[34]

又往前走了一段距离，我们来到一小片看起来状况不太好的

红杉林。去年冬天倒下的一棵死红杉躺在地上，旁边另外几棵红杉树的枝杈干枯，散落在树根周围的地面上。斯蒂芬森告诉我，在干旱之前，他们从未见过红杉因甲虫侵扰而死亡。他们之所以带我到这片小树林，就是要看看倒伏的红杉是否被昆虫杀死。如果是这样的话，“这将是我们第一次看到甲虫在气温升高后暴发，这种暴发可能会大规模地杀死红杉”，我们围拢到那棵遭灾的红杉树下的时候，斯蒂芬森如是说。

他们开始检查地上的枝杈。乍一看，红杉树好像是因为干旱而死亡。树林里还有一棵死掉的红杉，看起来也像是旱死的。斯蒂芬森担心森林会“一下子全部完蛋”，因为“这些山是圣华金山谷的水塔”。如果没有树，水就会少很多，侵蚀就会更严重。“如果所有的树都死了，”斯蒂芬森说，“此地就不再具有复原功能，届时满目疮痍，尽是残枝枯木，燃烧后会加热土壤，如果土壤被加热升温，上层土壤就会遭到破坏，碳储量会大大减少，依赖森林生存的野生动物会受到影响。” 153

正当我们视察这片出现问题的小树林时，国家公园管理局的火灾生态学家托尼·卡普里奥来到现场，他也在该地区工作了多年。他认为那棵红杉树在2012年干旱开始前就已经死了。卡普里奥、斯蒂芬森和达斯沿着死树的树冠来回走动，思索着是什么杀死了它。此时，鸟儿叽叽喳喳地叫着，微风吹过树林，蝴蝶翩翩起舞。大量的枯枝散落在地上，其中大部分上面都被甲虫的蛀洞覆盖着——这些微小的黑色痕迹表明甲虫开始蛀噬树枝的位置。我们越是仔细凑近观察，发现的虫眼就越多。斯蒂芬森说："甲虫很可能是在树还活着的时候攻击顶部的树枝，从而导致树木死亡。"

达斯和卡普里奥对此表示赞同。斯蒂芬森转向我说："这似乎是比较可能的一种原因，但这种甲虫（长鼻甲虫）不会爬到树上，除非它因为火灾和干旱而感受到压力。所以，如果我们在未来达到一个临界点，所有的红杉都面临压力，那么这种死因可能会成为普遍现象。"

斯蒂芬森一边拿起一根有虫蛀痕迹的枯枝，一边不停地发出"哇哇！"的声音。地上的几根树枝是"维持生命的大树枝"。斯蒂芬森拿出这棵树过去的照片，照片显示这棵树在两个月的时间内就变黄了。对于一棵寿命以数千年计的树来说，这一快速变化着实令人惊讶。斯蒂芬森说："我认为我们之前从未见过长鼻甲虫杀死巨大活红杉树的现象。"

树林里总共有五棵死去的红杉——一棵倒伏在地，另外四棵还挺立着。现在他们已经知道要找的东西，于是便开始检查地上所有树枝，寻找上面的虫眼，结果发现所有的枝杈上都有相同的
154 标记。斯蒂芬森说："长鼻甲虫现在成了一个大问题。"他们需要更多的人力、财力来研究他们刚刚发现的东西，但"我们的预算不但没有增加，反而在减少"。不久，他们几人在一棵活树的树枝上发现了一只甲虫，于是小心翼翼地将其放进塑料袋，带回办公室。

最近，我利用周末去了一趟奥林匹克山，目的是让自己回到

大自然中去，驱散因接受这些信息而产生的绝望情绪。我爬上一个偏远的山顶，然后在7 179英尺高的山顶下，发现一棵矮小、稀疏的树，挣扎着指向云霄。在高出天然林木线2 000英尺的地方，这棵树一年中的大部分时间都忍受着零度以下的酷寒，忍受着飓风的摧残，忍受着太平洋西北地区几英尺厚的大雪。

然而，这棵树就在这里——不断成长，生生不息。

迎风弯曲，不折不挠；沐雨成长，日就月将。纵使一丝阳光，生命也灿若夏花，亘古不灭。未来，地球上的自然生命将与现在大不相同，它们会安然无恙地生存下去。只是，正如丹·法格雷博士在冰川国家公园告诉我的那样，人类可能看不到未来的样子。 155

托马斯·洛夫乔伊博士，“生物多样性教父”，背景：亚马孙雨林。洛夫乔伊认为：“地球生物多样性的减少是我们这个时代最基本的问题。”摄影：达尔·贾默

7

导火索已经点燃

我们正在扰乱全球系统和地球实际运行的方式。

——美国生物学家托马斯·洛夫乔伊

2017年7月16日，我第一次前往亚马孙地区，卡车载着我们穿过丛林中危机四伏的黄红色黏土路。我们在一座瞭望塔前停了下来，爬上距离亚马孙雨林地面数百英尺的观景台，俯瞰周围，只见下方是一望无垠的绿色海洋，数不清的树木为争夺阳光而奋发向上。太阳升起，湿度也随之上升。

当我从观景台上沿着金属楼梯往下走时，似乎听到了下雨的声音，而我实际上听到的是森林里大量水珠发出的声音——水珠从浓密的树冠上快速滴下，如同下雨一般。树冠之浓密，即使在白天，蟋蟀也会像夜间一样唧唧啾啾。鸟鸣声刺耳嘈杂。在林间地面上，没有一丝风，空气纹丝不动，湿度是树冠上方的15倍，感觉像在蒸桑拿。

亚马孙是世界上最大的热带雨林，是一个以水为主的系统，能自行产生一半的降雨，在其流域内拥有世界上20%的河流，面积相当于美国四十八个州的三分之二，仅亚马孙河就有1 100多条
157 支流，其中17条支流的长度超过1 000英里。正如有人对我说的那样，亚马孙雨林还创造了“飞翔的河流”——在树冠上方的空气中形成大量的湿气流，随着云层和降雨模式在南美洲上空移动。

众所周知，亚马孙雨林是地球上最大的热带雨林，但它最出名的，或许是它的生物多样性。亚马孙雨林中有数千种树木，大约250万种昆虫，数千种鸟类以及大量鱼类，仅黑河中就有至少3 000种鱼类，并且新物种一直在被发现。根据最近的一份报告，在2014年至2015年间，人们发现了381个新物种，平均每两天就有一个新物种被发现。[1]我采访的一位科学家曾参加过一次为期25天的丛林偏远地区探险，在那次探险中，他们发现了80多个新物种，其中包括鸟类、鱼类、蟹类和昆虫。

我们离开瞭望塔，继续驱车行驶，车轮在所谓道路上艰难地颠簸前进。就在我确信我的老腰永远无法恢复的时候，我们终于到达了通往41号营地的小道。

托马斯·洛夫乔伊博士说话轻声细语的，但这并不是因为他缺乏安全感或缺乏激情，事实恰恰相反。自1965年以来，洛夫乔伊一直在巴西境内的亚马孙雨林工作，而他竟是第一个告诉我

“我们只触及了皮毛”的人。由于热爱热带雨林，他担任世界野生动物基金会的理事长达14年。洛夫乔伊居功至伟，因为他将热带 158
雨林带入西方人的意识，为此，他被赋予“生物多样性教父”的称号。洛夫乔伊的一份报告帮助超过一半的亚马孙雨林受到保护。

洛夫乔伊还负责启动了亚马孙地区第一项大型鸟类的长期研究，将1979年的森林碎片生物动力学项目（BDFFP）孵化成为史密森尼学会和巴西国家亚马孙研究所的联合研究项目。BDFFP是保护生物学的一个核心项目，是一个正在进行的大型实验，旨在研究当森林生态系统因为砍伐、开发、火灾或其他方式与周围的森林分离时，会发生什么。自工业化开始以来，每一片森林都遭遇过这种情况，因此BDFFP已经研究这一问题长达几十年了。我此行前来采访洛夫乔伊的41号营地，是这个项目使用的7个营地中最著名的一个。

当我擦去额头上的汗水时，洛夫乔伊说：“最好的气候模型在预测方面都非常保守。”他在《纽约时报》2013年一篇题为《气候变化的终局》的专栏文章中写道：“很明显，将气候变化控制在2℃的提升以下的目标大多来自看似方便、可行的做法，而没有提及它对环境的真正意义。事实上，2℃的提升对生态系统来说太高了。”[2]

2013年，我们的气温比工业化前的基准温度高0.8℃；现在我们的气温高出1.2℃，而且没有减缓的迹象。我问洛夫乔伊，如果气温变化达到《巴黎协定》中政客们商定的2℃的门槛，对亚马孙

159 地区来说意味着什么？“想想这种情况的整体含义，”他说，“这意味着全球海平面将高出4到6米，意味着世界上将没有热带珊瑚礁，因为我们现在已经看到了这些影响，而且可能会跨越一大堆我们无法预测的门槛。”

洛夫乔伊指出，珊瑚礁和北美针叶林所发生的一切，实际上是由于少数物种的敏感性。“他们［政客们］把整个事情都搞砸了，然而没有任何模型能够预测出这一点。”听他这么说我感到有些惊讶，没想到他会如此直言不讳，因为他拥有众多头衔，曾是联合国基金会的高级研究员，还在白宫科学委员会任职。这类顾问在评论问题时素来讳莫如深、含糊其词。洛夫乔伊说：“生态系统在发挥作用的时候是很棒的，但我们不完全了解导火索在哪里。”

1980年，洛夫乔伊在《保护生物学》一书的前言中写道：“成千上万的物种将会灭亡，在人类大约一半的寿命内，地球生物群将减少10%到20%……地球生物多样性的减少是我们这个时代最基本的问题。”[3]生物多样性越丰富，生态系统的恢复能力就越强，但洛夫乔伊认为，尽管这种现象带来并维持了地球生物圈的整个生命基础，从而使人类文明得以存在，但大多数人仍然低估了生物多样性的价值。我们的存在依赖于某种平衡，但现在这种平衡已经倾斜。他还看到了人类心理对极限的厌恶，尽管这种本能“让我们有了长足的发展”，但也造成了明显的问题。“社会性灵长类动物一贯如此，”洛夫乔伊说，“你能向某些人证明我们不应该

超越极限的唯一方法是让他们看到我们超越极限时的结果。我们 160
认为我们可以一路向上发展，达到极限，不会出现任何问题。但有多少次我们这样做的时候，其他因素出现了，把系统推到了极限之上？”他认为，复杂的系统应该由知情人士来保护。这种观点可谓一语中的。

除了道德考量之外，保护亚马孙热带雨林还有其他原因，包括自身利益。“我们去看医生，去药房买药，却不知道我们的药是从哪里来的，”洛夫乔伊说，“其中很多药品来自大自然——其数量超乎我们的想象。”洛夫乔伊提到在亚马孙地区发现的一种毒素，该毒素促成了药物卡托普利的生产。卡托普利后来成为第一代ACE（血管紧张素转换酶）抑制剂之一，现在被数亿人用于控制血压和心脏疾病。卡托普利能扩张血管，使心脏更容易将血液泵过血管。大多数服用卡托普利的人并不知道这种对他们的健康负责的药物来自亚马孙地区。洛夫乔伊还提到了另一个例子：亚马孙土著人发现的一种藤蔓植物。当他们把这种植物扔进湖里时，所有的鱼都游到水面上来喘气，这使他们捕鱼容易多了。导致这种现象的物质叫作“箭毒”；如今，该物质被用作腹部大手术中的肌肉松弛剂。

洛夫乔伊认为，如果我们继续以目前的速度摧毁亚马孙地区，我们可能永远不会知道它在未来如何能够帮助拯救数百万甚至数十亿人的生命。他觉得这是生物多样性最不受重视的方面之一。洛夫乔伊说：“亚马孙是一座巨大的生命科学图书馆，新书源源不

断地增加。我们一直在发现新的鸟类，所有这些都包含着不可思
161 议的适应能力。重要的是要记住，每个物种都代表着一系列生物问题的解决方案，其中任何一个都可能彻底改变我们对生物科学的理解。”

说到这里洛夫乔伊停了下来，羡慕地看着营地周围的丛林，然后转过身来看向我，继续说道：“我们人类太自恋、太把自己当回事了，总认为自己不需要任何东西，总觉得自己是神一样的存在。”

41号营地中到处都是研究项目。来自捷克共和国的维特克·伊日内茨正在路易斯安那州立大学攻读鸟类学博士学位。伊日内茨曾在阿拉斯加、夏威夷、牙买加等地11个不同的野生动物保护区工作过，对生物崩溃的迹象再熟悉不过。他曾观察到亚马孙的一些鸟类物种，如黑尾抛叶鸟，自20世纪80年代以来数量下降了95%；观察到夏威夷的蚊子是如何杀死当地鸟类种群的；观察到盐水侵入阿拉斯加的永久冻土后是如何改变那里的鸟类栖息地的。

当我向他问及关于洛夫乔伊的事时，伊日内茨满脸钦佩之情。他第一次听说41号营地是通过阅读那些引用了洛夫乔伊的书籍，包括大卫·夸门的《渡渡鸟之歌》，其中有一章是关于托马斯·洛夫乔伊和营地的。“托马斯做出了很大的贡献，对当今世界产生了十分积极的影响，所以见到他就像见到了大神，”伊日内茨说，

“一切都是从这里开始的，我们所知道的关于森林破碎化和气候破坏的影响的很多信息都是因为托马斯和他的全部研究。”

然而，当我们谈及伊日内茨手头的研究时，他的语气却变得忧郁起来：“岛屿生物地理学不再是一项离岸事业，而是已经来到
了大陆，可以说是无处不在。动植物种群在长期无法生存的环境 162
下被困在各种碎片中的问题已经开始在地球的整个陆地表面出现，因而熟悉的问题再次出现：有多少山地大猩猩生活在刚果民主共和国、乌干达和卢旺达三国边界的维龙加火山的森林斜坡上？印度西北部的萨瑞斯卡老虎保护区生活着多少只老虎？还剩下多少？它们能活多久？”

伊日内茨的声音里充满了愤怒：“华盛顿州北部边界分散的山林（北喀斯喀特生态系统）中有多少只灰熊？没有多少的；意大利阿布鲁佐国家公园中有多少只欧洲棕熊？没有多少的；大柏树沼泽中有多少只佛罗里达黑豹？没有多少的；吉尔森林里有多少只亚洲狮子？没有多少的；阿纳拉马祖特拉有多少只大狐猴？没有多少的……不一而足。世界现在早已支离破碎、千疮百孔了！”

在41号营地期间，我还会见了BDFFP的科学协调员乔斯·路易斯·卡马戈博士。卡马戈性格开朗，他在41号营地比在城里都自在，所以大部分时间都在这里担任研究协调员。

卡马戈的项目每5年测量25万棵树，必须常年穿梭在热带雨林，因此他对森林破碎化的影响了然于胸。这些碎片的密度远不如连续的森林，鸟鸣声也少得多，树冠也远不如森林厚实，而且

干燥得多。卡马戈告诉我："这些区域刚被分离时，物种还比较丰富，之后动物开始死亡。树木越来越小，吸收的营养越来越少，
163 因此更容易受到风暴和疾病的影响。"

丽塔·梅斯奎塔博士是亚马孙地区最大研究机构亚马孙国家研究所（INPA）的生物学家和研究员。她的部分工作包括带领人们参观马瑙斯市中心的城市森林碎片。马瑙斯是巴西亚马孙州最大的城市，人口超过200万。

每当谈到亚马孙时，梅斯奎塔的眼睛里总是熠熠生辉。我们一行数人沿着砾石小路走向一片森林碎片，途中有人问她是否认得很多濒危物种。她回答说："是这样的，在这里你认得多少都不算多，但是……"梅斯奎塔列出了许多濒危物种，介绍了它们的食性、交配习惯以及大约的数量等。

梅斯奎塔十分热情、颇具感染力地介绍了沿途的树木和昆虫，偶尔也会提到她不得不面对的一些困难。她笑着告诉我，巴西政府腐败成风，每天都在一个接一个的政治危机中蹒跚而行。最近，政府刚刚将INPA的预算以及政府的其他环境预算削减了43%。"政府最近停止了我们所有的合同，所以目前我们这里所有的工作都停止了。接下来也许会有改变，也许没有变化……等着看吧。"他们唯一能得到的经费就是微薄的会费。与此同时，因受贿至少被调查过两次的总统米歇尔·特梅尔降低了环境保护和土地保护力度，剥夺了土著人民的权利，将政府的环境预算削减了近一半，

给予了石油公司重大税收减免优惠，以此公开邀请石油公司进军巴西。特梅尔政府现在听命于国内的土地财阀精英，完全按照殖 164
民传统行事，其腐败程度在历史上实属罕见。这个国家最富有的这群人，贪婪成性，一心只想追求暴利，公然无视自然环境，滥砍滥伐亚马孙森林，大搞过度开发，疯狂增加农业综合企业、牧牛业和采矿业。

我们在浓密潮湿的空气中沿着绿树成荫的小路行进，耳边传来川流不息的车辆声，但梅斯奎塔对此毫不在意。相反，当我们偶然遇到一池黑水时，她指着水中一条巨大的粉色电鳗提醒我们注意，它携带的电荷足以让人心跳停止。

那天下午晚些时候，我和梅斯奎塔坐在森林碎片中的一间旧办公室里。此时的她神色放松自然，但当谈及气候破坏对她心爱的亚马孙地区造成的影响时，她的笑容和笑声消失不见了。

梅斯奎塔向我介绍了洪水和干旱的情况。例如，2015年，亚马孙最大的支流之一马德拉河泛滥。历史上，马德拉河的平均洪水期是每年70天，但在2015年翻了一番多，达到153天。洪水在可可种植园和许多巴西坚果种植园上方倾泻了超过六英尺的沉淀物，摧毁了近一半的种植园，并导致这些社区的经济崩溃。此次洪水泛滥的原因是安第斯冰川融化达到创纪录的新高，外加创纪录的降雨量。紧接着，洪水过后，又发生了规模空前的干旱和野火。

最近发生在亚马孙的两次干旱——2005年和2010年——尤其

让科学家感到担忧。2005年的干旱非常严重，被称为“百年一遇的事件”，然而2010年的干旱可能更具破坏性，它阻碍了树木的生长，甚至关闭了亚马孙的碳汇（雨林将二氧化碳从大气中排出），
165 这是即将到来的一种可怕的预兆。[4]NASA 2014年的一项研究显示，亚马孙地区的植被面积连续下降了13年，这与降雨量连续下降了10年有关。[5]2016年上半年，整个亚马孙地区发现了27 000多起火灾，比历史平均水平高出81%，也是该时期有记录以来的最大数量。从1979年到2013年，野火季节的持续时间也增加了近20%。[6]

亚马孙正经历着气候科学家早就警告过的气候破坏所带来的后果：不断加剧的洪水、干旱和极端天气。随着地球变暖，海洋的蒸发速率增加，而温暖的大气能够容纳更多的水分，因此地球上暴雨加剧，带来更大的洪水。在过去的十年里，暴雨和洪水已经增加了50%，现在发生的频率是1980年的4倍。[7]但是，在蒸发增加的同时，大气储存水分的能力加速得更快。这反过来又意味着，在倾盆大雨之后，大气需要更长的时间来补充水，这就导致了在这些日益剧烈的降雨事件之间的长时间少雨或无雨。[8]此外，陆地上的蒸发量受限于土壤的含水量，这就为干旱埋下了伏笔。科学界现在将这些因素与其他因素联系起来，认为它们导致了全球极端天气的频率和强度的增加。[9]

亚马孙地区的坏消息还不止于此。另一项研究显示，热带森林已经严重退化，不再像过去那样吸收大量温室气体，而且正如

《卫报》所指出的，它们现在每年释放的碳比美国所有的交通运输释放的碳还多。[10]健康状态下的热带雨林能从大气中吸收二氧化 166
碳，但当雨林因干旱、野火、人为火灾、砍伐和人类发展而退化时，它们会将储存的大部分或全部碳释放回大气中。牛津大学的科学家观察到，2010年亚马孙旱灾释放的二氧化碳相当于俄罗斯和中国年度排放量的总和。[11]从20世纪90年代到21世纪，损失的热带雨林面积达到了惊人的62%，全世界每秒钟就有1.5英亩的热带雨林消失。[12]在不远的将来，亚马孙地区排放的碳**肯定**会超过它吸收的碳，这将是地球的另一个关键转折点。与亚马孙地区一样，作为地球上第二大热带雨林，刚果盆地因伐木业的发展和棕榈油贸易的繁荣，以及采矿业、丛林肉贸易和内乱而受到威胁，这些都迫使难民拥入该地区，对植被和野生动物造成危害。[13]地球上最大的两个热带雨林正在遭受攻击，并迅速丢城失地。

2015年巴黎气候条约谈判被许多政治家和活动家视为为了达成一项有意义的全球协议而做的最后努力，通过减少全球碳排放，从而限制人类造成的气候破坏的最坏影响。尽管该协议不具约束力，但其结果的要点是，地球上几乎所有国家都承诺在未来几十年里减少温室气体排放，并将全球变暖控制在比工业化前基线温度高2℃的范围内。此外，协议的部分内容还包括一项决定，即将21世纪的升温幅度控制在“远低于工业化前水平2℃的水平，并努力将升温幅度限制在1.5℃以下”。 167

科学家说，额外降低0.5℃将大大减少飓风和干旱等极端天气事件的频率和严重程度，并且能抑制海平面上升。[14]但该协议没有约束力，减排的时间跨度长达几十年。当你想到此次危机的紧迫性时，不免感到荒唐可笑：《巴黎协定》只不过是各国政府无能表现的最新例证，他们无从应对人类有史以来面临的最大生存危机。早在20世纪50年代，媒体就开始关注气候变化问题。1965年，气候学家就向林登·约翰逊总统发出警告，称大气中碳污染加剧会带来风险。[15]1972年，联合国召开了第一次环境会议，从而促成联合国环境规划署的成立；到1988年，IPCC成立，为全球决策者提供与气候变化相关的政策信息。IPCC的共识报告分别于1990年、1995年、2001年、2007年和2014年发布，每一份报告都发出了越来越紧迫的警报，并对从海平面上升到大气温度到极端天气事件等各种情况做出了越来越严重的最坏情况预测。然而，所有这一切都没有带来任何真正的政策变化。

1992年，在巴西里约热内卢召开了有史以来最大规模的国家首脑会议，即地球峰会，讨论环境问题，但就遏制化石燃料排放的真正政策变化而言，此次会议仍然毫无成效。及至2009年在哥本哈根举行联合国气候变化大会，里约的任何变革梦想都已破灭，因为不可否认的是，世界各国政府永远不可能彻底改变价值观，
168 也不可能转变经济模式来解决气候危机。

及至目前，2015年和2016年全球气温都创下了历史新高。[16]英国气象局2009年的一项研究强调了这一可怕的风险。即使全球气温上升幅度控制在2℃以内，亚马孙地区也将在一个世纪内损失

多达40%的森林；如果达到3℃，那就意味着亚马孙75%的森林将消失；达到4℃则意味着损失85%。[17]

对于生物多样性来说，这将是灾难性的。梅斯奎塔介绍说，亚马孙地区纷繁复杂的生物多样性是基于稳定和可预测的气候。她说："物种在此过程中进化出了非常精细的互动。但是当极端事件出现，事情变得不可预测性时，物种之间复杂的相互作用就会开始瓦解。如果链条上的某个环节遭到破坏，整个系统就会被削弱。我们非常担心所有极端事件会对亚马孙地区造成什么影响。"尽管如此，由于亚马孙雨林中物种的数量众多，因此生态系统具有从冲击中恢复的内在韧性——只要其遭受的破坏不是永无休止的。但有充足的证据表明，生物多样性的链条出现了断裂。只要看看窗外，就会发现现在的鸟类、昆虫或其他野生动物比10年前少多了。更引人注目的是，在不到30年的时间里，德国自然保护区的飞虫数量锐减了75%以上。[18]在法国遭受农田鸟类的"灾难"减少之后，欧洲已经面临"生物多样性消失"，这标志着整个欧洲大陆的生物多样性危机更加广泛，威胁着所有人类。[19]与此同时， 169
我们正在看到以前无法预见的连锁反应，它能够而且将会影响到我们所有人。内布拉斯加大学的进化生物学家丹尼尔·布鲁克斯说："地球温度越高，热带和亚热带的病原体和带菌生物就会越多地转移到温带地区。像美国这样的国家往往有一种错误的安全感，但带菌生物和病原体并不了解国际边界，你根本无法用边境墙将它们挡在国门之外。"[20]随着平均温度的不断攀升，蜱传疾病，如缅因州的莱姆病，在过去的10年里增加了30倍。[21]在加利福尼亚的硅谷，瘟疫暴发的可能性越来越大，我们可以在堪萨斯州的平原上看到热带血寄生虫。[22]然而，尽管有这些可怕的预测，美国总统唐纳德·特朗普还是将疾病控制和预防中心抗击全球流行病的预算削减了80%。[23]

梅斯奎塔解释了为什么保护亚马孙流域如此重要。“这里是世界的动力泵，是世界的心脏，”她说，“所有主要气流都从这里经过。”空气从欧洲和非洲一路走来，在进入亚马孙中部时汇合。

梅斯奎塔特别关注人类造成的直接影响，例如毁林开荒。亚马孙地区的森林砍伐率正在上升，巴西是全球与环境和土地改革有关的暗杀率最高的国家。到2016年，全球活动人士每周被杀害
170 的人数接近4人。巴西的相关谋杀率最高，有49起，其中许多发生在亚马孙地区。由于这里的森林砍伐率上升速度惊人，达到了29%，因而该地区的木材工业生产与其中16起谋杀案有关。[24]梅斯奎塔决心制止毁林开荒行为，但她承认光靠这一点是不够的。她说：“巴西以采矿和工业化农业的名义所做的一切令人费解，我们正在破坏我们的保护区。”

梅斯奎塔认为，全世界都在质疑自然环境保护问题，因此危及了我们在土地保护方面取得的所有胜利。“我努力保护环境，”她说，“却夜不能寐，总是在想自己是不是在浪费生命。我这样做是在浪费生命吗？此事注定会失败吗？我一直在努力坚持，因为这是我知道应该做的唯一的事情。”梅斯奎塔说她认为她和同事们

在工作中并没有表现出必要的紧迫感：“我们没有告诉公众真正发生了什么。”梅斯奎塔曾与洛夫乔伊共同编辑过一本书，还撰写过许多经过同行评审的科研论文，其实力不容小觑。但她个人认为，从宏观上来看自己还有颇多不足。梅斯奎塔很清楚，我们距离目标相差甚远。她说：“我对我所有的论文都没有任何自豪感，因为我们只是在向皈依者布道。我想做的是与外界对话，希望能够和人们交谈，告诉他们实际发生了什么。我们需要教育人们认识到气候破坏造成的后果。”

像我为撰写本书采访过的许多专家一样，梅斯奎塔认为气候破坏的根本原因是人类与地球缺乏联系。“即使在马瑙斯市，孩子们也不知道他们生活在亚马孙，”她说，“所以，人与任何事情都没有联系，这就是问题所在。”说到这里的时候，梅斯奎塔的声音里透着悲伤：“我个人决定不要孩子，因为我没有未来可以给他们。我不认为我们能赢得这场战斗，相反，我认为我们已经是穷途末路了。” 171

梅斯奎塔的丈夫马里奥·科恩-哈夫特博士是亚马孙国家研究所的一名科学家和鸟类研究员，撰写过数十篇科研论文，为《世界鸟类手册》撰稿，并在亚马孙地区发现了几种新的鸟类，甚至有一种鸟以他的名字命名。

我和科恩-哈夫特在他们位于马瑙斯市的家中见面。我们坐在后面的门廊上，四周是香蕉树和棕榈树。他笑着告诉我，他光是在他家的后院中就辨认出了200种鸟类。目前的分类学表明，亚马孙地区大约有1 300种鸟类，但科恩–哈夫特表示，他确信正确的数量应当接近3 000种。相比之下，美国和加拿大加起来大约有700种。他告诉我，亚马孙地区是世界上唯一一个有这种现象的地方——每次当你穿过一条河流的时候，河对岸都会有一群不同的鸟。这里的河流非常宽阔，鸟类已经适应了它们所处的地方。

科恩–哈夫特开始介绍亚马孙雨林中每个物种的特性。有些鸟会跟随成群的蚂蚁寻找食物。它们不吃蚂蚁，而是捕食蚂蚁从森林地面上惊起的昆虫。还有一种蝴蝶，它们跟在跟随蚂蚁的鸟儿后面，吃鸟儿的粪便。为了维持鸟类的生存，一片森林中至少需要有三个蚁群。

还有一个例子表明系统十分容易崩溃：有些鸟在被树枝和藤
172 蔓缠住的枯叶中觅食昆虫。十几种鸟类依靠这些昆虫作为唯一的食物来源。不幸的是，伐木作业导致微风进入森林，把这些树叶吹到地上。由此可见，我们在轻易之间就能改变适应特定环境的生物的命运。

这有助于我们进一步了解亚马孙，了解生物多样性在这里蓬勃发展的原因。海拔较低的恒定潮湿条件对生命最为有利。在亚马孙地区，正如科恩–哈夫特所说："即使我们的旱季也相当潮湿。"一切都表明，低地热带雨林是陆地上最有利于生物生存的环境。只有1%的阳光能穿过树冠，因此，昼夜、冬夏之间没有太大差别。那里的湿度始终接近100%，而且总是很温暖。正因为如此，科恩-哈夫特说，亚马孙地区恒定的外部环境，使其成为“特化作用的温床”。他告诉我说：“你可以发现那些专门觅食枯叶的鸟类和跟随这些鸟类的蚁群，以及只在活叶下面觅食的鸟类。你会对这里稀奇古怪的特化作用感到惊讶。”

雨林的复杂性造就了惊人的快速恢复能力。任何在亚马孙森林中死亡并掉到地上的东西都会立即成为更多生命的源泉。亚马孙经济不浪费任何东西，即便死亡也能引发生命。

尽管如此，雨林的复杂性也是其脆弱性的来源，因为在生物链条中，一个物种的消失可能会导致整个系统崩溃。科恩-哈夫特说，由于滥伐森林和气候破坏，“我不知道这里会发生什么，如果情况发生任何变化，我们就完蛋了，因为所有这些生物都能很好
地适应目前特定的环境。万一情况发生变化，它们必须迁移，否 173
则就会灭绝”。即使进行迁移，他预计不同的物种也不会以相似的方式迁移。科恩-哈夫特预计有些物种终将会灭绝。

直到20年前，亚马孙雨林还相对完整。科恩-哈夫特说：“当时没有所谓濒危物种。”他发现了一种新的松鸦，但它的栖息地恰好位于正被迅速乱砍滥伐的地区。这意味着新发现的物种自动进入了濒危物种的行列。

科恩-哈夫特看问题的视角比较广阔。不管他多么愿意相信事情会变得更好，他也承认人类已经将许多物种推向灭绝，并认为“我们可能会将自己推向灭绝”。让他烦恼的是人们“不明白他们在做什么”。他说：“这里是试图理解世界的绝佳场所，这是地球上

最好的故事。这个地方如此复杂，有如此多的极端事物。如果你能理解这里，你就能理解任何事情。怎么会有人不想了解我们所生活的这个世界呢？”

科恩-哈夫特承认，他在一定程度上否认我们已经穷途末路，因为他试图相信我们能找到出路。“但我们需要为最坏的情况做好准备，”他补充道，“我们可能会面临前所未有的物种灭绝，这是一件令人沮丧的事，但这并不意味着生命会消失。我们知道有些物种的灭绝导致了多样化，让其他生命形式进入新阶段。”

“我希望人们能发自内心地认可大自然之美妙，希望每个人都能热爱大自然。如果他们不愿意保护自然，那是因为他们没有了
174 解其中的奥妙。当强大的利益集团不顾多数人的意愿而各行其是时，糟糕的决策会让我十分恼火；人们恶劣而不理性的行为也会让我十分恼火；不了解地球上最酷的生态系统，稀里糊涂就将其破坏，诸如此类的事情都让我十分恼怒。”

巴西首都巴西利亚看起来就像一座未来之城。从上方看去，整座城市的新现代主义建筑依据地势，排列成一只巨大的飞鸟图案。购物中心旁边的博物馆看起来更像是《星球大战》中的东西——整栋建筑类似一个巨大的白色球体，上方及周围有步道环绕。

就在前往马瑙斯市之前，我在巴西利亚采访了时任巴西保护区部主任的沃里克·曼弗里纳托，他曾帮我联系到洛夫乔伊。曼

弗里纳托是洛夫乔伊的老朋友，对生物相互依赖有着深刻的理解。他办公室的墙上贴满了亚马孙地区的地图。

曼弗里纳托在接受采访时对我说："如果我们尽心尽力服务于大自然，那么我们也为地球上所有其他生物提供了好处。作为一个人，我和美洲虎在自然界中的价值是一样的，二者都应该受到保护。否则，我们不管怎样都会灭绝。"

曼弗里纳托所在的部门隶属于巴西环境部生物多样性秘书处，他在那里从事各种项目，包括建立一个鲸鱼保护区，该保护区将覆盖南大西洋的大部分地区，从巴西沿海地区一直延伸到非洲西海岸。

洛夫乔伊研究的是森林碎片化及其对亚马孙生物多样性的影响，而曼弗里纳托的主要目标是建立野生动物走廊，将森林碎片重新连接起来。曼弗里纳托说："我们知道生物群系（生物系统） 175
中的基因流动对生命至关重要，因此必须重建野生动物走廊，这样生活在墨西哥的美洲虎就可以一路走到这里而不会被杀死；猴子就能够从巴西的一个地方旅行到另一个地方，而不需要经过已经被砍伐过的空地。依据自然法则进行的连接使得基因上的连接成为可能。"

曼弗里纳托认为，我们需要转变意识，把我们自己看作是自然的一部分。他说："人类并非自然界的顶点。作为一个物种，要想生存下去，我们需要尊重复杂性。自然界中所有的事物一荣俱荣、一损俱损。我们需要意识到这种复杂性，并保护这种复杂性。

如果我们为大自然服务，那么我们也为地球上所有其他生物提供了好处。”

在我们采访期间，曼弗里纳托为巴西气候变化和森林部长埃弗顿·卢塞罗工作。刚一见面，卢塞罗就对我直言不讳。他指出，IPCC对气温上升的最坏预测是到2100年上升4.5℃，但在亚马孙的许多地区，气温已经升高了8℃。我在对曼弗里纳托的后续采访中提到了这一点，他只是简单地说了一句："危机已经到来。"

我还会见了联合国教科文组织在巴西的自然科学部门的协调员法比奥·埃翁。他最关心的是巴西所面临的水资源危机。他觉得很讽刺的是，巴西将在2018年3月举办世界水论坛，而水和干旱却是该国面临的严重问题。埃翁提到了2015年圣保罗市遭遇的
176 干旱，那场干旱几乎让这座城市崩溃。[25]

“南方以生产水稻而闻名，用水量很高，那里的农民正面临着日益严重的干旱，”埃翁解释道，“东北部各州现在受到旱季的影响更为严重。所以说，我们清楚地看到气候变化对巴西所有地区造成的影响。”巴西对此应对不及。埃翁认为这种转变导致了重大的国际卫生危机，比如寨卡病毒的传播。当2015年干旱袭击圣保罗时，政府动员人们将水储存在家里的水池中，甚至马桶水箱里。以不寻常、不卫生的方式储存如此多的水，导致寨卡病毒暴发，这并非巧合。

在巴西利亚期间，我还会见了巴西生物圈保护区协会主席、

联合国教科文组织马塔亚特兰蒂斯卡生物圈保护区咨询委员会成员克莱顿·利诺。利诺工作的生物圈保护区雨林就在市中心，这是一座四面楚歌的绿色小岛，周围是一个杂乱无序、污染严重、人口超过1 200万的特大城市。

利诺说话轻声细语，但当谈及巴西政府保护亚马孙的政策时，他直言不讳。他说："我们每天都在遭受攻击。"利诺补充说，重要的是要了解巴西政府在继续砍伐森林方面承受了多大的国际压力，包括砍伐树木，建立把牛肉销往美国和欧洲的养牛场。其他国家几乎没有提供具体的援助，政府深陷腐败泥潭，几乎无所作为。谈话中我能很明显地感受到利诺的挫败感。马塔亚特兰蒂斯卡是该国第二大热带雨林保护区，目前正处于危险之中。今天，这里的雨林只剩下8%，仅在前一年，这里的森林砍伐量就增加了60%。[26]"这里的生物多样性很高，但也十分脆弱。如果你破坏了一个地方的平衡，它就无法在另一个地方得到恢复。因此，将其分割会导致非常严重的问题。" 177

与此同时，曼弗里纳托继续他的工作，将保存下来的野生动物栖息地碎片重新连接起来，目的是建立跨越国家和大陆的野生动物走廊，让物种有机会适应气候变化。随着地球持续变暖，南半球的物种需要向南迁移，而在北半球，它们则需要向北迁移。"保护就是连接，反之亦然；必须两者兼而有之，"曼弗里纳托告诉我，"我们正在国际上推广这种做法，因为如果不重新连接受保护的碎片，我们将无法生存。"

在我离开之前，曼弗里纳托分享了自己的一种体验 :“我在巴西的一个新保护区徒步旅行，从那里出来后，我觉得自己是那个地方的一部分，这意味着，这个地方是我的，我要保护它。我们需要每个人对一些地方、对地球都有这种感觉。你属于它，因为它属于你。这个地方属于我，不是因为我拥有它，而是因为我属于这片土地。”

在我与洛夫乔伊第一次见面后不久，我们一起乘船游览了波澜壮阔的亚马孙河。言谈中他对粉色、灰色的海豚、海牛和水蟒表示惊讶，有些水蟒能长到43英尺长，能够吞食马和大型鳄鱼。当我们驶向“河水交汇处”时，厚重的空气感觉很温和。在那里，亚马孙河的棕色河水与里约内格罗河的黑色酸性河水并排流淌。

过了一会儿，我们的船停在一个四面环水的小村子旁，我们从那里上岸，走上一条吱吱作响的木板路，进入了丛林。洛夫乔伊指向一株巨大的亚马孙睡莲，示意我注意观察。这种植物的巨
178 大花朵的花蕾会在白天升起并开放时进行授粉。它能散发出一种气味，吸引一种特殊的甲虫。当花朵在晚上关闭时，甲虫就被困在里面，吃花朵中的花粉，身上也会沾染花粉。等到第二天，甲虫又会转移到另一朵花上。睡莲的底部多刺，可以防止海牛啃食，而且比较结实，每个浮叶可以支撑60磅的重量。根据洛夫乔伊的说法，工业化世界中的许多建筑设计都是基于这些花的结构，这是仿生学的一个完美例子。他指出这只是一个例子，表明我们与

自然的联系比大多数人认识到的更为紧密。

当我们沿着木板路往回走的时候，鹰、金刚鹦鹉以及各种各样的鸟儿振翅飞翔，聒噪齐鸣。头顶上方，蜘蛛猴在树上跳来荡去，不停地拍打着树枝，把树上的果实敲落到水里。

洛夫乔伊打开了我的眼睛、思想和内心，让我认识到气候破坏对地球生物多样性的影响。作为科学家和记者，我们历来训练有素，专注于物理测量结果，比如二氧化碳的浓度，海平面的上升，温度的上升，等等。但是这些变化对错综复杂的生命之网产生了怎样的深远影响呢？为什么人类的放纵会导致一个物种的灭绝呢？失去马达加斯加彩虹蛙、牡蛎或美洲大白鹳对我们来说意味着什么？这可能会摧毁我们所熟悉的整个生命奇迹。在亚马孙地区，我们目睹了令人敬畏的、完整的、生机勃勃的地球——人类的生存完全依赖于此。179

阿拉斯加州乌特恰格维克小镇居民理查德·塔拉克。塔拉克在阿拉斯加最北端的村庄出生、长大，目睹了气温急剧上升、海冰急剧减少。因纽特人的文化正因此而发生改变。摄影：达尔·贾默

8

世界之巅的尽头

2017年7月28日，平静暗淡的海水在雾中时隐时现，海浪轻轻地拍打着砾石沙滩，我听到迷蒙的浓雾中传来海鸥的叫声，却看不见海鸥的影子。一个人影出现在远处，沿着海滩行走，然后消失不见。当我早晨沿着北冰洋海岸散步时，感觉一切都瞬息万变，极为短暂。唯一不变的是靴子下的海岸和我走路时小石子发出的嘎吱嘎吱的声音。这里距离北极只有1 300英里，夏季太阳永不落山，时间被无限延长，已然失去意义。

雾气逐渐升腾散去，低垂的云层向西方飞掠而去，把苔原染成了棕绿色。偶尔间，斑驳陆离的光影在山水之间倏忽而过，恍如超凡脱俗，一念永恒。

乌特恰格维克（以前被称为巴罗）是该地区的几个古老村庄之一，是美国最北端的一座城镇。这里的土著人，伊努皮爱克人，已经习惯了在苔原和海洋的边缘生活，与鲸鱼、鸟类和浮冰生活

在一起。虽然“乌特恰格维克”一词的确切含义尚存争议，但该镇原始古村落遗址附近的一个标志表明，这个名字的意思是“猎
181 杀雪鹀的地方”。根据同一处标志记载，大约在1 500到4 000年前，人们在这里定居，主要是为了捕猎弓头鲸——这种动物是这个村庄的标志。类似于圣保罗的阿留申文化和其他土著文化，狩猎和采集是把朋友、家庭和群体联系在一起的纽带，也是他们精神传统得以流传的源泉。

在现代城镇的西面，古老村庄的草皮屋土堆仍然依稀可见，但其中一部分已经消失——随着夏季的海冰和海岸线一起沉入大海。这里也感受到了气候变化造成的破坏，而且比大多数人预期的要严重得多。

在我飞往乌特恰格维克的航班上，大多数乘客都是油田工人，正要前往我们的第一站普鲁德霍湾。他们盯着手机，神色茫然。除了一个人以外，其他人都是白人，其中很多人都戴着卡车司机的帽子。他们大多数人胡子拉碴，需要刮胡子、理发了。他们现在是尾随着金钱北上，至少目前还有钱可赚。如果不是因为石油，他们中的大多数人永远不会踏足我们要去的地方，因为这里没有任何娱乐消遣；放眼望去，四下尽是无垠的旷野，景色如画，却也太过寂静平淡。

飞机起飞了，我凝视窗外，俯瞰着我深爱的阿拉斯加。就在一周前，我还身处亚马孙地区。

在费尔班克斯以南不远的地方，我们飞过了大面积野火形成的一片积雨云，火势汹涌，浓烟滚滚，感觉脚下的土地在燃烧。

我们在普鲁德霍湾着陆，大多数乘客都在那里下了飞机。在机场北面的地平线上，矗立着石油工业的火炬烟囱和大型建筑，此刻全都笼罩在一层棕色烟雾中。机场正西面是横贯阿拉斯加的 182
输油管道，这些管道穿过阿拉斯加漫长的荒野，向南输送石油，在那里，石油将被运送往世界各地，充当燃料。

短暂停留之后，我们再次起飞，前往乌特恰格维克。从空中，我可以看到与输油管道平行的土路，将脆弱的绿色苔原分割开来。一路向北，波弗特海浅棕色的海水迅速变成蓝色。即使在这7月下旬最晴朗的日子里，从30 000英尺的高空也看不到海冰的影子。

在乌特恰格维克的海岸上，一台大型单斗装载机正忙着维护滩沿堤坝。这条土堤保护着村庄的北部地区，抵御不断侵蚀、日益汹涌的海水。装载机的发动机隆隆作响，顶部冒出滚滚的黑色废气，把从距离内陆三分之一英里处运来的大土堆中的黑色泥土铲起，运到护堤上。这工作需要从早忙到晚。

一天晚上，我走到海边。海上暴风雨激起的巨浪冲上海滩，撞击着25英尺长的护堤。每次撞击时，海水便喷射到空中，将被倾倒在护堤上的新鲜土壤染成深棕色。每当海浪退回大海时，它们便裹挟着大块的泥土进入楚科奇海的浅水区。下面的海滩上露出了装满泥土的旧帆布袋，这证明了之前人们试图阻止楚科奇海向村庄持续冲击。在海滩的另一侧，我可以看到大型金属罐的顶部，上面锈迹斑斑，并排着排列，这是过去人们为防止海水侵蚀而做出的努力。

村子里的第一排房子离护堤后面不到50英尺，其后不远处是
183 政府大楼、警察局和部落办事处。从我所站的地方，沿着海岸往南100码处，便是一处15英尺高的悬崖，只有一条土路将其与村子里的房子隔开。悬崖之下，海浪不停地冲击着崖壁。

理查德·塔拉克又名塔克帕克，在乌特恰格维克出生、长大，现年67岁。他和这里所有的长者一样，从年轻的时候就对气候变化十分敏感。“那时候，气温会连续好几个星期都在零下45℃或零下50℃，”他在车间里一边跟我聊天，一边制作一把带有海象獠牙柄的传统乌鲁刀，“而如今，气温在零下20℃或零下30℃的时间可能总共只有两周。”

车间里散发着骨粉、咖啡和烟草的味道，四下里挤满了当地人，他们用海象象牙化石雕刻北极熊，蚀刻贝雕，制作刀具和其他传统工艺品。塔克帕克说，以往海冰在10月就会到来，但现在要到11月才会涌上海岸。就在我与塔克帕克聊天的当天，一艘芬兰破冰船从温哥华出发，于7月29日抵达格陵兰岛首府努克，创下了最早通过西北航道的世界纪录。[1]

塔克帕克的朋友佩里·马图梅克住在车间隔壁的老年中心，大多数日子里，他都在制作贝雕。佩里告诉我，他从来没有盼望着过8月，因为那时开始下雪，预示着夏天的结束。但现在，有时

要到10月份才会开始下雪。他们从来没有过如此温暖的夏天。“以前夏天我们可以在家里看到海冰，但现在一切都变了，海冰越来越小，”他一边在鲸鱼的鲸须上蚀刻一边说道，“而且，我们的狩猎也已经发生改变。就在三天前，我们在离这里18英里的海岸上发现了一只灰熊。本来不应该出现这种情况的。” 184

这是又一个平静的日子，微风习习。车间里蚊子太多，于是佩里找人点上一根蚊香。“过去这里总会刮风。”佩里说道。这时塔克帕克走过来，提到了“美好的旧时光”，那个时候他们有时甚至会在7月赶上下雪。“现在再也看不到了。”他不无惋惜地说道。

我们又聊了一会儿，然后塔克帕克继续做乌鲁刀，佩里则又开始聚精会神地制作贝雕。我谢过两位老人，感谢他们同我促膝而谈，然后便离开了车间。此时的我完全笼罩在一种悲伤的情绪中，因为我知道，这些善良、热情、和蔼的人以及他们的文化将不久于世。

第二天上午，我和詹姆斯·丘恩赛德博士一起喝咖啡，他是NOAA的一位物理学家，在这里研究地下浮游植物层。他给我看了他的飞行路线图。即使在还有冰的地方，冰也在明显地消退。“今年的冰比2014年更靠北，”他告诉我说，“我们看到的冰层碎片看起来像是被风吹到一起的。在我们飞行的地方，我们没有看到任何看起来像固态冰的东西。”丘恩赛德亲眼看到了国家冰雪数据中心多年来报告的信息——持续一年以上的冰层不断减少，冰层覆盖面积日益减少，冰层正在变薄。这尤其令人不安，因为丘恩赛德的一些团队已经飞到了巴罗角以北250英里的地方。

2月份的时候，NOAA已经对创纪录的高温和异常的海冰状况表示了担忧，如今这些状况都已成为常态。1月份的海冰是38年卫星记录中最少的，2016年11月至2017年1月乌特恰格维克的平均
185 气温为零下15.3℃，打破了零下17.7℃的旧纪录。1921年至2015年间，乌特恰格维克这三个月的平均气温为零下22.2℃。到目前为止，2016年北极地区的温度总体上是1900年以来的最高值，而到目前为止的四年中的每一年都是有记录以来最热的年份。[2]到2018年2月，格陵兰岛北部的气温比正常情况高出了惊人的25℃。[3]这相当于丹佛在2月份气温达到36℃。大约在同一时间，北极海冰水平已经达到了同期的历史最低水平：白令海在短短八天时间里融化了整整三分之一的冰层，格陵兰岛北部的一个地区已经没有冰层存在。[4]当时，《华盛顿邮报》的气象专家在推特上写道："几乎总是有冰的地方现在却没有了冰。"[5]德国物理学家拉尔斯·卡莱施克在推特上解释说："格陵兰岛以北水域开阔，那里曾经是北极地区海冰最厚的地方。但现在，因为气温在0℃以上，所以不会很快结冰。"[6]

"事情发生得太快，我们很难跟上节奏，"国家冰雪数据中心主任马克·塞雷兹甚至在这一切发生之前就说过，"我们以前从未见过这样的事情。"[7]

我在乌特恰格维克“世界之巅广播电台”的演播室里见到了电台的开发总监辛迪·舒尔茨。她在乌特恰格维克生活了41年，知道许多关于此地发生的变化。就在两周前，乌特恰格维克电闪雷鸣，此种情况在这里属实罕见。“所有人都跑到外面观看，”她笑着介绍说，“我大声招呼每个人赶紧回到屋里去，不要在外面充当人形避雷针。他们中的大多数人从未见过闪电，所以对此一无所知。”舒尔茨还记得十年前的那次持续两周的洪水，当时每天的气 186
温都高达21.1℃。她说，因为湿度，当乌特恰格维克的气温达到21.1℃时，给人的感觉更像是32.2℃。舒尔茨说：“这里没有人否认气候变化正在发生，而且变化极大，速度极快。”她告诉我，她小时候曾在那里玩耍过的棒球场——宾果游戏厅山下那片区域——现在已经成了一片海洋。海洋花了大约15年的时间淹没了那片土地。

舒尔茨和丈夫开了一家摄影工作室，一项业务是带领观鸟者前去海岸和苔原。她告诉我，他们发现越来越多的鸟“偏离了航线”，它们到达和离开此地的时间也在改变，比如雪鹀来得比以往更早了，而舒尔茨还注意到，最近看到的一种欧亚花雀甚至没有列在观鸟者的清单上。红胸五子雀在安克雷奇很常见，如今也出现在乌特恰格维克，尽管“它们不应该出现在这里，梅林鹰也不应该出现在这里，它们过去最北只会到达费尔班克斯”。此外，舒尔茨还看到过蜂鸟，以前这种鸟最北只在安克雷奇见过。

与舒尔茨会面后，我步行来到搜救大楼，这里还兼作俱乐部。当地人进进出出，边喝咖啡边聊天。有些人在打牌，有些人在看电视。我见到了55岁的马尔文·卡纳尤拉克，他和他的父母一样，都在这里出生、长大。他是一名捕鲸者，同时也是一名救援志愿者。卡纳尤拉克告诉我，过去冬天海冰上的压力脊（两块浮冰挤压在一起形成的）有50英尺，甚至60英尺高，但现在他们很“幸
187 运”，压力脊只有20英尺高了。以前，要想在春季穿过冰面寻找开阔的水域，他们通常要花上两周的时间来规划和寻找踪迹，但现在只需要几天时间，因为开放水域距离他们更近了。

“以前的冰山有三层楼那么高，你可以听到它们撞击和穿过冰层时发出的轰鸣声和爆裂声，”卡纳尤拉克说，“这种情况再也没有了，我们也不会像过去那样在秋季就能看到冰山。”和我们坐在一起的一位老人插话说，让我1月份再来这里，因为即使到那时，我仍然可以看到近海的开阔水域，尽管那里满是融雪。

巨大变化的故事似乎数不胜数。以前海滩上有北极熊，但现在不再有了。冰越来越少，意味着有开阔水域越来越多，可以让风产生更大的海浪，这意味着捕鲸的水域更加汹涌狂暴，所以他们不再使用18英尺长的船，而是使用22到26英尺长的船，以此应对更恶劣的海洋。冰越来越薄也意味着他们无法猎杀较大的鲸鱼，因为当他们把鲸鱼拉上来屠宰时，冰层厚度不足以承受体长超过35英尺的动物的重量。

那天下午，我在去海边的路上遇到了佩里。他面露微笑，热情地向我打招呼，就像我现在每次见到他一样。“喂，伙计，天真热啊！”他边说边用手朝脸上扇着风。当时气温接近21℃，海面异

常平静，这在当地也很罕见，或者至少在当时比较罕见。

我沿着海滩前行。往北面看去，巴罗角之外的水域上空，一片巨大的雷雨云在阳光下闪闪发光。岸边的浅水里可以看到三个孩子舞动、玩耍的身影。此时此刻我拍的照片会让人误以为这里是热带海滩。188

卡纳尤拉克告诉我，他是一名掘墓志愿者。过去，永久冻土包含地表以下10到12英寸深的区域，所以用冰镐挖一座坟墓需要三天的时间。而如今，永久冻土只包含地表以下几英尺处，土质比较松软，所以他可以在5个小时或更短的时间内挖好一座坟墓。

永久冻土通常始于地表以下几英尺处，只是一层持续冻结两年或更长时间的土层，由几个世纪前从大气中吸收二氧化碳，然后在分解前冻结的死亡植物组成。当永久冻土解冻时，微生物活动将其中的大部分转化为甲烷和二氧化碳，释放回大气中。

根据NASA的一份报告，在数十万年的时间里，“北极永久冻土土壤积累了大量的有机碳”——估计有1 400亿至1 850亿吨，而地球大气中的碳只有850亿吨。[8]这相当于地球土壤中所估计的全部有机碳的一半左右，其中大部分位于最上面10英尺的易融化土壤中。[9]科学家和其他人一样，逐渐意识到北极永久冻土并不像它的名字所暗示的那样永久。

NASA喷气推进实验室的研究科学家查尔斯·米勒博士是北极储层碳脆弱性实验（CARVE）的主要研究员。CARVE是NASA

领导的为期5年的实地活动，旨在研究气候变化如何影响北极的碳循环。米勒告诉NASA："永久冻土的升温速度甚至比北极的气温还要快——仅在过去30年里就从1.5℃升到2.5℃。当地球表面的热量渗透到永久冻土层时，它有可能释放这些存储的有机碳，并将它们以二氧化碳和甲烷的形式释放到大气中……从而大大加剧
189 全球变暖。"[10]

对永久冻土层融化所释放的碳量的估计显示，平均每年释放的碳量可能在15亿吨左右，大致相当于目前美国每年燃烧化石燃料所释放的碳量。[11]国家冰雪数据中心研究永久冻土碳反馈或永久冻土碳释放导致的地球表面变暖的科学家凯文·谢弗博士估计，到2100年，仅永久冻土碳反馈本身就会使气温上升0.2℃，甚至更高。这意味着即使达到了将大气温度限制在2℃的目标，永久冻土碳反馈也将对长期气候产生重大影响。

谢弗把"5 500万年前古新世-始新世极热事件中的突然变暖现象与南极洲冻土融化释放的二氧化碳和甲烷联系起来"。[12]推动该事件的根本原因就是我们今天所看到的：大量的二氧化碳被注入大气中，导致全球气温在几千年内上升了大约5℃——尽管在我们这个时代，气温可能会上升得更快。

在乌特恰格维克期间，我采访了弗拉基米尔·罗曼诺夫斯基博士。他是阿拉斯加费尔班克斯大学的地球物理学教授，同时也专门研究永久冻土。他的实验室每年都在世界各地的许多地方收

集温度数据，但主要是在阿拉斯加、加拿大和俄罗斯。 190

“如果永久冻土接近解冻点，就会变得不稳定，”罗曼诺夫斯基说，“对任何永久冻土研究来说，这都是至关重要的数据：温度是多少？它有多稳定？”他的实验室是独一无二的，因为它现在拥有来自不同地点近40年的数据记录，而且他还建立了永久冻土温度模型来解释温度的变化情况，并可以根据各种气候破坏情景预测永久冻土将如何变化。

阿拉斯加北坡（乌特恰格维克就位于这里）的永久冻土正在发生变化，这是由于世界上一些最剧烈的气温升高造成的。自罗曼诺夫斯基第一次测量以来，地下20米的温度在此地历经35年的测量中上升了惊人的3℃，而在地下1米的永久冻土层表面，自20世纪80年代中期以来，平均温度上升了5℃，着实令人震惊，因为即使温度轻微上升也会使永久冻土的温度接近0℃。超过这一温度就意味着永久冻土将开始融化。

科学家一直认为，整个阿拉斯加北坡的永久冻土比较稳定，21世纪不会开始融化。罗曼诺夫斯基说：“但是，如果你看看我们的记录，并将其推算到未来的30年，假设过去30年的变化趋势继续下去，那么到2050年或最晚2060年，北坡的永久冻土将达到0℃。没有人预料到这一点，大多数人看到这么快就会发生，都会感到惊讶。”

事实上，阿拉斯加内陆大部分地区的永久冻土已经开始融化，进而改变了土地的地形地貌。同样的事情也发生在西伯利亚：

2017年6月底和7月初，西伯利亚西北部的亚马尔半岛出现了两个
191 巨大的陨石坑。《西伯利亚时报》和许多俄罗斯科学家认为，陨石坑是由曾经困在永久冻土中的甲烷造成的。[13]据报道，火山喷发伴随着火灾和烟雾，其规模足以被地震传感器探测到，这只是近年来几起类似事件中的最新一起。罗曼诺夫斯基说："这是一个非常新的现象，在任何科学文献中都没有描述或解释过。"那年夏天晚些时候，研究人员开始调查加拿大西北地区麦克弗森堡地表下的永久冻土层融化导致的几个类似但更大的陨石坑。[14]

更为棘手的是，随着永久冻土融化，土地下沉，再加上海平面上升，对于沿海地区的村庄来说，比如乌特恰格维克以及阿拉斯加和西伯利亚的其他北部村庄，这将对他们的社区构成严重威胁。5年前，有17个村庄考虑搬迁，但罗曼诺夫斯基认为现在这个数字要高得多。他说："基瓦林纳村现在就需要搬迁，因为他们有太多的事情要处理，问题比较严重，因为这涉及大量资金，而他们不知道这些钱从哪里来。现在已经有5到7个村庄处于这种关键阶段。"在包括阿拉斯加在内的整个北极地区，数百万美元被用于加强基础设施建设，以对抗永冻层融化和海水侵蚀，尽管这场斗争几乎毫无成功的希望。[15]

谢弗还指出，人们担心永久冻土融化会对北极地区的基础设施和人民造成影响。他说："永久冻土融化代表着北极地区环境和
192 生活方式的根本改变，其社会成本尚未可知。"我问他是否认为有必要搬迁阿拉斯加北部地区大部分（如果不是全部的话）的沿

海村庄，他说，随着海平面上升和永久冻土融化，“关键的基础设施有可能被破坏，需要修复或迁移，这包括搬迁整个村庄。如果村庄刚好就建在海边，永久冻土开始融化，那就必须搬迁。目前，在阿拉斯加内陆沿河地区，已经出现这种情况，在整个北极地区也是如此。”

公路、铁路、石油和天然气基础设施、机场、海港，所有这些在北极地区建造时的前提都是假设永久冻土保持冻结状态。谢弗说：“处于冻结状态的冻土比较坚固，但一旦融化就会变成泥浆，很容易对基础设施造成极大破坏。”谢弗向联合国提交了一份报告，该报告强烈建议拥有大量永久冻土的国家需要提前计划。他说：“如果没有提前计划，很多设施将会倒塌，你必须重建，这可能会非常昂贵。”令人不安的是，现在已经表明，随着陆地永久冻土持续融化，释放到大气中的甲烷将越来越多。[16]

在过去的两个世纪里，大气中的甲烷含量已经从0.7 ppm上升到1.7 ppm（并且还在继续上升），这使得全球气温上升4℃到6℃，甚至更高，且很可能是不可避免的。甲烷被认为是2.52亿年前二叠纪集群灭绝的主要驱动因素之一，当时估计有93%的物种在大约8万年的时间里灭绝。这一事件也被称为“大灭绝”，据信是由现在西伯利亚地区的大规模熔岩流引发的，导致全球海洋温度升高6℃。这反过来又导致了含有甲烷的冰冻冰在浅海中融化，释放到大气中，导致温度进一步飙升。[17] 193

我们目前正处于科学家所认为的地球历史上的第六次物种大灭绝之中，每天有150到200个物种灭绝，这个速度比“自然”或“背景”灭绝率（在人类成为物种灭绝的主要推手之前，地球地质和生物历史上的标准灭绝率）高出1 000倍。[18]这可能已经可以与二叠纪大灭绝的速度和强度相媲美，甚至还有过之而无不及，不同的是我们造成了这场大灭绝和我们自己的灭绝。如果甲烷突然大量增加，加上每年持续进入大气的化石燃料产生的数百亿吨的二氧化碳，这个过程可能不需要8万年。[19]

伊拉·莱费尔博士是一名研究员，专门研究与气泡相关的海洋学过程（如海底气泡羽流）、卫星遥感和空气污染。他在一些项目中与NASA密切合作，利用他们的卫星数据研究北极的甲烷及其在气候破坏中的作用。

在5年的周期内，甲烷可以捕获的热量是二氧化碳的100倍，在100年的时间尺度上是二氧化碳的35倍，因此无论从短期还是长期来看，甲烷都是一种更强大的温室气体。[20]当我在乌特恰格维克采访莱费尔时，他告诉我说：“在10年的时间尺度内，甲烷将在全球范围内主导气候变化。如果10年的变化把你推到了一个临界点，你就无法从那个临界点恢复过来。这就是为什么关注甲烷具
194 有重大意义的原因。”

莱费尔尤其关注北极的浅海区域，因为在那里，绝大多数甲烷都被冻结在水下的永久冻土中。海洋的热容量是大气的1 000倍。在同样的水中加热食物比在烤箱中快得多。如果你用200 ℉

的温度煮百吉饼，几分钟就能煮好，但如果把同样的面团放在200 ℉的烤箱里，却永远也烤不好。因此，随着大气变暖，海洋温度上升会导致阻止永久冻土层融化的夏季海冰融化，使得甲烷逸入大气之中。莱费尔说：“东西伯利亚海是一片巨大的浅海，所以那里的甲烷会被释放出来。来自永久冻土的陆地甲烷也是如此。”

莱费尔认为，气候破坏对北极的影响主要体现在两个方面：一是北极直接变暖，二是地球上其他地方变暖，进而影响北极。从地理上讲，北极与世界上其他海洋相距都很遥远，只有一个例外：巴伦支海。巴伦支海位于大西洋正上方，比任何其他北极海洋区域都能接触到更多的温暖的中纬度水域，这也是热量进入北极的主要途径之一。这些洋流非常重要，因为向北输送暖水的洋流正在增强，向南输送冷水的洋流正在减弱。之所以减弱，是因为从热带地区向北流入高纬度地区的暖咸水流由于气候破坏正在发生变化。[21]这使得巴伦支海的海面温度升高，导致海床中的永久冻土融化，释放出其中的甲烷。 195

巴伦支海是北极地区其他浅海可能发生的情况的一个例子，包括楚科奇海、博福特海和白令海皆有可能如此。莱费尔说：“洋流进一步渗透的过程很重要，比如海湾洋流能使欧洲保持温暖，使挪威不像格陵兰岛那样成为冰冻荒凉的苦寒之地。”他看到洋流增强，将温暖的海水带到以前寒冷的海洋中，同时也看到此地甲烷异常增长。这些洋流将继续深入北极地区，因此莱费尔特别担心东西伯利亚海可能迅速释放甲烷，他认为几十年内肯定会出现这种情况。甲烷一旦释放出来，它们就成为全球气候的重要驱动因素。“甲烷把我们推过临界点。如果人类不断加速甲烷的释放速度，那么10年的时间尺度并不是一个极限，因为你会不断地加速。我们已经这么做了吗？可能如此吧。”莱费尔给我看了巴伦支海甲烷释放的数据。他发现了一个大约1 000平方公里的“热点”，其中包含了惊人的6 000万个甲烷气泡羽流。[22]相比之下，在这么大的面积内，气泡羽流的自然背景速率是数万个。我们正在释放自上个冰河世纪以前就被困在那里的甲烷，“我们不知道那里有多少热点，”莱费尔补充说，“很可能不止一个。”他认为巴伦支海所发生的一切是一个警告，提醒人类随着海水持续变暖，海底永久冻土带会释放出越来越多的甲烷，而最终将在整个北极海域发生什
196 么。从低纬度流入北极的温暖海水已经使巴伦支海域变暖，并且最终会使相邻的大海变暖，先是卡拉海，然后是拉普捷夫海和东西伯利亚海。概而言之，莱费尔密切关注的这一过程，即北极海底的大量甲烷面临着被释放出来的威胁，可能在短短几十年内就会发生。莱费尔并非唯一一个有这种担忧的人。

列昂尼德·尤尔加诺夫博士是马里兰大学巴尔的摩分校物理系和地球系统技术联合中心的高级科学家，同时也是北极甲烷水平遥感方面的专家。他告诉我，他的研究团队已经发现，在北极大片地区，甲烷的含量长期以来一直在增加。他警告说，甲烷的快速释放将影响地表附近的气温，加速北极地区变暖。“两极和赤道之间的温差驱使我们的气流从西向东流动，”尤尔加诺夫说，

“如果这种差异减小，自西向东的空气流动就会变慢，而南北的气流就会变强，从而导致中纬度地区天气的频繁变化。”他说，这将改变“世界各地”的气候。

纳塔利娅·沙霍夫娃曾是阿拉斯加州费尔班克斯大学国际北极研究中心的副教授，现供职于托木斯克理工大学地质和矿产勘探系。她研究的区域主要是东西伯利亚北极大陆架（ESAS），因为那里的甲烷排放与世界其他地方的情况明显不同。ESAS是世界上最大的海底大陆架，面积超过200万平方公里，占世界大陆架总面积的8%。沙霍夫娃认为，ESAS拥有世界上“至少10%到15%” 197
的甲烷水合物（甲烷被压缩成冰），一旦被释放出来，很可能会比较突然，就像“超高压管道解封”。沙霍夫娃说，这可能导致难以估量的排放速度，“可能在几分钟内发生数量级的变化”，而且这一过程肯定不是“平稳、渐进或可控的”。

地震或永久冻土层的融化随时都可能引发甲烷释放，而ESAS格外容易发生这些直接的变化，因为它比世界上大多数海洋大陆架的平均深度浅三分之二。这意味着释放出来的甲烷到达地表、逸入大气的概率是世界海洋中任何地方的3到10倍，而且可能在几分钟内发生。

沙霍夫娃最初在2008年与他人合作完成了一项研究，显示出她多年来一直在警告我们的一点：东西伯利亚海下北极永久冻土层融化“随时都有可能”释放出500亿吨甲烷。[23]这至少相当于1 000亿吨二氧化碳（从长远来看，自1850年以来，人类已经释放了大约1 475亿吨的二氧化碳），“可能导致目前大气中的甲烷负担增加约12倍，从而带来灾难性的温室效应”。[24]

令人不安的是，沙霍夫娃的发现是有先例的，因为这种情况以前也发生过。2017年，科学家在北极发现了古代甲烷爆炸的证据。1亿多年前，全球曾经有一段时期突然变暖，很可能是由多次火山喷发引起的，火山喷发释放了大量原先冰封在北冰洋底部的
198 甲烷。[25]

沙霍夫娃在2010年的一篇论文中强调指出，ESAS是一个关键的甲烷储存库，当时北极的甲烷浓度“约为1.85 ppm，创下40万年来的最高值”，“与之前对整个世界海洋甲烷排放的估计相当”。[26]在我到达乌特恰格维克的前一个月，沙霍夫娃主持的一项研究表明，ESAS海底永久冻土的变化速度比之前认为的要快。[27]

在2010年和2011年的两个夏季之间，科学家发现，原先只有30厘米的甲烷喷口已经增长到1公里。之前提到的NASA北极储层碳脆弱性实验研究员查尔斯·米勒说：“我们测量到的甲烷和二氧化碳的浓度相当高，看到的模式与预设的模型差别很大。在春季解冻期间，我们在阿拉斯加内陆和整个北坡看到了大规模的、区域性的、偶发性的高于正常水平的二氧化碳和甲烷爆发，并一直持续到秋季重新冻结之后。再举一个例子，2012年7月，我们在阿拉斯加因诺科荒原沼泽地看到甲烷水平比正常背景水平高650 ppb，这与你在大城市才会发现的情况相类似。”[28]

但这只是陆地上的甲烷。北极海床上的甲烷水合物中含有相

当于1 000亿到5 000亿吨的碳。即便按最低估计1 000亿吨来算，这仍然是人类每年燃烧化石燃料释放到大气中的碳总量的100倍左右。[29] 199

莱费尔看不出有什么办法可以把这个精灵放回瓶子里。他说："即使全人类都停止产生二氧化碳的所有活动，也没有人会认为洋流会在相当长的一段时间内受到影响，而数百年来已经存在于大气中的一切仍会继续存在下去，流向巴伦支海和东西伯利亚海的温暖海水将继续流动。"莱费尔认为，当这些暖流开始对东西伯利亚海产生全面影响时——已知的甲烷沉积物主要储存在东西伯利亚海底——它将对全球气候产生"积极的影响"。这一点，加上二氧化碳排放对人类的持续影响，将推动全球系统越过尚未确定的临界点。

莱费尔说："目前人们有一种大致的想法：我们会达到某个临界点，情况会变得更糟，然后一切归于停止。但谁能说没有更进一步的临界点呢？目前，全球气候没有理由不超过临界点——那将意味着地球上只能生活10亿人。"莱费尔知道这种观点听起来比较极端，因而继续解释说，我们已经越过了一个临界点，中东的大片地区将变得不适合居住，因为那里的温度将超过人类所能忍受的程度。莱费尔认为，这种情况也可能发生在欧洲和印度的大部分地区。他说："如果你不能获取食物，不能养活人类，那么人们就无法生活在这些地方，你就会遇到问题，这甚至没有将地缘政治因素考虑进去。最终，所有问题都回到了这些甲烷小气泡上。”

所有这些都让人难以接受。有些人可能会给这些科学家贴上极端分子的标签，并选择无视他们的警告，尽管他们的研究都进行过同行评议，但即使是相对保守的IPCC也对这种情况发出了
200 警告。《IPCC第四次评估报告》指出：“不能排除气候突变和/或由气候变化引发的地球系统突变的可能性，并可能导致灾难性后果……气候变暖的正反馈可能导致碳或甲烷从陆地生物圈和海洋中释放。”[30]

离开乌特恰格维克两天后，我在回家途中从安克雷奇飞往西雅图。在降落前45分钟，飞机在35 000英尺的高空飞行，此时飞机进入了146处野火升腾起的棕灰色烟雾中，这些野火正炙烤着我们脚下的不列颠哥伦比亚省。那场野火烧毁了60多万英亩土地，迫使7 000多人离开家园。飞机在棕色的云层中下降，最后降落在西雅图，当时整座城市也笼罩在浓烟之中。

几天后，来自13个联邦机构的美国科学家泄露的一份报告草稿警告称，2071年至2100年间，北极将出现气温上升10℃的最坏情况。该报告还指出，北极的海冰覆盖面积每10年减少3.5%以上；9月份海冰覆盖范围每10年减少10%以上；陆地冰川消失的速度越来越快；由于气温变暖的原因，冬季风暴越来越严重。[31]

糟糕的消息似乎没完没了：阿拉斯加北坡无雪季节正在延长。[32]2016年经历了115年来最长的无雪期，比过去40年的平均

无雪期长约45%。1979年至2012年间，巴罗角的10月气温上升了7.2℃，令人震惊。[33] 201

然后我得知，特朗普政府决定关闭德纳利委员会，这是一个基于安克雷奇的气候适应计划，旨在重新安置因多年冻土融化、风暴、海平面上升和海冰流失而受到威胁的数十个阿拉斯加城镇。[34]到2017年10月，加拿大西北地区的海岸线被侵蚀的速度超过了科学家测量的速度，31个阿拉斯加社区正面临着“迫在眉睫”的生存威胁，其中包括海岸侵蚀、洪水以及气温上升2倍于全球平均水平等后果。[35]2017年11月，秋季风暴对乌特恰格维克的基础设施造成了巨大破坏，以至于阿拉斯加州州长比尔·沃克不得不宣布进入灾难状态，以便拨出资金修复被8英尺高的巨浪冲毁的道路——这8英尺高的海浪冲毁了我几个月前刚刚在上面站过的沿海护堤。[36]夏季海洋的收缩使更大范围的开放水域暴露在外，当风暴来袭时，海浪更大，导致海岸被侵蚀得更快。

具有讽刺意味的是，那年8月，一艘300米长的油轮，装载着液化天然气，首次在没有破冰船开路的情况下，穿越了从欧洲到亚洲的北海航线。[37]

尽管事态发展令人震惊，但对于大多数不住在北极圈的人来说，我们很容易忽视这些事情，因为我们距离北极实在是太过遥远。然而，我们的命运与那里发生的一切息息相关。在相邻的48个州，过去几年已经提供了十分明显的证据，其中包括“炸弹气旋”和打破无数纪录的北极东北部或中西部的温度。[38]这种极端天 202

气是由北极变暖导致的高速气流波动造成的直接结果。一份研究报告指出："随着北极地区因温室气体浓度上升而持续升温，持续的急流模式导致的极端天气事件的频率将会增加。"[39]另外一项研究指出："北极系统的深刻变化与北半球中纬度地区表面上更加频繁的极端天气事件相吻合，包括严冬。"[40]

此外，格陵兰岛海岸附近的水面之下也发生着巨大的变化，影响着地球上的其他地方。深海的旋转垂直水柱（"深海大烟囱"）将冷水从表面输送到极深的地方，这种水柱正受到影响北极的剧烈变化的影响。温盐环流是世界所有海洋中缓慢搅动的水循环，是由盐度和温度差异引起的水密度的变化所驱动的。

深海大烟囱在大规模的传送带流中起着关键作用的地方在全世界只有两处，而传送带流反过来又在行星气候模式中发挥着至关重要的作用。其中一个地方是格陵兰海中心的一小块区域，那里的变化已经影响到了全世界。由于海流将热量从南方输送到格陵兰海，欧洲的气温升高了10℃。[41]因此，如果暖流消失，英国和西欧的气候将明显更加寒冷。但是，随着格陵兰岛海岸的冰层融化和海水变暖，传统上驱动深海大烟囱的冰冷海水也在变暖，
203 减缓了主要洋流的关键驱动因素。著名的北极专家彼得·沃德汉姆博士注意到，这些系统的巨大变化值得高度关注。他在最近的一本著作《永别了，冰川》中写道："每个人都承认，热盐环流是我们气候系统的重要组成部分，其变化或破坏将对全球产生重大影响。"[42]

与此直接相关的是大西洋经向翻转环流（AMOC），这是一个庞大的复杂水流群，将大量的温水从热带地区向北移动，从大西洋向北极移动。AMOC在创造英国和西欧其他地区的温和气候方面起着关键作用。如果没有AMOC，世界上大部分地区甚至可能会陷入冰河世纪。一项研究甚至警告说，由于人类化石燃料排放已经在北极地区造成了变化，这一洋流可能在未来300年内崩溃。[43]

鉴于AMOC与全球海洋输送系统紧密相连，该系统在热带和南北极之间输送暖流和寒流，洋流的剧烈变化也将对大西洋热带产生重大影响。该地区的热带以南将出现强烈的变暖模式，导致整个中美洲和巴西的降水模式发生巨大变化。例如，巴西东北部的降雨量将大大增加，而中美洲国家的降雨量将大大减少。科学研究预测，AMOC的变化将导致南极地区海冰的急剧减少，而令人不安的是，南极地区的海冰已经在迅速减少。[44]正如在当地进行研究的科学家所说，在北极发生的事情不会只局限于北极。 204

我在乌特恰格维克的最后一天，乌云密布。镇上每个和我交谈过的人都不停地告诉我，我必须和镇上92岁的老人韦斯利·艾肯聊一聊，他可是镇上元老级的人物。经人指点，我回到搜救大楼，发现艾肯正在后面的房间里理发。理完发之后，他拄着手杖，缓慢地走出房间，慢慢走近大厅。他穿着一件蓝色外套，始终面带微笑，厚厚的黑框眼镜后面露出岁月留下的鱼尾纹。

20世纪20年代，艾肯还是个孩子。与那时相比，如今世界几乎一切都发生了改变。那时，乌特恰格维克大约有500人，人们用狗拉的雪橇打猎，主要依靠传统的方式生活。当时的乌特恰格维克没有飞机，没有电话，没有雪地摩托。那时候的冬天也比现在要冷得多，夏天则短得多。“现在所有的冰都在融化。”说话的时候艾肯一直盯着我，似乎想让我理解他的话的分量。他说话的语速很慢，因为他所来自的那个世界从不需要匆忙行事。“我年轻的时候，整个夏天这里都是冰。如今，海水正在侵蚀海岸，海浪越来越高，涌向海岸。我想我们很快就不会再有巴罗角了。”他指的是整个村庄以东海岸最北端的一处狭长地带。

艾肯视冰为生命，因为没有冰，一切都不复正常，狩猎更是如此。“现在，我们在北冰洋上没有生命，”他指的是冰层越来越薄，“现在冬天的冰期很短，而过去整个7月这里都有冰，而且附近全是冰。因为有冰，海边不能划船，即使在夏天也是如此。当
205 风从西面吹过来时，这里海边的冰块堆积如山。”

那天晚些时候，我才知道，上百只海象因为缺少冰，不得不历尽千辛万苦，从楚科奇海爬到陆地上。两年前，3万多只海象也有过如此行为，令科学家和当地人颇为震惊。艾肯说：“别再指望看到海象了，因为这里不再有冰，不适合它们生活，所以我们几乎再也看不到它们了。它们在这里找不到冰，于是就前往别处游荡。有时我们会听到它们出现在其他地方，或是出现在堰洲岛。有时我们会发现搁浅的海象。北极熊的情况也是如此。”

艾肯告诉我，永久冻土正在融化，虽然它过去只在地表以下1英尺，但现在已经下降到4英尺甚至6英尺。“我能看到苔原上的绿草比以往多了，”他指着窗外说道，“草越来越多了。”

艾肯的年龄颇有分量，进一步印证了科学家们告诉我的一切。“一切都在改变，”他说，“美国本土48个州和世界其他地方的人都在为我们担心，但我不知道为什么，因为我们并不担心。我们知道这一切正在发生。在我之前的人都告诉我们会发生这种事。他们从一开始就知道，可我不知道他们是怎么知道的，但他们就是知道。我听了他们的话，然后事情开始发生了。现在，我只知道它正在发生，我认为它不会停止。”

在乌特恰格维克停留期间，我决定沿着海岸前往楚科奇海和波弗特海的交汇处。当时我走了五个小时，一直没有停歇，只是偶尔停下来捡拾那些奇特的绿色或棕色的透明海玻璃，叮当一声
把它们放进口袋里。我想，一切都结束了，一切都已经太迟了， 206
为了阻止甚至减轻已经发生在我们身上的事情，以及我们正在做的事情而进行的任何真正的斗争都已经毫无意义。在那个温和的夏日里，我凝视着平静的北冰洋，心里想的却是仅仅从这一个地
方就有大量甲烷羽流渗入大气之中。 207

阿拉斯加山脉，2016年6月。摄影：达尔·贾默

结　语

存在度

你不能总是待在山顶上，必须下来……这样做有什么意义呢？意义只有一点：在上面能知晓下面，在下面却不知晓上面……回忆你在高处时看到的东西，可以帮助你在低处找到出路，这是一门艺术。当你再也无法看见的时候，至少心中还能知晓。

——法国超现实主义作家勒内·多马尔，《类推之山》[1]

2016年6月18日，在德纳里峰海拔17 200英尺的营地，我们逗留的时间就要结束了。在准备登顶的几天里，我们加固帐篷，铲除帐篷坑里的积雪，让身体适应海拔。

但是在高山营地的第一个晚上，我们巡逻队的医生利亚姆和登山管理员米克的未婚妻苏护士救了一名患有高原肺水肿的登山者的命。经过他们两人的努力，患者熬过了那晚，米克安排高原

直升机及时赶来救援登山者，并在即将到来的风暴扫荡毫无遮蔽
209 的营地之前，将患者迅速转移到海拔较低的地方。

第二天晚上，狂风不停地拍打帐篷周围的围挡，我们的睡眠断断续续。我努力调整身体，适应目前的高度。雪开始慢慢地填满我们帐篷所在的坑地。第二天早上，利亚姆和巡逻队的另一名成员布莱恩选择下到14 200英尺的营地，以挺过此次暴风雪，而米克、苏和我则原地蛰伏，那天大部分时间都在维护、加固我们的帐篷以及帐篷周围的围挡，因为暴风雪在变得越来越猛烈。

在接下来的两天里，除了帮助两名跌跌撞撞闯入营地的登山者外（他们登山时选择了一条颇具挑战性的路线，结果遭遇强风暴雪，从靠近峰顶处撤了下来），我大部分时间都在加固帐篷、铲除帐篷坑地里的积雪、阅读、写日记，与米、苏以及那两名登山者一起吃饭——他们二人正逐渐从登山的痛苦中恢复过来。

我十分享受在帐篷里度过的漫长而孤独的时光。浮生得闲，怡然自得，这恐怕是现代世界最稀有的商品了。此地距离峰顶3 110英尺，只需要一天的攀爬时间，我有很多机会进行思考。

如果你想要登上德纳里峰的峰顶，必须要得到此山的允许才行。尼泊尔的夏尔巴人认为，一旦有人下定决心要登山，那么从下定决心到开始攀登这段时间，他们所做的每一件事都将决定他们的成功。只有当你意图正确、行动合理，你才会达到顶峰。虽然有很多例子证明这种说法是错误的，但我自己的经历却证明了
210 这一点。

我第一次尝试攀登阿根廷的阿空加瓜山的时候，差一点死在那里。1997年冬天，我第一次登上德纳里峰，当年我29岁，未免志得意满，踌躇满志，对海拔22 841英尺的阿空加瓜山这座西半球最高峰缺乏应有的敬意。此山位于阿根廷，临近它与智利的边境，与德纳里峰相比，攀登起来要轻松得多。标准的登山路线不需要穿越任何冰川，而且此山虽然比德纳里峰高近半英里，却没有后者那般寒冷，也不需要像攀登德纳里峰那样携带那么多食物和燃料。因此，我觉得这不过是一次高海拔的徒步旅行，并没有把训练当回事，结果因为攀登速度过快，患上了脑水肿和肺水肿。一天早上，我在护林员的医疗帐篷里醒来，登山伙伴递给我药物。我的肺里充满了液体，呼吸困难，头痛欲裂，整个人感觉十分不舒服，连站都站不起来，更别说走路了。于是我被放在一头骡子上，由骡子驮着我赶往远在山下的登山大本营，然后又从那里被送到了一家医院，医院的海拔比我生病的地方低了近两英里。在那里，我的身体逐渐痊愈了。

经此一事，我开始变得谦卑低调。第二年我开始训练，准备怀着最深切的敬意重返阿空加瓜山，因此，我格外注意自己的言行，做到表里如一，既对这座山怀有最崇高的敬意，同时在行为上也是如此。在那次登山失败一年后，我又回来了，在山上待了28天，其间经历了两次漫长的风暴，帮助了两次救援，还被轻微冻伤，但在登顶那天，阿空加瓜山允许我和我的登山伙伴到达山顶。在我们到达山顶的15分钟前，整个上午都在怒号呼啸的大风

211 不可思议地戛然而止，而且好天气一直持续到傍晚。

与我的经历相似的是，不尊重大自然正导致我们自己的毁灭。我们用污染亵渎了生物圈，通过灭绝地球上的物种造成第六次大灭绝，而且正在为我们人类自己的灭绝做准备。这是我们无法理解自己在自然界中所扮演的角色的直接结果。我们目前所生活的世界，海洋正在酸化，很少有足够寒冷的地方可以常年结冰，现在所有的海岸线都将淹没在水下，干旱、野火、洪水、风暴和极端天气已经成为新常态。

在伊拉克做报道的那些年里，我情绪非常复杂，内心充斥着悲伤、内疚、愤怒、无力、焦虑、绝望和痛苦。我前往伊拉克，目的是报道暴力和混乱的占领是如何碾压伊拉克人民，如何粉碎他们的社会和文化结构。我想为他们奉献我的身体和心灵，希望能够声援他们。通过聆听他们的故事和报道他们的痛苦，我能够处理自己的悲伤，也就是说我的自愈始于报道他们的悲伤。我的德纳里峰之旅实际上是在重复这种治愈过程，因为我开始意识到有必要告诉他人我对大自然正在发生的事情所产生的悲伤之情。

帐篷外面的风终于开始减弱了。这时，得到我们庇护和帮助的两个登山者开始准备下山，而我、米克和苏则把目光转向了山顶。在我们决定登顶的前一天晚上，我像往常一样对这座山表示敬意：尽我所能地清洁自己，然后又庄重地朝着高山鞠躬、祷告和献祭，以此深化我对德纳里峰的敬意。最后，我又收拾好食物

和应急装备，将其放进背包，以备第二天使用。 212

但到了凌晨时分，我的帐篷开始左右摇晃，风越来越大，猛烈地拍打着门廊两侧。我拉开帐篷的拉链，探出身子，凝视着上方19 000英尺高的山脊，只见山脊上面狂风漫卷，风雪飘摇，积雪狂舞间被吹向空中，瞬息消弭，而后烈风再起，连绵不绝。狂风和极端严寒显然禁止任何登顶计划，尽管我已经以最恭敬的方式进行了训练和准备，但我知道这次我无法登顶。

我在高山营地停留期间，德纳里峰决定不对外公开她的圣坛，我因此更加尊重她。

在意识到我们此次无法登顶德纳里峰的第二天，我和米克、苏下降到14 200英尺的营地，与利亚姆和布莱恩再次会合。第二天晚上，天空晴朗，因而我们的团队得以再次观看阿拉斯加山脉的颜色变化——从白色变成蓝色，然后又变成黄色，最后是橙色。我们踏上滑雪板，开始下山。按照规定，我们选择在夜间下山，因为到了夜里，气温较低，因而我们下滑穿越的冰川裂缝间的雪桥会更坚固。

下山时我的心情总是比较复杂。此时此刻，历经数月的计划、准备和训练宣告终结，攀登顶峰过程中付出的艰辛与努力也已结束，因而如此迅速的下山总让人感觉怪怪的，似乎是对登山活动的一种亵渎。登山时，到达德纳里峰的高山营地通常需要两周时间，但下山时，不用48小时就可以轻松到达大本营。 213

我们绕着矗立的冰川滑行下降，一路上夜色温柔，几乎静谧无声，眼前的美景让我心生敬畏，禁不住热泪盈眶。想到我对这个星球所了解的一切，不由得悲从中来，内心高声呐喊："为什么我们要失去眼前这般美好？"

沿着冰川向下滑去，我们先后经过海拔11 200英尺的营地、7 800英尺的营地，最后抵达大本营。我耳边只听到滑雪板在雪地上发出的嘶嘶声。天空中只有一层薄薄的云彩，在云层的东面，亨特山的山顶仍然沐浴在落日的余晖中。沿冰川而下，阴影变成了深蓝色。此时此刻，我全身心处于这个神圣的地方，之前的悲伤已经完全消散。我从没想过离开这座山。

2015年，我最好的朋友杜安·弗兰奇得了肺炎，被送进医院。肺炎本身就已经够糟糕的了，但对于一个四肢瘫痪超过40年的人来说，这还威胁到生命。

1996年，我第一次搬到阿拉斯加时认识了杜安，后来成了他的私人助理。杜安现在是世界上年龄最大的四肢瘫痪患者之一，他一直是我心目中的英雄。14岁那年，杜安在一次跳水事故中摔断了脖子，在一家康复医院度过了他的青春期，陪伴他的是从战争中归来的受伤的越战老兵。尽管摔断了脖子，被迫与电动轮椅为伴，但杜安依然决定冲破身体残疾的羁绊，帮助通过《美国残疾人法案》。从那时起，他开始管理多个州政府部门，帮助残疾人。

由于呼吸困难，杜安在入院后不久就被转移到重症监护室。

我和他的伴侣凯利以及他的私人助理萨库姆在他床边12小时轮流 214
值守。三个星期过去了，多种抗生素接连不起作用。杜安的心率连续数周超过每分钟100次。他几乎汤水不进，戴呼吸面罩的时间也越来越长。

我知道杜安痊愈的可能性不大，因而坐在他的床边照料他，片刻不敢松懈。当他睡着的时候，我盯着他上下起伏的胸膛，感受着他的存在。当轮到我休息的时候，我就会在凯利和杜安的客房里睡觉，心中清楚杜安还活着。不过他的身体不断衰弱下去，与他在一起的每一刻都显得弥足珍贵。我哪里也不想去，只想待在他的床边。尽管内心无比悲痛，但我不想错过杜安生命中的任何一秒钟。我不知道他是否能活下来，随着我和他在一起的每一刻都变得越来越珍贵，这一点也变得不那么重要了。

杜安的病情越来越糟，似乎已经无力回天。护士给他注射了吗啡，帮助他呼吸，缓解他的痛苦。

令人意想不到的是，杜安最终奇迹般地渡过难关，活了下来。不过此次经历一直伴随着我，直到我撰写本书。在反思地球上正在发生的事情时，我意识到，当我认为我将失去最好的朋友时，我与杜安之间的那种亲密关系，正是我们与地球之间应该拥有的亲密关系。当我以为我要失去杜安的时候，我不想隐藏任何想对他说的心里话，也不想留下任何错误与遗憾。同样，目前我们可能正在看着地球死去，所以我们每个人都要扪心自问：此时此刻我应当做什么？一行禅师曾写道："我们能给予他人的最珍贵的礼

物就是我们的存在。当我们的正念拥抱我们所爱的人时，他们就
215 会像花朵一样绽放。”[2]只有与自然世界亲密接触，我们才能开始了解、爱和关心自然。通过恢复这种亲密关系，我们可以开始理解失去地球上如此多的冰、物种和生物圈的后果。长久以来，在我们生活的世界里，很多人从未体验过这种亲密、关爱和联系。及至察觉，为时已晚。

几十年来，我们中的许多人对地球上正在发生的事情视而不见。但现在，考虑到地球很可能正在死亡，我们可能需要准备好勇敢地保护我们所爱的东西。当人们遵循内心的指示，敢于正视生物圈的生存灾难时，一种非凡的炼金术就会发生。这些行动需要非凡的外在和内在勇气，可以培养出深刻的行动主义精神。当前危机所提供的礼物是使政治身份、目标和意识发生广泛转变的条件。

没有人知道生物圈是否会彻底崩溃，因而我们的未来是不确定的。鉴于大气中二氧化碳的快速增加与大规模灭绝同时发生，而且我们也很可能面临自己的灭绝，我们应该问问自己：“我该如何利用这宝贵的时间？”一行禅师提醒我们，关键是要正视地球上正在发生的事情：“当你的爱人遭受痛苦时，你需要认识到她的痛苦、焦虑和担忧，如此一来，你便已经提供了某种解脱。”[3]

为了撰写本书，为了报道气候破坏带来的灾难性影响，我需要前往面临崩溃的地质和生物圈前线，采访和报道近乎世界末日

的情景：快速融化的永久冻土、逸入大气的甲烷、沿海城市的洪 216
水泛滥以及数十亿人越来越有可能在不远的未来死亡等。尽管我学会了如何客观地看待地球上发生的一切，但最终还是陷入了深深的沮丧之中，开始怀疑撰写本书是否有意义。

我曾希望我在伊拉克的工作能有助于结束美国对伊拉克的占领，也曾希望，撰写有关气候方面的报道，用对未来越来越可怕的科学预测来警醒人们，能够让他们意识到我们所处的星球正面临危机。对我来说，放弃这种希望是非常困难的，但我逐渐明白，希望掩盖了应有的悲伤，这就是必须放弃希望的原因。

从德纳里峰回到家，我不得不继续寻找一种方法来平衡我所经历的一切。我恢复了昔日的习惯，周末前往附近的奥林匹克国家公园游玩。同时，我再次被群山所吸引，徒步穿越古老的森林，进入高山盆地，那里到处都是高山湖泊。我沿着陡峭的岩石斜坡攀爬，朝着一座又一座山峰挺进，途经一处崖壁，便在上面歇息，吃点儿坚果、鲑鱼干和咖啡，权当午餐，同时贪婪地欣赏着眼前的美景，一刻也不放过：一条峡谷连绵蜿蜒，通向胡安·德富卡海峡；卡丽山顶峰的正下方矗立着一座冰川，一只乌鸦在上空盘旋。每次出行都能激发我对另一个山峰或山谷的好奇心，因此，回家之后，我便开始整理装备，补充食物，规划路线，开始为下一次远足或爬山准备行装。这些登山之旅是我与地球的相处之道，目的是对地球上所发生之事常怀悲情与懊悔，同时也是向地球表示敬意。 217

我们已经面临着大规模的灭绝，我们无法消除排放到海洋中的热量，也无法消除每年向大气中排放的400亿吨二氧化碳。正在发生的事情可能无法改变，更糟糕的事情即将到来。那么，我们该如何应对呢？

斯蒂芬·詹金森是一名小说作家，在姑息治疗领域工作了几十年。他说："问题不在于我们会不会失败，而在于如何应对，也就是说，我们应当如何应对我们无法照顾好被托付给我们的东西呢？问题在于我们失败的方式。"詹金森现在以传道谋生，宣传悲伤，教导人们接受死亡，将其视为生活的组成部分。他在加拿大温哥华西蒙弗雷泽大学的一次演讲中曾舌灿莲花，谈到了悲伤和气候破坏。在谈及我们未能照顾好被托付给我们的东西时，詹金森也直言，改变我们生活方式的时代早已过去。他说："悲伤要求我们了解我们所处的时代。悲伤的大敌是希望。对于那些愿意了解事物本质的人来说，希望是个卑鄙的字眼。我们的时代要求我们不抱希望，要放弃所谓希望和绝望这种错误选择，因为二者是同一个骗局的两个方面。我们必须将悲伤进行到底。"[4]

每当有科学研究表明北冰洋上的冰正在加速消失，或者有预测表明海平面上升速度再次加快，或者有消息表明又有物种灭绝
218 时，我都会为我们对地球所做的和正在做的事情而感到心碎。我很悲伤，但这一持续的过程变得更像是剥洋葱皮，随着我们为自己制造的危机持续发酵，我们总是有更多的工作要做。在这个过

程中，我放弃了对自己工作成果的执着，不再抱有任何希望。

愿意不抱希望地生活，让我能够接受当前令人心碎的事实，无论我们的处境多么悲惨。为这个星球正在发生的事情而悲伤，现在也让我对最微小、最平凡的事情心存感激。悲伤也是缅怀我们失去的东西的一种方式。思想家、作家、教育家马丁·普雷西特尔写道：“为我们失去的人、我们失去的国家或家园大声表达悲伤，这本身就是我们能给予他们的最高赞美。悲伤是一种赞美，因为这是一种自然的方式，表现了对永失我爱的尊重。”[5]我接受我们可能会衰老这一事实，这使得我敞开心扉，与生命本身更亲密、更发自内心地融合在一起。这种敞开心扉的代价就是不断接受自己的悲伤。悲伤是成长的必经之路，指引我得到升华。这意味着用一种我从未想过的方式爱上地球，也意味着开启心灵的内在智慧。我感到悲伤，但与此同时我从未感到如此有活力。我发现，当生物圈衰落时，人们可以在忍受不可避免的悲伤和痛苦的同时，内心平静地接受所发生的一切。

我相信每个活着的人都为地球感到悲伤，尽管大多数人没有意识到这一点。许多人没有为她悲伤，而是服用了抗抑郁的药物，或者找到了其他自我治疗的方法。要想活得好，就要对地球做出补偿，对每一口食物、每一件衣服、每一种身体元素都要心存感激，因为它们都来自地球。这也意味着与其他人一起生活在一个 219
社区中，他们正在根据现状重塑自己和自己的生活方式。捷克异见人士、作家、政治家瓦茨拉夫·哈维尔说：“希望不是坚信事情会好起来，而是坚信无论结果如何，事情都值得去做。”

我写这本书的目的是试图见证我们对地球所做的事情，想在我们所剩下的宝贵时间里，对地球做出我自己的补偿，无论这一过程多么漫长。我一心一意地投入到工作中，尽管我知道不大可能扭转局面。每每发现自己无法力挽狂澜，每每传来接连不断的损失报告，我都痛心疾首，愈发为地球感到悲伤。我认为，屡败屡战、悲情与共是我在这个时代所能做出的最大贡献。我在骨子里承诺，无论如何，我都要与地球同在，直至最后。

斯坦·拉什沃思是一位切罗基裔长者，教授美洲原住民文学和以原住民视角为重点的批判性思维课程已超过四分之一个世纪。最近，拉什沃思给我讲了一个关于他父亲的故事，他父亲是一名兽医，与加州大学戴维斯分校合作密切。拉什沃思介绍说，他的父亲是一位优秀的诊断学家和科学家，早在我们知道今天气候变化的一切之前，他父亲就在20世纪80年代告诉他，他认为我们对地球所做的一切已经“弄脏了我们的床”，已经到了不可挽回的地步。

220 拉什沃思的父亲认为我们没有办法扭转局面。拉什沃思解释道：“当时他还说，唯一对他有意义的人是坐在白宫台阶上的土著长老，他们要求人们倾听正在发生的事情。那是一次沉重的谈话，没有任何轻松的地方。他说，尽管他心里对结局确信无疑，‘但我们每天都必须尽最大努力。即使一切都失败了，我们也要尽一切努力扭转局面，这是个人尊严的问题’。”他的父亲接着补充道：“因为你永远不知道未来的结局，永远不会知道。”

拉什沃思的父亲认为大自然的力量远远超出我们的理解范围。拉什沃思告诉我：“我们现在所处的可怕境地充分证明了一个事实：占主导地位的文明并没有处理好人类与我们所谓自然世界之间的所有相互关系。倘若处理得当，我们就不会面临这种可怕的局面，所谓问题也就不会成为问题。我们纯粹是缺乏足够宽阔或足够正确的眼光。正因为如此，我们需要考虑一些我们无法理解的事情。这样做与希望无关，更多的是谦卑，以及谦卑之下经过深思熟虑的行动，以及更深入的倾听。”

就在我为本书的结语部分字斟句酌、搔首踟蹰之际，拉什沃思给我讲了一个故事，这个故事帮助我重新定义了我与大山的整个关系，并为我为什么从小就被大山所吸引提供了意义深远的解释。

这是一个古老的故事，有人将这个故事讲给了小说家达里尔·威尔逊博士。威尔逊出生于加利福尼亚州东北部的阿丘马威和阿图斯格威美洲原住民部落（通常被称为Pit River族），根据他的讲述，米斯·米萨居住在加州中北部的喀斯喀特山脉南端的阿库–亚特（沙斯塔山），是一个看似渺小、实则强大的灵魂。[6]米 221
斯·米萨是一种精神力量，它平衡着地球与宇宙，以及宇宙与地球之间的关系。威尔逊说，阿库–亚特是“地球上所有山脉中最必要的一座，因为米斯·米萨使地球与太阳保持适当的距离，而且当神力用巨大而无形的独木舟桨搅动宇宙时，米斯·米萨使万物保持在适当的位置，防止地球远离宇宙的其他部分。当地球在绕太阳公转的过程中产生季节变化时，它维持着正常的季节交替，保持适宜的大气，使生命得以繁衍昌盛”。[7]这个故事告诉我们，人们必须崇拜阿库–亚特这座山，因为米斯·米萨就住在大山深处。怀以纯洁之心灵和坚定之决心去攀登此山，并与“宇宙中所有的光明与黑暗进行交流，就是将你的精神置于米斯·米萨的歌曲到宇宙心脏之间的直线上。在这种状态之下，男人/女人的精神必将处于完美的平衡与和谐之中”。[8]只要人们虔诚地遵守米斯·米萨的指示，社会就会存续下去，世上的居民也将长期生存下去。“据说，在这一过程中最需要注意的是保持内心的安静，只有这样才能不断地听到米斯·米萨的轻柔歌声。”

然而，这个故事也警告说，如果不听米斯·米萨的歌，这首歌就会消失，米斯·米萨也将离去，“地球以及地球上所有的种群将失去平衡，地球上的生命也很容易灭绝”。[9]

1973年，威尔逊的外祖父克雷文·吉布森给他打电话，警告他灾难即将来临。吉布森指着月亮，让威尔逊注意看上面那些“伤疤”和“受伤的土地”，然后他讲述了当年祖母给他讲的一个
222 故事，那是当地发生的一场“种族之间的大战”。因为祖母给吉布森讲述的故事可以追溯到19世纪中期，因此故事可以定位在加州印第安人种族灭绝的开始。在1846年到1880年之间，90%的印第安人被白人殖民者杀死，这一故事深刻地警示了殖民主义对自然和地球的破坏性影响。[10]吉布森祖母的故事讲述了一场“可怕的战

争”，战争中的一方“视生命如草芥，不关心月球是否仍然是一个可以居住的地方”，而另一方则“希望月球仍然是一个宜居之地”。当时，吉布森的祖父坦言道：“那场战争耗尽了月亮上的资源。当月亮着火时，甚至没有足够的水来灭火，因为水都用完了。结果月亮烧毁了，所有东西都被煮熟了，大火把所有的东西都烧毁了。”

外祖父吉布森向威尔逊坦言，他担心如果每个人都不能“纠正他们浪费资源的行为，纠正他们对所有生命的傲慢漠视”，那么地球上的资源也会被耗尽。

和许多人一样，我也一直在思考此时此刻该怎么办。现在，我们每个人都必须坦诚面对我们给自己带来的困境。我的巴西朋友卡琳娜·苗托毕其一生都在保护亚马孙天然雨林，像这样的人让我感到备受鼓舞。每当有人报道她心爱的热带雨林又遭到砍伐时，我都会看到卡琳娜陷入悲痛之中。但每逢此刻，她都会进一步深刻反省自己和自己的团队，进一步加强她对地球上她所居住的那部分地区的热爱，并让自己重新投入到下一步保护亚马孙的行动中。让我感到安慰的是，还有数百万名像卡琳娜这样的人，特别是年轻一代，他们在这个星球上最贴近自己内心的地方划出了自己的界限，并且表明自己的立场。 223

拉什沃思经常邀请土著长老到他的班级里演讲，重点介绍人类与地球的正确关系。他的学生总是会问这些长辈：“我们能做什么？”阿拉帕霍族长老亨利·泰勒会用一根手指指着自己的头，沉默一会儿，然后回答说："用这个。"然后面露微笑。拉什沃思解释说："他在前三个小时所说的一切都将为那些决定采取行动的人提供方法。他带给我们很多值得反思的东西，手指指向脑袋足以说明问题。"拉科塔圣丹斯的领袖兼长老塞洛·黑鸦则会微笑着说："你不妨想想看，这取决于你自己，我不能告诉你该怎么做。首先你要教育自己，然后再做决定。"对此，拉什沃思补充说："就像亨利叔叔那样，听他讲上三个小时，会得到难以估量的信息和发人深省的东西。"拉什沃思认为，这些人所提供的共同信息是，每个人都必须充分发挥自己的能力，并据此决定自己正确的行动路线。否则，一味地盲从别人的领导必将导致信念丧失，脱离时代。

通过与大山的交流，我找到了属于自己的坚定信念，找到了我与地球之间的密切联系。我在20岁出头的时候，搬到了科罗拉多州，住在群山之间。正是在那里，我开始加深与大山的关系，并开始真正倾听大山的声音。我会徒步出行，坐在山峰之间，静静地观望，一看就是几个小时，然后把它们写进日记。今天，我深深地体会到，我的工作是学会更深入地倾听大山的声音，并与
224 那些同样也在倾听的人分享大山告诉我们的东西。

虽然西方殖民主义文化信奉“权利”，但土著文化教导我们生来就有“义务”：对先人的义务，对后人的义务，以及对地球本身的义务。围绕“我的义务是什么”这一问题进行自我定位时，立刻就出现了一个更深层次的问题："从这一刻起，既然已经知道这
225 个星球正在发生的事情，那我应该把我的生命奉献给什么？"

后　记

现在我年满50，活得够久了，已然失去了自己深爱的亲友……来自伊拉克的祖父母和几个好朋友只是其中几个而已。但三周前，我帮助我23年来最亲密的朋友杜安·弗兰奇离开了这个世界。

虽然我在本书的结尾处简单介绍了一下杜安的传奇人生，但他对我意义重大，那里的寥寥几笔所表达的十不及一。

刚开始为杜安工作时，我担任他的私人助理，主要是充当他的胳膊和腿，因为他使用电动轮椅。第一次见到杜安时，他已经重度四肢瘫痪28年了，比我的年龄还长。那一年是1996年，也就是选举年。

杜安是一名出身高贵的民主党人，也是当时阿拉斯加州州长托尼·诺尔斯任命的政府官员，担任该州职业康复部门的主管，这是一个帮助残疾人获得和保住工作的部门。杜安深谙政治及其对人的影响。

为杜安工作的第三天，我们从他的办公室回到他的寓所。当
227 天的安克雷奇（阿拉斯加州）正值初秋，阳光明媚、温暖宜人。杜安邀请我和他一起来到轮椅坡道顶端的门廊上。我在他的轮椅旁坐下，双腿悬在木门廊的边缘，两人一起凝视着东方的楚加奇山脉，山脉的侧翼已经染上了随季节变化而来的黄色、橙色和棕色。时至今日，我依然记得彼时彼刻，记得当时的欢声笑语……记得同即将成为我挚友的人坐在一起，眺望彼此都钟爱的群山的场景。

当时我很快就知道了杜安邀请我和他一起坐在门廊上的另一个原因。

“说说看，你的政治主张是什么？”他问我。

“我想我支持共和党。”26岁的我回答道。我是在休斯敦天主教共和党人家里长大的，从小受到的就是共和党的影响。

“你想你支持共和党。”他看向我，重复着我刚才的话。我抬起头，发现杜安那只完好的眼睛正盯着我，眼神中闪过一抹异色。他的左眼失明了。

随后，他不假思索地抛出了几个问题：“你支持他们的哪项政策？你反对民主党的哪些政策？为什么你不是自由意志主义者，不是绿党成员，不是无政府主义者，不是马克思主义者，也不是托洛茨基主义者？”

我对政治一无所知，因而无法回答，而他知道这一点。我年

轻的自尊心膨胀起来，试图为自己辩护，于是我回答说：“其实，不管他们做什么，都不会真正影响到我们，所以说支不支持又有什么关系呢？”

听我这样说，杜安旋即问道：“你真的这样认为吗？”我毫不含糊地应道：“是的！”

杜安闻言勃然变色，但很快他深吸了一口气，原谅了我的无知，开始耐心地对我说道：“目前，阿拉斯加州立法机关想要通过
一项法案，削减我周末请私人助理的经费。”他语气平和，但十分 228
坚定。“听着，照着我下面说的去做——你今晚上床后，我要你待在床上不要动，一直待到星期一上午。差不多等到星期六中午的时候，你就已经泡在自己的屎尿里了；等到晚上你就会没水可喝，就这样一直捱到星期一上午，到那个时候我要你打电话给我，告诉我他们的所作所为不会影响到我们！”

听完杜安的话，我顿感无地自容，自惭形秽。好在我尚有足够的自尊之心，于是长出一口气，看向他，说道：“您说得有道理，还请您多多指教。”

我的政治教育从此开始了，导师就是这个独眼、半失聪且四肢瘫痪的人，在那一刻，杜安是我平生最尊敬的人。每天早上，我的工作就是帮他起床，为他领导的部门准备第二天的工作。这为我俩提供了充足的时间来听新闻，讨论时事。那年秋天，我第一次投票，这还是要感谢杜安。到2003年，我的政治思想已经完全内化，成为自觉行为。我发现有必要前往伊拉克，记录那里发

生的真实情况，以对抗企业和政府用来推销战争和侵略的宣传。

一路走来，我爬过很多山……诸如阿拉斯加群山，墨西哥巍峨的火山，南美的阿空加瓜山等，以及布洛阿特峰——那是在2001年，我作为阿拉斯加布洛阿特峰探险队的成员参加攀爬……这一切都得益于杜安的鼓励和支持，我仍然定期为他工作，并最终与他成为室友。他知道我活着就是为了爬山，从来没有多少钱。“嘿，伙计，你为什么不租我的空房间呢？如果我的助手不来，你
229 只要把我在床上安顿好，就算你付过租金了。”这是他的提议。于是，我和他一起搬进了他在库普街的房子。

假如没有我与杜安的友谊形成的那些年里他灌输给我的东西，所有这些攀登、我在伊拉克开始的记者生涯，以及我在个人和工作生活中承担的无数其他风险，都不会发生。杜安信任我，这种信任教会了我相信我自己。

所以，当他在癌症四期化疗三个月后，从大大型手术中恢复时，我坐在他的床边。虽然他不再有明确的意识，我还是一边抚摸着他的头发，一边不时地告诉他，我爱他，他可以安心地走了。

杜安奄奄一息之际，我和他单独坐在一起，该说的话都已说完，我把所有的注意力都放在了我这位最好的朋友身上。我们曾经分享的一切，所有的欢笑和泪水，他对我的意义，以及我愿意为他做任何事的心态，所有这些都成了我的全部。在我的一生中，我从来没有像现在这样和一个人待在一起。我不需要说什么，也不需要做什么，只需要在他离开这个世界的时候，全身心地陪伴

我这位最亲爱的朋友——他像任何人一样，全身心地、热情地、完整地度过了自己的一生。

杜安饱受癌症、化疗、手术的折磨，体重只有75磅，在与仅剩的一切抗争之后，终于撒手人寰。

自本书精装版于2019年1月出版以来，我从未想象过事情的变化会来得如此突然。

就在本书出版一周后，加州大学欧文分校和乌得勒支大学的 230
冰川学家团队发现，在40年的时间里，南极洲的“总质量损失”速度比20世纪80年代快了6倍。[1]同一天发表的另一项研究表明，格陵兰岛在过去20年中失去了“前所未有的”冰量。[2]那年晚些时候，格陵兰岛的研究人员告诉BBC，他们对冰川融化加速的幅度感到“震惊”，并对沿海城市未来的状况表示担忧。[3]一位科学家说:“看来我们正在失去格陵兰岛，而且速度惊人!”他说，格陵兰已经面临着融化的“死刑”。[4]仅格陵兰冰盖的消失就将使全球海平面上升20英尺。北极海冰继续加速消退，2019年夏天，阿拉斯加各地都创下了高温纪录，而且有记录以来，阿拉斯加海岸首次不再有海冰，该州东南部因创纪录的干旱而植被枯萎，引发了野火。

冰的快速消融并不局限于南北两极。另一项研究警告说，如果目前的变暖趋势继续下去——当然没有理由认为除了加速还会有什么变化——到2100年，气温将上升4.4℃，巍峨的喜马拉雅山脉可能会失去大部分冰川。[5]

这将彻底断绝15亿多人的粮食和水供应，此外还将引发规模惊人的难民危机。雄伟而神圣的鱼尾峰吸引了我的注意，并把我吸引到“高山之国”尼泊尔，可是它所有闪亮的冰川很可能在几
231 十年内消失，甚至更早。

2018年，北半球冬去春来，这一年成为有记录以来第四热的年份，其炎热程度仅次于2015年、2016年和2017年。[6]与此同时，英国气象局宣布，我们正生活在一个可能成为有记录以来最炎热的十年之中。[7]

全球人口继续增长，逼近地球有限的水资源的极限，同时气候破坏造成水资源失控，这些因素使得20亿依赖地下含水层的人现在就看到了水源枯竭的危险，因为不断变化的降雨模式将使这些含水层更难得到补充。[8]

由于生物多样性持续的灾难性损失，全球粮食供应已经受到严重威胁。[9]爱尔兰总统迈克尔·希金斯在都柏林举行的生物多样性会议上表示：“在世界各地，数十亿年来进化的生物博物馆——生物多样性——正在以人类历史上从未见过的速度遭到破坏、毒害、污染、入侵、粉碎、掠夺和烧毁。假如我们是煤矿工人，我们会发现遍地都是死亡的金丝雀。”[10]

发表在科学期刊《生物保护》上的一项分析报告指出，全球昆虫数量的急剧下降可能会导致自然界的崩溃。[11]该研究的摘要写道：“我们的研究揭示了昆虫数量急剧下降的速度，这可能会导

致未来几十年世界上40%的昆虫物种灭绝。”报告警告道，昆虫可能在一个世纪内消失。研究人员提醒我们，昆虫“对所有生态系统的正常运行都至关重要，目前的趋势正在不同程度地破坏昆虫所能提供的各种宝贵的服务——授粉、自然害虫控制、食物资源、 232
营养回收以及腐烂分解。”[12]

简而言之便是，如果昆虫消失，人类也会消失，而现在我们正处于一条危险的轨道上：在一百年内失去地球上大部分昆虫。

2019年，亚马孙雨林以创纪录的速度燃烧，野火次数比前一年同期增加了80%。[13]2019年8月19日，雨林燃烧产生的浓烟笼罩了距离大火1700多英里的圣保罗的天空，大火产生的烟雾也覆盖了玻利维亚、秘鲁和巴拉圭的部分地区。

托马斯·洛夫乔伊博士在《科学进展》杂志的一篇社论中警告说：“我们认为，森林砍伐、气候变化和广泛用火之间的负面协同作用表明，如果亚马孙系统在东部、南部和中部的森林砍伐达到20%至25%，那么该系统将转向非森林生态系统。”[14]据洛夫乔伊曾经领导的世界野生动物基金会估计，在过去的50年里，17%的亚马孙雨林已经消失。[15]而2019年的火灾使我们更接近洛夫乔伊警告过的临界点。

大堡礁的情况也越来越糟。珊瑚礁不仅以远远超过其自然发生的速度不断发生白化事件，而且气候危机引发的降雨事件导致珊瑚礁在洪水排到珊瑚礁上时经历了珊瑚的“窒息”，从而带来了土壤径流。一些科学家称这是地球上最大珊瑚礁“棺材上的钉

233 子”。在那之后不久，澳大利亚政府给它钉入了另一颗钉子，决定批准向大堡礁倾倒100万吨淤泥。[16]不到六周后，一项研究发表，显示2016年和2017年的白化事件后，新珊瑚礁的崩塌率达到89%。[17]这意味着，珊瑚礁死亡后无法恢复生机，因为它所生活的水不断变暖，而泥沙冲刷的降雨径流覆盖着它，澳大利亚政府的攻击也在持续。

我对北极地区正在发生的关于甲烷释放增加的担忧已经得到了证实，因为早春的降雨正在加速融化永久冻土，因此释放出的甲烷比以往任何时候都多。[18]事实上，根据弗拉基米尔·罗曼诺夫斯基博士的说法，横跨加拿大北极圈的永久冻土层正在开始解冻，比原先估计的要早70年。[19]在最近的研究工作中，他对冰冻了几千年的土地正在如此迅速地解冻表示震惊。罗曼诺夫斯基说：“我们的所见令人震惊……这表明，现在的气候比过去5000年，甚至比更久远的任何时候都要炎热。”[20]

2019年10月，来自多个国家的科学家登上一艘俄罗斯科考船，研究北冰洋附近海底永久冻土甲烷排放的后果，发现东西伯利亚海50平方英尺的区域“甲烷气泡沸腾”。[21]首席研究员说，这次甲烷渗漏是他见过的“最猛烈的”，并补充说：“没有人记录过类似的情况。”正如艾拉·莱弗博士在本书早期所警告的那样，北极浅层海床的甲烷释放速度已经远远高于正常水平。

234 2019年1月30日发表的一项研究显示，人类现在向大气中注入二氧化碳的速度是5600万年前古新世-始新世热峰值全球变暖事件期间排放二氧化碳速度的9到10倍，该历史事件导致海洋酸化，造成大量海洋物种灭绝。[22]

范德比尔特大学的古生物学家拉丽莎·德桑蒂斯在谈到这项研究时说："在未来几百年里，我们可能很快达到与该历史事件时期相当的温度，这一事实令人恐惧。"[23]

犹他大学的地球物理学家加布里埃尔·鲍恩在谈到这项研究时说："我们没有太多的地质案例来了解世界对这种扰动的反应。"[24]

在这项研究发表三个月后，地球大气中的二氧化碳浓度首次达到了415 ppm。

不到两周后，国际能源机构宣布，2018年全球碳排放量创下纪录，比前一年增加了近2%，达到331亿吨。

所有这些都是在本书出版不到一年内发生的。

在这本书出版后的几个月里，我震惊地看到地球跨越了这些门槛和临界点。

所有这些数据都有着深刻的含义，告诉我们人类已经跌入悬崖。虽然我在写完这本书后深深地意识到这一点，但每一条新的信息都只是为了强调我已经写过的内容。这也提醒了我——我也 235
相信我们整个物种——我们不可能在接受到此类信息之后，依然继续我行我素。

我意识到，这场危机需要一种新的思维方式，因为每一条灾难性的信息都需要我们每个人拿出新的东西。

与此同时，我失去了最亲密的朋友，并决定退出新闻业，尽管我并没有放弃写作。

为了获得更深层次的倾听空间，我需要从自己16年来一直在做的事情中抽离出来，因为我还需要听到一些其他的东西——除了关于崩溃的数据和信息之外的东西。我只是不再需要关于地球上正在发生的事情的信息罢了。

所以，我需要一个结局，这样才能对其他事情敞开心扉，而生活也的确提供了两个我经历过的最深刻的结局，一是杜安的去世，二是我的新闻事业的结束，这两个结局侵蚀了长期以来我赖以生存的基础，也让我的心打开得更彻底，使我能够以一种自己以前根本无法做到的方式，接受各种巨大损失，其中包括亚马孙热带雨林、大堡礁以及地球上维持生命的冰。

我个人和职业生活的损失和终结引发了内在的结构性转变，使我产生了以前没有的新的内在洞察力，也使得通常存在于我和外部事物之间的保护层和虚假隔离消失了。

在这次经历之前，我确信自己已经接受了这样一个事实：我们处在一个亏蚀的时代，甚至我们人类自己的物种也可能正在消
236 失。现在我是深有体会。

对于每一个生活在亏蚀时代的人来说，我们感受着物种的消失，体会着地球生命赋予系统的逝去，悲伤已经成为日常生活的一部分。慢慢地，我们接受了不可避免的事情的严重性。

从此时此刻开始，随着世界的燃烧，一切照旧的迭代所带来的微不足道的肤浅和疯狂变得显而易见。

加州大学戴维斯分校美国原住民研究名誉教授、前主席杰克·D. 福布斯在其著作《哥伦布和其他食人族》中提到了他所谓的“剥削病”，或wétiko（食人病）。[25]

福布斯对同类相食的定义是："为了自己的私人目的或利益而消耗他人的生命。”他指出："帝国主义和剥削是同类相食的形式，事实上，恰恰是同类相食的形式，是最邪恶的。”

对我来说，重要的是要了解到底发生了什么事情，使整个地球濒临崩溃。我出生在一个以对土著人口的种族灭绝为基础的国家，这种近乎灭绝的行为直到今天仍被主流文化所忽视。这意味着，每一个有意或无意地否认这一现实的人，都在牺牲他们在这个时代迫切需要的部分意识和批判性思维，而他们这样做仅仅是为了回避这个国家的发家史。

同样的意识杀害了北美地区90%以上的印第安原住民，同时
也亵渎了这个星球，以达到他们自我美化、自我满足的目的。同 237
样的意识正在疯狂地大行其道，以不断加速的趋势消耗这个星球。而美国，作为全球资本主义的摇篮，本质上就是一个完全失控的“食人狂魔”。

因此，很容易理解，尽管这些政客和企业首席执行官中有许多人都有子女和孙辈，但他们中的大多数人现在的作用不过是企

业游说者，他们推动的政策实际上正在扼杀地球上的生命。

虽然我们很容易将矛头指向美国政治右翼，因为从中我们可以看到“食人病”在作祟，但这种疾病带来的疏离感也感染了左翼。

这就是为什么一本关于气候危机的畅销书荒谬地提出了以地球工程作为解决方案。还有什么比修补我们赖以生存的地球生物系统更让人感到疏离的呢？更不用说它是多么狂妄自大了。

同样，食人病在那些宣扬所谓“绿色新政”的人以及随之而来的“希望”中显现了出来，这本质上是长着绿叶的资本主义。尽管提议立法，至少承认我们面临的危机，以及进行重大变革的必要性，可能令人钦佩，但所谓新政不过是一个根本无法持续的体系的“可持续”版本。只要有钱可赚，有名可图，食人病就一定会出现。“绿色新政”最重要的方面可能是它给气候危机带来了大量关注，从而为讨论缓解日益恶化的影响所需的激进行动以及
238 适应气候变化的必要性开辟了空间。

过去一年里，人们对气候危机的意识激增，这在很大程度上是由于世界环保组织的“反抗灭绝”的勇敢抗争和全球各地学生罢课，尽管这令人难以置信，但其中大部分仍被掩盖在一个幌子之下，那就是我们仍有时间来避免已经降临在我们头上的全面危机。

我研究气候多年，为了写这本书多次奔赴气候危机的前线，

然后又因为我个人的损失而更加痛心疾首——只有在经历了之一切之后，我才不得不承认，地球所遭遇的一切，同昔日我祖国土著居民的遭遇完全一样……只不过现在，即使是殖民者也在收获他们所种下的恶果。

现在，我们所有人，包括始作俑者，都面临着清算的时刻。

从某种程度上来说，写这本书的过程也是一段人生旅程，让我们清楚自己身处何处，以及我们是如何到达此处。

气候危机问题的核心不是二氧化碳排放，而是更深层次的系统，正是它导致了钻探地球、屠杀土著居民和奴役人民。而不管我们的政治意识形态如何，我们所有人都在为正在发生的事情推波助澜。

所有这些都将我们带回到问题的核心，我们需要重新调整与地球的关系，真正做到生死与共，因为只有如此，人类才有可能正常生存，才有可能采取正确的行动。

在最近的一次登山旅行中，我和两个同伴在华盛顿州北喀斯喀特国家公园的一个原始冰川湖旁露营。

凉风从我们头顶上的冰川吹来，紫色的花朵在微风中摇曳生 239
姿。几股瀑布细流从营地后面的岩壁上飞溅而下，应是上方小型冰川融化后形成的水流。

这是一派田园诗般的景象，但也暴露了一个险恶的现实：我们露营的地方以前是冰川，身边的湖泊曾经是坚冰。但现如今，像全球大多数冰川一样，它正在迅速萎缩。

尽管如此，我们在第二天攀登过程中看到的景色却抚慰了我们的心灵——令人惊叹的巍峨冰川、山峰、太阳升起时耀眼夺目的橘色云朵，以及远在下方的湛蓝色湖泊。

现在，无论何时，只要身处自然之中，我的心灵都能得到慰藉。假如这一点也没有了，那我就失去了心理上和精神上的支撑，因为日常新闻报道中充斥着损失、腐败、堕落、侵略、死亡和创伤，层出不穷，让我们所有人煎熬不堪。只有在大自然的怀抱中，只有在对大自然的热爱中，我才能找到心灵的平静，因而才能够鼓足勇气，继续走向我们日益破碎的世界。

达尔·贾默

华盛顿汤森港

240 2019年10月

致　谢

如果没有兰德尔·华莱士以及华莱士行动基金的慷慨支持，本书根本不可能出版。兰德尔，非常感谢你对本项目的信任。

非常感谢兰南基金会，该基金会为本书的诞生提供了写作基地，以及后续支持。感谢道格拉斯·汉博和雷，如果没有你们的帮助，玛法就不是玛法了。感谢娜塔莉·迪亚兹、威尔·范德海登、丽莎·奥尔斯坦和瑞基·杜克尔内特，谢谢兰南基金会的作家们，感谢你们为我刚写完的前言进行专题讨论，帮助我确定本书的基调。感谢尼克·特里和丹·张伯伦，你们对我坐姿练习的鼓励在这本书中和我的生活中都取得了明显的效果，谢谢你们两人。

感谢本书的出版社 The New Press。出版社里的每个人都很努力，提供了很多帮助，谢谢你们。特别感谢我的编辑卡尔·布罗姆利，他是我有幸与之共事过的最好的编辑之一。感谢杰德·比克曼、本·伍德沃德、艾米丽·阿尔巴里罗和迈克尔·奥康纳，谢谢你们做出的巨大贡献。

感谢我的经纪人安东尼·阿诺夫，你的多重努力终于帮助本书面世。谢谢你，你既是一名优秀的经纪人，也是我的好朋友。

非常感谢《揭露真相杂志》主编和灵魂人物马娅·申瓦尔，感谢你慷慨相助，提供我进行实地考察需要的时间，感谢你对这个项目的一贯支持。我觉得自己十分幸运，能够成为《揭露真相杂志》优秀员工中的一员，他们填补了我在为本书调研时离开后
227 留下的空白。

感谢艾伦·林奇，谢谢你鼎力协助设计封面。

感谢本书中出现的所有专家和科学家，谢谢你们在百忙之中抽出时间接受采访，也感谢你们允许我陪同你们进行实地考察。

感谢我亲爱的姐姐朱莉安娜和她的伴侣乔·华盛顿，谢谢你们在我在水界工作期间的支持以及你们对我工作重要性的由衷信任，谢谢你们。朱莉安娜，你是男人心目中最好的姐姐。

感谢凯文·赫斯特。我在拉基诺岛撰写关于海洋的章节时，得到了他的盛情款待。我们的谈话、友谊、一起潜水以及你的咖啡和皮划艇，共同谱写了本书中关于海洋的那一章。

感谢我在阿拉斯加的朋友们：米克·沙恩、塔克·切诺韦斯，另外还有塔尔基特纳护林站的所有护林员、后勤人员以及传奇人物达里尔·米勒，感谢你们给我机会，让我可以再次冒险前往德纳里峰巡逻。我希望下次能在德纳里峰上再见到大家。感谢

沙德·奥尼尔和路易斯·萨斯，非常感谢你们给我这个在古尔卡纳冰川做志愿者的机会，并观看你们为保护地球所做的一切。感谢贝基·金、托尼·佩雷利和马特·拉弗蒂，感谢你们在克拉克湖国家公园的野外活动，感谢你们为地球所做的一切工作，谢谢你们。感谢科琳、肖恩和詹姆斯·卡尔森，谢谢你们的慷慨好客，
允许我在你们安克雷奇美丽的家中待那么长时间。 228

感谢乔安娜·梅西，你的教诲——凡事皆以对地球之爱开始——让我受益终身，一直是我工作、生活的基础，在此向你深深鞠躬致谢。

感谢蒂娜·梅泽尔，谢谢你提醒我故事的力量，谢谢你提醒我千万不要忘却本心，谢谢你帮助我做到了这一点。你就是我们所有人的指路明灯。

感谢格里和鲍勃·海因斯，谢谢你们的友谊和对我工作的一贯支持。

感谢我的父母杰拉尔德和盖尔，谢谢你们在我小的时候带我走进大自然。每逢夏天的周末，我们不是在加尔维斯顿海岸，就是在得州山区。还要特别感谢你们带我去科罗拉多州的落基山脉，在那里我第一次爱上了大山。

感谢杜安·弗兰奇，你的友谊和鼓励一直是我前进的巨大动力，无论是登山探险还是报道新闻。你一直是我的灵魂兄弟，一直是我心目中的英雄。爱你，矢志不渝！

感谢一路走来所有曾经帮助过我的人。此中人数太多，无法

一一列举，但纸短情长，谢谢你们。

感谢芭芭拉·塞西尔。你对地球一往情深的热爱一直感染着我，激励着我，并且不断地提醒我要从爱的角度进行写作，这才使得本书成为它想要成为的样子和应当成为的样子。谢谢你长期以来始终如一的帮助，谢谢你对本书的编辑，谢谢你的建议（这些建议几乎总能让我受益匪浅），谢谢你同我一道思考，谢谢你为本书提出的构想——对此，本人感激不尽，感遇忘身。假如没有你提供的巨大帮助，没有你的非凡才智与真心付出，本书根本就
229 无法问世。

注释

引言

1. "Climate Change: How Do We Know?" NASA, climate.nasa.gov/evidence.

2. "Climate Change: How Do We Know?"

3. Alexis C. Madrigal, "The Houston Flooding Pushed the Earth's Crust Down 2 Centimeters," *The Atlantic*, September 5, 2017.

4. Katharine L. Ricke and Ken Caldeira, "Maximum Warming Occurs About One Decade After a Carbon Dioxide Emission," *Environmental Research Letters* 9, no. 12 (December 2, 2014).

5. Henry Fountain, Jugal K. Patel, and Nadja Popovich, "2017 Was One of the Hottest Years on Record. And That Was Without El Nino," *New York Times*, January 18, 2018.

6. Glenn Scherer, "How the IPCC Underestimated Climate Change," *Scientific American*, December 6, 2012.

7. James Hansen et al., "Ice Melt, Sea Level Rise and Superstorms: Evidence from Paleoclimate Data, Climate Modeling, and Modern Observations That 2 °C Global Warming Could Be Dangerous," *Atmospheric Chemistry and Physics* 16 (March 22, 2016).

8. Garry K.C. Clarke et al., "Projected Deglaciation of Western Canada in the Twenty-First Century," *Nature Geoscience* 8 (April 6, 2015).

9. J.M. Shea et al., "Modelling Glacier Change in the Everest Region, Nepal Himalaya," *The Cryosphere* 9 (May 27, 2015).

1 德纳里峰

1. Aldo Leopold, *Round River* (New York: Oxford University Press, 1993), 165.

2. Stephen Kurczy, "Global Temperature to Rise 3.5 Degrees C. by 2035: International Energy Agency," *Christian Science Monitor*, November 11, 2010.

3. "Climate Change Report Warns of Dramatically Warmer World This Century," World Bank, November 18, 2012.

4. Steve Connor, "Global Warming: Scientists Say Temperatures Could Rise by 6C by 2100 and Call for Action Ahead of UN Meeting in Paris," *The Independent*, April 15, 2015.

5. Rene Daumal, *Mount Analogue: A Tale of Non-Euclidean and Symbolically Authentic Mountaineering Adventures*, trans. Carol Cosman (New York: Overlook Press, 2004).

2 消融时代

1. Michael Zemp et al., eds., *Glacier Mass Balance Bulletin: Bulletin No. 12 (2010–2011)* (Zurich, Switzerland: World Glacier Monitoring Service 2013).

2. National Park Service, "Common Questions and Myths About Glaciers," https://www.nps.gov/glba/learn/nature/common-questions-and-myths-about-glaciers.htm.

3. "Gov. Walker Issues State Disaster Declaration for Matanuska River," KTUU.com, August 23, 2016.

4. Zaz Hollander, "Borough Raises Alarm as Matanuska River Quickly Consumes Land," *Anchorage Daily News*, August 11, 2016.

5. Katelyn Goodwin, Michael G. Loso, and Matthias Braun, "Glacial Transport of Human Waste and Survival of Fecal Bacteria on Mt. McKinley's Kahiltna Glacier, Denali National Park, Alaska," *Arctic, Antarctic, and Alpine Research* 44, no. 4 (November 2012).

6. Michael Loso et al., *Alaskan National Park Glaciers—Status and Trends* (Fort Collins, CO: U.S. Department of the Interior, 2014).

7. Yereth Rosen, "A Year After Obama's Visit, Exit Glacier Makes Big Retreat," *Anchorage Daily News*, September 3, 2016.

8. Yereth Rosen, "As Ice Thaws, Rock Avalanches on Southeast Alaska Mountains Are Getting Bigger," *Anchorage Daily News*, September 18, 2017.

9. Ned Rozell, "The Giant Wave of Icy Bay," University of Alaska Geophysical Institute, April 7, 2016.

10. Quirin Schiermeier, "Huge Landslide Triggered Rare Greenland Mega-tsunami," *Nature*, July 31, 2017.

11. Erin McKittrick, "Collapsing Alaska Mountains: Southeast Landslides and Tsunamis on the Rise," *Anchorage Daily News*, September 11, 2016.

12. Western Mountain Initiative website, westernmountains.org.

13. Nate Hegyi and Edward O'Brien, "2017 Fire Season Is Montana's Most Expensive Since 1999," Montana Public Radio, September 20, 2017.

14. Anne Minard, "No More Glaciers in Glacier National Park by 2020?," *National Geographic News,* March 2, 2009.

15. Ben Marzeion et al., "Attribution of Global Glacier Mass Loss to Anthropogenic and Natural Causes," *Science*, August 22, 2014.

16. Oliver Milman, "US Glacier National Park Losing Its Glaciers with Just 26 of 150 Left," *The Guardian*, May 11, 2017.

17. James Griffiths, "New NASA Imagery Shows How Fast Glaciers Are Melting," CNN.com, December 12, 2016.

18. Lester R. Brown, "Peak Water: What Happens When the Wells Go Dry?" *The Water Blog*, blogs.worldbank.org/water/education/comment/reply/630.

19. Carolyn Kormann, "Retreat of Andean Glaciers Foretells Global Water Woes," *Yale Environment 360*, April 9, 2009.

20. Mitra Taj, "Peru's Melting Glaciers a Deadly Threat as Temperatures Rise," Reuters, December 11, 2014.

21. "Turkish Glaciers Shrink by Half," NASA.gov, Earth Observatory, July 2, 2015.

22. Nina Larson, "Blankets Cover Swiss Glacier in Vain Effort to Halt Icemelt," Phys.org, September 15, 2015.

23. Yereth Rosen, "Eklutna Glacier, a Source of Anchorage Drinking Water, Is Disappearing Drip by Drip," *Anchorage Daily News*, February 19, 2017.

24. Ashley Ahearn, "What Climate Change Means for a Land of Glaciers," KUOW.org, November 9, 2014.

25. Emily Chung, "How Western Canada Glaciers Will Melt Away," CBC.ca, April 6, 2015.

26. Ben Marzeion et al., "Limited Influence of Climate Change Mitigation on Short-Term Glacier Mass Loss," *Nature Climate Change* 8 (March 19, 2018).

27. "Glacier Mass Loss: Past the Point of No Return," University of Innsbruck, March 19, 2018.

28. Bob Berwyn, "Climate Change Taking Big Bite Out of Alpine Glaciers," *Deutsche Welle*, April 17, 2017.

29. John Vidal, "Most Glaciers in Mount Everest Area Will Disappear with Climate Change—Study," *The Guardian*, May 27, 2015.

30. Douglas Fox, "The Larsen C Ice Shelf Collapse Is Just the Beginning—Antarctica Is Melting," *National Geographic*, July 2017.

31. Justin Gillis and Kenneth Chang, "Scientists Warn of Rising Oceans from Polar Melt," *New York Times*, May 12, 2014.

32. Alister Doyle, "East Antarctica More at Risk than Thought to Long-Term Thaw: Study," Reuters, May 4, 2014.

33. Malcolm McMillan et al., "Increased Ice Losses from Antarctica Detected by CryoSat-2," *Geophysical Research Letters* 41, no. 11 (June 16, 2014).

34. Andrew Shepherd et al., "A Reconciled Estimate of Ice-Sheet Mass Balance," *Science*, November 30, 2012.

35. "Minor Variations in Ice Sheet Size Can Trigger Abrupt Climate Change," *ScienceDaily*, August 18, 2014.

36. "Glaciers 'Have Shrunk to Lowest Levels in 120 Years,'" *Straits Times*, August 4, 2015.

37. Marzeion, "Limited Influence of Climate Change Mitigation."

38. Yereth Rosen, "Alaska's 2016 Was Warmest Year on Record—by Wide Margin," *Anchorage Daily News*, January 9, 2017.

3 煤矿里的金丝雀

1. Barbara Boyle Torrey, *Slaves of the Harvest* (1983).

2. "St. Paul," Aleutian Pribilof Islands Association, apiai.org/tribes/st-paul.

3. Kate Raisz, dir., *People of the Seal* (42 Degrees North Media, 2009).

4. Michael Schirber, "Surviving Extinction: Where Woolly Mammoths Endured," *Live Science*, October 19, 2004; Rebecca Morelle, "Last Woolly Mammoths 'Died of Thirst,'" BBC.com, August 2, 2016.

5. Alan Springer and Alison Banks, "What Is Causing the Northern Fur Seal Decline? A Literature Review and Critical Analysis" proposal to the Pollock Conservation Cooperative Research Center, undated; Dan Joling, "Alaska's Massive Seabird Die-off Spreads to Katmai National Park," *Anchorage Daily News*, March 24, 2016.

6. Sierra Doherty, "Common Murre Update: Growing Awareness of Sea Bird Die-off Thanks to Citizen Reporting," *Alaska Fish & Wildlife News*, April 2016.

7. Raymond RaLonde, "Paralytic Shellfish Poisoning: The Alaska Problem," *Alaska's Marine Resources* 8, no. 2 (October 1996).

8. Craig Welch, "Ocean Slime Spreading Quickly Across the Earth," NationalGeographic.com, August, 19, 2016.

9. Paralytic Shellfish Poisoning Fact Sheet, Section of Epidemiology, State of Alaska Division of Public Health, dhss.alaska.gov/dph/Chronic/Documents/02-Internal/ParalyticShellfishPoisoningFactSheet.pdf.

10. S. Levitus et al., "World Ocean Heat Content and Thermostatic Sea Level Change (0–2000 m), 1955–2010," *Geophysical Research Letters* 39, no. 10 (May 17, 2012).

11. Michael Milstein, "Unusual North Pacific Warmth Jostles Marine Food Chain," National Marine Fisheries Service, September 2014.

12. Office of the Washington State Climatologist May Event Newsletter, June 3, 2014, climate.washington.edu/newsletter/2014Jun.pdf.

13. Michael Slezak, "'The Blob': How Marine Heatwaves Are Causing Unprecedented Climate Chaos," *The Guardian*, August 14, 2016.

14. Craig Welch, "The Blob That Cooked the Pacific," *National Geographic*, September 2016.

15. S. Nazrul Islam and John Winkel, "Climate Change and Social Inequality," UN Department of Economic and Social Affairs, October 2017.

16. T.M.B. Bennett et al., eds., "Ch. 12: Indigenous Peoples, Lands, and Resources," in *Climate Change Impacts in the United States: The Third National Climate Assessment*, ed. J.M. Melillo, Terese (T.C.) Richmond, and G.W. Yohe (Washington, D.C: U.S. Government Printing Office, 2014), 297–317.

17. Yereth Rosen, "Large Die-off of Tufted Puffins in Pribilof Islands Seems Linked to Unusual Warm Spell," *Anchorage Daily News*, November 14, 2016.

18. Rosen, "Large Die-off of Tufted Puffins in Pribilof Islands."

19. Craig Welch, "Huge Puffin Die-off May Be Linked to Hotter Seas," National Geographic.com, November 8, 2016.

20. Kathi A. Lefebvre et al., "Prevalence of Algal Toxins in Alaskan Marine Mammals Foraging in a Changing Arctic and Subarctic Environment," *Harmful Algae* 55 (May 2016).

21. Julia O'Malley, "Alaska's Seal Hunt Lasted Only a Few Days Because It's So Hot," NationalGeographic.com, July 1, 2015.

4 永别了，珊瑚

1. Elena Becatoros, "More Than 90 Percent of World's Coral Reefs Will Die by 2050," *The Independent*, March 13, 2017.

2. Michael Slezak, "The Great Barrier Reef: A Catastrophe Laid Bare," *The Guardian*, June 6, 2016; Elena Becatoros, "More Than 90 Percent of World's Coral Reefs Will Die by 2050," *The Independent*, March 13, 2017.

3. Tatsuyuki Kobori, "Coral Bleaching Kills 70 Percent of Japan's Biggest Coral Reef," *Asahi Shimbun*, January 11, 2017.

4. *The State of World Fisheries and Aquaculture 2016* (Rome: Food and Agriculture Organization of the United Nations, 2016).

5. "Cost the Earth Sources," BBC.com, October 8, 2015.

6. Fiona Harvey, "Caribbean Has Lost 80% of Its Coral Reef Cover in Recent Years," *The Guardian*, August 1, 2013.

7. "Threats to Reefs," Coral Restoration Foundation, coralrestoration.org/threats-to-reefs.

8. "We Have Lost Half of World's Coral Reefs in 30 years, Scientists Are Now on a Race Against Time to Prevent a Wipeout," *India Times*, March 13, 2017.

9. Peter J. Gleckler et al., "Industrial-Era Global Ocean Heat Uptake Doubles in Recent Decades," *Nature Climate Change*, January 18, 2016.

10. Lijeng Cheng et al., "Improved Estimates of Ocean Heat Content from 1960 to 2015," *Science Advances* 3, no. 3 (March 10, 2017).

11. Scott F. Heron et al., "Warming Trends and Bleaching Stress of the World's Coral Reefs 1985–2012," *Scientific Reports* 6 (December 6, 2016).

12. Karin Zeitvogel, "World's Coral Reefs Could Be Gone by 2050: Study," Phys.org, February 23, 2011.

13. Michael Young and David Ginsburg, "Before and After the Storm: The Impacts of Typhoon Bopha on Palauan Reefs," *Expeditions* (blog), *Scientific American*, June 11, 2013.

14. "Typhoon Haiyan Devastates Northern Island of Palau," ABC.net.au, November 8, 2013.

15. "NASA, NOAA Data Show 2016 Warmest Year on Record Globally," NASA.gov, January 18, 2017.

16. Jeremy B.C. Jackson, "Ecological Extinction and Evolution in the Brave New Ocean," *PNAS* 105, supplement 1, 11458-11465 (August 12, 2008), https://doi.org/10.1073/pnas.0802812105.

17. "Australia Fires Ease as Damage Mounts After Record Heat," *Straits Times*, February 13, 2017.

18. Michael Slezak, "The Great Barrier Reef: A Catastrophe Laid Bare," *The Guardian*, June 6, 2016.

19. Adam Collins, "The Great Barrier Reef not likely to survive if warming trend continues, says report" *The Guardian*, December 9, 2016.

20. Karin Zeitvogel, "World's Coral Reefs Could Be Gone by 2050: Study," Phys.org, February 23, 2011.

21. Nadia Khomami and Agencies, "Cyclone Winston: Fiji Counts Deaths and Damage from Giant Storm," *The Guardian*, February 21, 2016; Slezak, "The Great Barrier Reef."

22. Adam Morton, "'Time to Act': Damage to Great Barrier Reef Worse than Thought, Surveys Find," *Sydney Morning Herald*, November 26, 2016.

23. "Ocean Warming Doubles in Recent Decades," *NOAA Research News*, January 18, 2016.

24. Heron et al., "Warming Trends and Bleaching Stress."

25. Yair Rosenthal, Braddock K. Linsley, and Delia W. Oppo, "Pacific Ocean Heat Content During the Past 10,000 Years," *Science*, November 1, 2013.

26. Xiao-Hai Yan, et al., "The Global Warming Hiatus: Slowdown or Redistribution?," *Earth's Future*, November 22, 2016.

27. Rob Painting, "The Oceans Warmed Up Sharply in 2013: We're Going to Need a Bigger Graph," *Skeptical Science*, January 31, 2014.

28. *State of the Climate in 2014*, NOAA, supplement to the *Bulletin of the American Meteorological Society* 96, no. 7 (July 2015); Suzanne Goldenberg, "Warming of Oceans Due to Climate Change Is Unstoppable, Say US Scientists," *The Guardian*, July 16, 2015.

29. John Abraham, "The Oceans Are Warming So Fast, They Keep Breaking Scientists' Charts," *The Guardian*, January 22, 2015.

30. J.P. Gattuso et al., "Contrasting Futures for Ocean and Society from Different Anthropogenic CO_2 Emissions Scenarios," *Science*, July 3, 2015.

31. Oliver Milman, "Entire Marine Food Chain at Risk from Rising CO_2 Levels in Water," *The Guardian*, April 13, 2014.

32. Jenna Iacurci, "Ocean Acidification Rate 10 Times Faster Than Ancient Upheaval," *Nature World News*, June 3, 2014.

33. Jennifer Chu, "Ocean Acidification May Cause Dramatic Changes to Phytoplankton," *MIT News*, July 20, 2015.

34. Brittany Patterson, "How Much Heat Does the Ocean Trap? Robots Find Out," *Scientific American*, October 18, 2016.

35. "Australia's Great Barrier Reef Will 'Disappear' Within Two Decades with No Intervention," Agence France Presse, March 6, 2014.

36. Helena Horton, "Great Barrier Reef Is Damaged Beyond Repair and Can No Longer Be Saved, Say Scientists," *The Telegraph*, May 29, 2017.

37. Christopher Knaus and Nick Evershed, "Great Barrier Reef at 'Terminal Stage': Scientists Despair at Latest Coral Bleaching Data," *The Guardian*, April 9, 2017.

38. Michael Slezak, "Great Barrier Reef 2050 Plan No Longer Achievable Due to Climate Change, Experts Say," *The Guardian*, May 24, 2017.

39. John Abraham, "In 2017, the Oceans Were by Far the Hottest Ever Recorded," *The Guardian*, January 26, 2018.

5 即将到来的亚特兰蒂斯

1. Tristram Korten, "Gov. Rick Scott's Ban on Climate Change Term Extended to Other State Agencies," *Miami Herald*, March 11, 2015.

2. "Each Country's Share of CO_2 Emissions" Union of Concerned Scientists, 2015 (the most recent available data), ucsusa.org/global-warming/science-and-impacts/science/each-countrys-share-of-co2.html#.WrKeIpPwY2I.

3. Paul Griffin, "The Carbon Majors Database: CDP Carbon Majors Report 2017," Climate Accountability Institute, July 2017.

4. Griffin, "The Carbon Majors Database"; Tess Riley, "Just 100 Companies Responsible for 71% of Global Emissions, Study Says," *The Guardian*, July 10, 2017.

5. Riley, "Just 100 Companies."

6. Oliver Milman and Dominic Rushe, "New EPA Head Scott Pruitt's Emails Reveal Close Ties with Fossil Fuel Interests," *The Guardian*, February 22, 2017; Morgan Gstalter, "Perry Calls Global Moves to Shift from Fossil Fuels 'Immoral,'" *The Hill*, March 8, 2018.

7. Philip Levine, "Mayor to Residents: We Are Tackling Miami Beach Street Floodings," *Miami Herald*, August 2, 2017.

8. Orrin H. Pilkey, "Heading Over the Coastal Cliff in North Carolina," *Virginian-Pilot*, February 5, 2017.

9. Jerry Iannelli, "Feds Say FPL Can Store Nuclear Waste Below Miami's Drinking Water Because It's 'Not Likely' to Leak," *Miami New Times*, July 21, 2017.

10. Lindsey Hadlock, "Rising Seas Could Result in 2 Billion Refugees by 2100," Phys.org, June 26, 2017.

11. Douglas Fox, "The Larsen C Ice Shelf Collapse Is Just the Beginning—Antarctica Is Melting," *National Geographic*, July 2017.

12. Frank Bajak and Lise Olsen, "Hurricane Harvey's Toxic Impact Deeper Than Public Told," Associated Press, March 23, 2018.

13. John Holdren, "Climate-Change Science and Policy: What Do We Know? What Should We Do," keynote address, 2010 Kavli Prize Science Forum, Oslo, Norway, September 6, 2010.

14. Sönke Dangendorf et al., "Reassessment of 20th Century Global Mean Sea Level Rise," *Proceedings of the National Academy of Sciences of the United States of America* 114, no. 23 (June 6, 2017).

15. Xianyao Chen et al., "The Increasing Rate of Global Mean Sea-Level Rise During 1993–2014," *Nature Climate Change* 7 (June 26, 2017).

16. Dewi Le Bars, Sybren Drijfhout, and Hylke de Vries, "A High-End Sea Level Rise Probabilistic Projection Including Rapid Antarctic Ice Sheet Mass Loss," *Environmental Research Letters* 12, no. 4 (April 3, 2017).

17. James Hansen et al., "Ice Melt, Sea Level Rise and Superstorms: Evidence from Paleoclimate Data, Climate Modeling, and Modern Observations That 2°C Global Warming Could Be Dangerous," *Atmospheric Chemistry and Physics* 16 (2016).

18. A. Dutton et al., "Sea-Level Rise Due to Polar Ice-Sheet Mass Loss During Past Warm Periods," *Science*, July 10, 2015.

19. "Global Sea Level Likely to Rise as Much as 70 Feet in Future Generations," National Science Foundation, March 19, 2012.

20. Ian Dunlop and David Spratt, *Disaster Alley: Climate Change Conflict & Risk* (Melbourne, Australia: Breakthrough National Centre for Climate Restoration, June 2017).

21. Dunlop and Spratt, *Disaster Alley.*

22. Bidisha Banerjee, "The Great Wall of India," *Slate*, December 20, 2010.

23. Howard Mansfield, "Rising Seas: New England Climate Change," *Yankee*, February 22, 2018.

24. Sven N. Willner et al., "Adaptation Required to Preserve Future High-End River Flood Risk at Present Levels," *Science Advances* 4, no. 1 (January 10, 2018).

25. Dina Zayed, "Sea Level Rise Threatens Alexandria, Nile Delta," Reuters, November 14, 2010.

26. "Solomons Town First in Pacific to Relocate Due to Climate Change," Reuters, August 15, 2014.

27. Zubaidah Nazeer, "Indonesia Risks Losing Up to 1,500 Islands by 2050," *Dawn*, February 25, 2014.

28. Yudith Ho and Rieka Rahadiana, "Sinking Jakarta Starts Building Giant Wall as Sea Rises," Bloomberg.com, November 11, 2014.

29. Matthew Taylor, "Climate Change 'Will Create World's Biggest Refugee Crisis,'" *The Guardian*, November 2, 2017; "Beyond Borders. Our Changing Climate—Its Role in Conflict and Displacement," The Environmental Justice Foundation, ejfoundation.org //resources/downloads/BeyondBorders-2.pdf.

30. Will Dunham, "Sea Level Rise Projected to Displace 13 Million in U.S. by 2100," Reuters, March 14, 2016; Charles Geisler and Ben Currens, "Impediments to Inland Resettlement Under Conditions of Accelerated Sea Level Rise," *Land Use Policy* 66 (July 2017).

31. *Global and Regional Sea Level Rise Scenarios for the United States* (Silver Spring, MD: National Oceanographic and Atmospheric Administration, January 2017); "Sea Level Rise Will Swallow Miami, New Orleans, Study Finds," Phys.org, October 12, 2015.

32. Christopher Flavelle, "The Nightmare Scenario for Florida's Coastal Homeowners," Bloomberg.com, April 19, 2017.

33. Jesse M. Keenan et al., "Climate Gentrification: From Theory to Empiricism in Miami-Dade County, Florida," *Environmental Research Letters*, April 23, 2018.

34. Gwynn Guilford, "The Last Time CO_2 Levels Were This High, This Much Water Covered What's Now Brussels," *Quartz*, April 30, 2014.

6 森林的命运

1. David J. Nowak et al., "Oxygen Production by Urban Trees in the United States," *Arboriculture Urban Forestry*, May 2007.

2. Craig Allen et al., "A Global Overview of Drought and Heat-Induced Tree Mortality Reveals Emerging Climate Change Risks for Forests," *Forest Ecology and Management* 259, no. 4 (February 2010).

3. Brenden Choat et al., "Global Convergence in the Vulnerability of Forests to Drought," *Nature*, November 29, 2012.

4. Nathan G. McDowell and Craig D. Allen, "Darcy's Law Predicts Widespread Forest Mortality Under Climate Warming," *Nature Climate Change* 5 (May 18, 2015).

5. Craig D. Allen, David D. Breshears, and Nate G. McDowell, "On Underestimation of Global Vulnerability to Tree Mortality and Forest Die-off from Hotter Drought in the Anthropocene," *Ecosphere* 6, no. 8 (August 2015).

6. Allen, Breshears, and McDowell, "On Underestimation of Global Vulnerability."

7. Choat et al., "Global Convergence in the Vulnerability of Forests to Drought."

8. "US Forest Service Finds Global Forests Absorb One-Third of Carbon Emissions Annually," U.S. Forest Service, July 14, 2011.

9. "Governor Declares Statewide Drought Emergency," Office of Governor Jay Inslee, May 15, 2015.

10. John T. Abatzoglou and A. Park Williams, "Impact of Anthropogenic Climate Change on Wildfire Across Western US Forests," *Proceedings of the National Academy of Sciences of the United States of America* 113, no. 42 (October 18, 2016).

11. Seth Borenstein, "Wildfires Worse Due to Global Warming, Studies Say," Phys.org, May 18, 2014; "Wildfire Season Among Worst in U.S. History: Here's Why," Associated Press, September 7, 2017.

12. "White Pine Blister Rust," U.S. Forest Service, fs.fed.us/rm/highelevationwhitepines/Threats/blister-rust-threat.htm.

13. "Why Whitebark Pine Matters," Whitebark Pine Ecosystem Foundation, whitebarkfound.org/about-us/why-whitebark-pine-matters.

14. Karl Puckett, "2017 Fire Season No. 1; Produced Largest Fire in State's History," *Great Falls Tribune*, February 8, 2018.

15. "Deforestation and Its Extreme Effect on Global Warming," *Scientific American*; A. Baccina et al., "Tropical Forests Are a Net Carbon Source Based on Aboveground Measurements of Gain and Loss," *Science*, October 13, 2017.

16. Elizabeth S. Garcia et al., "Synergistic Ecoclimate Teleconnections from Forest Loss in Different Regions Structure Global Ecological Responses," *PLoS ONE* 11, no. 11 (November 16, 2016).

17. Tim Radford, "Unhealthy Forests Affect Distant Ecosystems," Climate News Network, December 9, 2016.

18. Jim Robbins, "The Rapid and Startling Decline of World's Vast Boreal Forests," *Yale Environment 360*, October 12, 2015.

19. William Anderegg et al., "Tree Mortality Predicted from Drought-Induced Vascular Damage," *Nature Geoscience* 8 (March 30, 2015).

20. M.C. Hansen et al., "High-Resolution Global Maps of 21st-Century Forest Cover Change," *Science*, November 15, 2013.

21. Rachel Peterson et al., "Satellites Uncover 5 Surprising Hotspots for Tree Cover Loss," World Resources Institute, September 2, 2015.

22. S. Trumbore, P. Brando, and H. Hartmann, "Forest Health and Global Change," *Science*, August 21, 2015.

23. Patrick J. McIntyre et al., "Twentieth-Century Shifts in Forest Structure in California: Denser Forests, Smaller Trees, and Increased Dominance of Oaks," *Proceedings of the National Academy of Sciences of the United States of America* 112, no. 5 (February 3, 2015).

24. John Upton, "California's Forests Have Become Climate Polluters," *Climate Central*, April 29, 2015.

25. Anne C. Mulkern, "Drought Begins to Kill Redwoods and Other Iconic Trees While State's Forest Fire Risk Rises," *E&E News*, June 4, 2015.

26. Steve Gorman and Ian Simpson, "Property Losses from Northern California Wildfire Nearly Double," Reuters, August 5, 2015.

27. Songlin Fei et al., "Divergence of Species Responses to Climate Change," *Science Advances* 3, no. 5 (May 17, 2017).

28. Jessie Szalay, "Giant Sequoias and Redwoods: The Largest and Tallest Trees," *Live Science*, May 4, 2017.

29. John Muir, "A Rival of the Yosemite: The Cañon of the South Fork of King's River, California," *Century Magazine*, November 1891.

30. Paul Rogers, Louis Hansen, and Mark Gomez, "Temperatures Pass 100 in Bay Area amid Blistering Heat Wave," *Mercury News*, June 22, 2017.

31. Jeff Masters, "Summary of the Great Southwest U.S. Heat Wave of 2017," *Weather Underground*, June 23, 2017.

32. "NASA Study Finds Carbon Emissions Could Dramatically Increase Risk of U.S. Megadroughts," NASA.gov, February 12, 2015.

33. Ira Flatow, "Early Space Shuttle Flights Riskier Than Estimated," National Public Radio, March 4, 2011.

34. Nathan Stephenson et al., "Widespread Increase of Tree Mortality Rates in the Western United States," *Science*, January 23, 2009.

7 导火索已经点燃

1. "381 New Species Discovered in the Amazon," Phys.org, August 31, 2017.

2. Thomas E. Lovejoy, "The Climate Change Endgame," *New York Times*, January 21, 2013.

3. Thomas Lovejoy, foreword to *Conservation Biology: An Evolutionary-Ecological Perspective*, ed. Michael E. Soulé and Bruce A. Wilcox (Sunderland, MA: Sinauer Associates, 1980).

4. "Two Severe Amazon Droughts in 5 Years Alarms Scientists," Phys.org, February 3, 2011; "Drought Stalls Tree Growth and Shuts Down Amazon Carbon Sink, Researchers Find," Phys.org, July 6, 2016.

5. "NASA Study Shows 13-Year Record of Drying Amazon Caused Vegetation Declines," NASA.gov, December 10, 2014.

6. Cristiane Mazzetti, "5 Alarming Facts About Amazon Forest Fires," Greenpeace.org, September 2, 2016.

7. Arthur Neslen, "Flooding and Heavy Rains Rise 50% Worldwide in a Decade, Figures Show," *The Guardian*, March 21, 2018.

8. "Why Does Climate Change Lead to More Floods and Droughts?" Climate Reality Project, climaterealityproject.org/blog/why-does-climate-change-lead-more-floods-and-droughts.

9. Chelsea Harvey, "Scientists Can Now Blame Individual Natural Disasters on Climate Change," *Scientific American*, January 2, 2018.

10. Jonathan Watts, "Alarm as Study Reveals World's Tropical Forests Are Huge Carbon Emission Source," *The Guardian*, September 28, 2017; A. Baccini et al., "Tropical Forests Are a Net Carbon Source Based on Aboveground Measurements of Gain and Loss," *Science*, September 28, 2017.

11. Richard Black, "Amazon Drought 'Severe' in 2010, Raising Warming Fears," BBC, February 3, 2011.

12. Do-Hyung Kim, Joseph O. Sexton, and John R. Townshend, "Accelerated Deforestation in the Humid Tropics from the 1990s to the 2000s," *Geophysical Research Letters* 42, no. 9 (May 16, 2015).

13. Joe Sandler Clarke, "Congo Basin: World's Second Largest Rainforest Threatened by Palm Oil and Logging," *Unearthed*, November 17, 2016.

14. Tom Bawden, "COP21: World Leaders Agree to Cut Global Official Warming Target to 1.5C," *The Independent*, December 11, 2015.

15. Dana Nuccitelli, "Scientists Warned the US President About Global Warming 50 Years Ago Today," *The Guardian*, November 5, 2015.

16. Juan C. Jiménez-Muñoz et al., "Record-Breaking Warming and Extreme Drought in the Amazon Rainforest During the Course of El Niño 2015–2016," *Scientific Reports* 6 (September 8, 2016).

17. David Adam, "Amazon Could Shrink by 85% Due to Climate Change, Scientists Say," *The Guardian*, March 11, 2009.

18. Caspar A. Hallmann et al., "More than 75 Percent Decline over 27 Years in Total Flying Insect Biomass in Protected Areas," *PLoS ONE* 12, no. 10 (October 18, 2017).

19. Patrick Barkham, "Europe Faces 'Biodiversity Oblivion' After Collapse in French Birds, Experts Warn," *The Guardian*, March 21, 2018.

20. Joby Warrick, "Climate Change Spurs Disease Fears," *Washington Post*, November 28, 2015.

21. Patty Wight, "Tick-Borne Anaplasmosis on the Rise in Maine," *Bangor Daily News*, November 13, 2017.

22. Ashley C. Holt et. al., "Spatial Analysis of Plague in California: Niche Modeling Predictions of the Current Distribution and Potential Response to Climate Change," *International Journal of Health Geographics* 8, no. 38 (June 28, 2009); Garza Miroslava et al., "Projected Future Distributions of Vectors of *Trypanosoma cruzi* in North

America Under Climate Change Scenarios," *PLoS Neglected Tropical Diseases* 8, no. 5 (May 15, 2014).

23. Lena Sun, "CDC to Cut by 80 Percent Efforts to Prevent Global Disease Outbreak," *Washington Post*, February 1, 2018.

24. Jonathan Watts and John Vidal, "Environmental Defenders Being Killed in Record Numbers Globally, New Research Reveals," *The Guardian*, July 13, 2017.

25. Jon Gerberg, "A Megacity Without Water: São Paulo's Drought," *Time*, October 13, 2015.

26. *Atlas dos Remanescentes Florestais da Mata Atlântica Período 2015–2016* (São Paulo: Fundação SOS Mata Atlântica and Instituto Nacional de Pesquisas Espaciais, 2017), sosma.org.br/link/Atlas_Mata_Atlantica_2015-2016_relatorio_tecnico_2017.pdf.

8 世界之巅的尽头

1. Frank Jordans, "Icebreaker Sets Mark for Earliest Northwest Passage Transit," Associated Press, July 29, 2017.

2. "Unprecedented Arctic Weather Has Scientists on Edge," NOAA.gov, February 17, 2017.

3. Michon Scott, "February 2018 Heatwave Across the Far North," National Oceanic and Atmospheric Administration, climate.gov, March 20, 2018.

4. Sabrina Shankman, "Alaska's Bering Sea Lost a Third of Its Ice in Just 8 Days," *Inside Climate News*, February 17, 2018.

5. Capital Weather Gang (@capitalweather), "There is no ice where there is almost always ice north of Greenland due to major Arctic thaw. More info: http://wapo.st/2ovpBmK," Twitter, February 26, 2018, 11:45 a.m., twitter.com/capitalweather/status/968210557156380672.

6. Lars Kaleschke (@seaice_de), "There is open water north of #Greenland where the thickest sea ice of the #Arctic used to be. It is not refreezing quickly because air temperatures are above zero confirmed by @dmidk's weather station #KapMorrisJesup. Wacky weather continues with scary strength and persistence," Twitter, February 25, 2018, 12:36 a.m., twitter.com/seaice_de/status/967679640402874369.

7. "Unprecedented Arctic Weather Has Scientists on Edge."

8. "Is a Sleeping Climate Giant Stirring in the Arctic?," NASA.gov, June 10, 2013; "NASA Pinpoints Cause of Earth's Recent Record Carbon Dioxide Spike," NASA.gov, October 12, 2017.

9. "Is a Sleeping Climate Giant Stirring in the Arctic?"

10. "Is a Sleeping Climate Giant Stirring in the Arctic?"

11. Henry Fountain, "Alaska's Permafrost Is Thawing," *New York Times*, August 23, 2017.

12. Kevin Schaefer et al., "Past Extreme Warming Events Linked to Massive Carbon Release from Thawing Permafrost," *Nature*, April 5, 2012.

13. "'Big Bang' and 'Pillar of Fire' as Latest of Two New Craters Forms This Week in the Arctic," *Siberian Times*, July 2, 2017.

14. "Giant Craters in Canada's Melting Permafrost Impacting Climate Change: Researchers," CBC.ca, August 29, 2017.

15. Adam Popescu, "The High Price of Protecting Arctic Towns from Tsunamis and Icebergs," Bloomberg.com, October 9, 2017.

16. Christian Knoblauch et al., "Methane Production as Key to the Greenhouse Gas Budget of Thawing Permafrost," *Nature Climate Change* 8 (March 19, 2018).

17. Encyclopedia Britannica, https://www.britannica.com/science/Permian-extinction.

18. John Vidal, "Protect Nature for World Economic Security, Warns UN Biodiversity Chief," *The Guardian*, August 16, 2010.

19. C. Le Quere et al., "Global Carbon Budget 2013," *Earth System Science Data* 6 (2014), 235–63.

20. David Chandler, "Explained: Greenhouse Gases," *MIT News*, January 30, 2017; Working Group: Contribution to the IPCC Fifth Assessment Report, Climate Change 2013: The Physical Science Basis, September 23–26, 2013.

21. Felix W. Landerer et al., "North Atlantic Meridional Overturning Circulation Variations from GRACE Ocean Bottom Pressure Anomalies," *Geophysical Research Letters* 42, no. 19 (October 14, 2015).

22. Ira Leifer et al., "Sonar Gas Flux Estimation by Bubble Insonification: Application to Methane Bubble Flux from Seep Areas in the Outer Laptev Sea," *The Cryosphere* 11 (June 9, 2017).

23. Natalia Shakhova et al., "Anomalies of Methane in the Atmosphere over the East Siberian Shelf: Is There Any Sign of Methane Leakage from Shallow Shelf Hydrates?," *Geophysical Research Abstracts* 10, 2008.

24. Natalia Shakhova et al., "Current Rates and Mechanisms of Subsea Permafrost Degradation in the East Siberian Arctic Shelf," *Nature Communications* 8 (June 22, 2017).

25. Chelsea Harvey, "Scientists Just Found Telltale Evidence of an Ancient Methane Explosion in the Arctic," *Washington Post*, April 21, 2017.

26. Natalia Shakhova et al., "Extensive Methane Venting to the Atmosphere from Sediments of the East Siberian Arctic Shelf," *Science*, March 5, 2010.

27. Shakhova et al., "Current Rates and Mechanisms of Subsea Permafrost Degradation."

28. "Is a Sleeping Climate Giant Stirring in the Arctic?"

29. "Methane Hydrates," *Living with the Oceans, World Ocean Review* 1 (2010).

30. *IPCC Fourth Assessment Report: Climate Change 2007*, section 2.2.4 "Risk of Catastrophic or Abrupt Change," Intergovernmental Panel on Climate Change, 2007.

31. U.S. Global Change Research Program, *Climate Science Special Report: Fourth National Climate Assessment*, vol. 1 (Washington, DC: U.S. Global Change Research Program, 2017).

32. Christopher J. Cox et al., "Drivers and Environmental Responses to the Changing Annual Snow Cycle of Northern Alaska," *Bulletin of the American Meteorological Society* 98, no. 12 (December 2017).

33. Yereth Rosen, "Barrow's Dramatic Autumn Warming Since 1979 Linked to Sea Ice Shrinkage," *Anchorage Daily News*, May 31, 2016.

34. Oliver Milman, "Alaskan Towns at Risk from Rising Seas Sound Alarm as Trump Pulls Federal Help," *The Guardian*, August 10, 2017.

35. Briar Stewart, "Sinking into the Sea," CBC.ca, October 13, 2017; "Alaska Native Villages: Limited Progress Has Been Made on Relocating Villages Threatened by Flooding and Erosion," U.S. Government Accountability Office, June 3, 2009.

36. Nathaniel Herz, "Alaska Gov. Walker Declares Disaster After Costly Fall Storm on North Slope," *Anchorage Daily News*, November 14, 2017.

37. Matt McGrath, "First Tanker Crosses Northern Sea Route Without Ice Breaker," BBC.com, August 24, 2017.

38. Judson Jones, "Nor'easter Will Likely Bring Most Significant Spring Snow in Years," CNN.com, March 21, 2018.

39. Jennifer A. Francis and Stephen J. Vavrus, "Evidence for a Wavier Jet Stream in Response to Rapid Arctic Warming," *Environmental Research Letters* 10, no. 1 (January 6, 2015).

40. Judah Cohen et al., "Recent Arctic Amplification and Extreme Mid-latitude Weather," *Nature Geoscience* 7 (August 17, 2014).

41. Nicola Jones, "How Climate Change Could Jam the World's Ocean Circulation," Yale Environment 360, September 6, 2016.

42. Peter Wadhams, *A Farewell to Ice* (London: Penguin, 2016), 155.

43. Wei Liu et al., "Overlooked Possibility of a Collapsed Atlantic Meridional Overturning Circulation in Warming Climate," *Science Advances* 3, no. 1 (January 4, 2017).

44. Dahr Jamail, "Atlantic Ocean Current Could Collapse Within 300 Years," *Truthout*, January 17, 2017.

结语　存在度

1. René Daumal, *Mount Analogue: A Tale of Non-Euclidean and Symbolically Authentic Mountaineering Adventures*, trans. Carol Cosman (New York: Overlook Press, 2004).

2. Thich Nhat Hahn, *Living Buddha, Living Christ* (New York: Penguin, 1995/2007), 20.

3. Thich Nhat Hahn, *Living Buddha, Living Christ*, 20.

4. Stephen Jenkinson, "On Grief and Climate Change," soundcloud.com/orphan-wisdom/orphan-wisdom-stephen-jenkinson-on-grief-and-climate-change.

5. Martín Prechtel, *The Smell of Rain on Dust: Grief and Praise* (Berkeley, CA: North Atlantic Books, 2015).

6. Darryl Wilson (Iss/Aw'te), "Mis Misa: The Power Within Akoo-Yet That Protects the World," *Social Justice Journal* 2 (2013), edited by Stan Rushworth.

7. Wilson, "Mis Misa: The Power Within Akoo-Yet That Protects the World."

8. Wilson, "Mis Misa: The Power Within Akoo-Yet That Protects the World."

9. Wilson, "Mis Misa: The Power Within Akoo-Yet That Protects the World."

10. Benjamin Madley, *An American Genocide* (New Haven: Yale University Press, 2016).

后　记

1. Eric Rignot et al., "Four Decades of Antarctic Ice Sheet Mass Balance from 1979–2017," *Proceedings of the National Academy of Sciences*, January 22, 2019.

2. Michael Bevis et al., "Accelerating Changes in Ice Mass Within Greenland, and the Ice Sheet's Sensitivity to Atmospheric Forcing," Proceedings of the National Academy of Sciences, January 22, 2019.

3. David Shukman, "Climate Change: Greenland's Ice Faces Melting 'Death Sentence,'" BBC.com, September 3, 2019.

4. Shukman, "Greenland's Ice."

5. Philippus Wester et al. eds., *The Hindu Kush Himalaya Assessment* (Cham, Switzerland: Springer Nature, 2019).

6. "2018 Fourth Warmest Year in Continued Warming Trend, According to NASA, NOAA," NASA.gov, February 6, 2019.

7. Matt McGrath, "Climate Change: World Heading for Warmest Decade, Says Met Office," BBC.com, February 6, 2019.

8. M. O. Cuthbert et al., "Global Patterns and Dynamics of Climate-Groundwater Interactions," Nature Climate Change, February 2019.

9. Food and Agriculture Organization of the United Nations, *The State of the World's Biodiversity for Food and Agriculture* (Rome: Food and Agriculture Organization of the United Nations, 2019).

10. Jonathan Watts, "World's Food Supply Under 'Severe Threat' from Loss of Biodiversity," *The Guardian*, February 21, 2019.

11. Francisco Sánchez-Bayo and Kris A. G. Wyckhuys, "Worldwide Decline of the Entomofauna: A Review of Its Drivers," Biological Conservation, April 2019.

12. Sánchez-Bayo and Wyckhuys, "Worldwide Decline of the Entomofauna."

13. Sarah Gibbens, "The Amazon Is Burning at Record Rates—and Deforestation Is to Blame," NationalGeographic.com, August 21, 2019.

14. Thomas E. Lovejoy and Carlos Nobre, "Amazon Tipping Point," *Science Advances* 4, no. 2 , February 21, 2018.

15. World Wildlife Fund, "Threats: Deforestation and Forest Degradation," https://www.worldwildlife.org/threats/deforestation-and-forest-degradation.

16. "Great Barrier Reef: One Million Tonnes of Sludge to Be Dumped," BBC.com, February 28, 2019.

17. Terry P. Hughes et al., "Global Warming Impairs Stock-Recruitment Dynamics of Corals," *Nature*, April 3, 2019.

18. Rebecca B. Neumann et al., "Warming Effects of Spring Rainfall Increase Methane Emissions from Thawing Permafrost," *Geophysical Research Letters*, January 3, 2019.

19. Louise M. Farquharson et al., “Climate Change Drives Widespread and Rapid Thermokarst Development in Very Cold Permafrost in the Canadian High Arctic,” *Geophysical Research Letters*, June 10, 2019.

20. Matthew Green, “Scientists Amazed as Canadian Permafrost Thaws 70 Years Early,” Reuters.com, June 18, 2019.

21. Alec Luhn, “Russian Scientists Find ‘Most Powerful’ Ever Methane Seep in Arctic Ocean,” *The Telegraph*, October 8, 2019.

22. Philip D. Gingerich, “Temporal Scaling of Carbon Emission and Accumulation Rates: Modern Anthropogenic Emissions Compared to Estimates of PETM Onset Accumulation,” *Paleooceanography and Paleoclimatology*, January 30, 2019.

23. “Earth May Be 140 Years Away from Reaching Carbon Levels Not Seen in 56 Million Years,” *American Geophysical Union*, February 20, 2019.

24. “Earth May Be 140 Years Away from Reaching Carbon Levels Not Seen in 56 Million Years.”

25. Jack D. Forbes, *Columbus and Other Cannibals*, rev. ed. (New York: Seven Stories Press, 2008).

索 引

（条目后的页码为原书页码，参见本书边码）